섬 인생

조성길 지음

도서출판 곰단지

■ 차례 ■

Prologue

꿈을 이루듯 헤매다 물레방아처럼
돌다 돌아 닿은 곳 동토의 땅

 소련 개방 이후의 이야기는 현재의 삶과도 연장이 되고 있다. 꿈을 이루려는 야망을 품은 자들이 선택한 것이 최후의 보루였던 이민시대. 사랑하는 사람을 잊기 위해 고국을 떠났고 또 사랑하는 사람들을 만났다.

 꿈을 이루듯 헤매다 물레방아처럼 돌다 돌아 닿은 곳이 동토의 땅이었다. 단지 사람을 잊기 위해 왔던 곳인데 그곳에서도 사람들은 삶의 터전에서 용사처럼 고지를 탈환하기 위해 안간힘을 쏟고 있었다. 비록 꿈을 이루지 못하였어도 사랑하는 사람을 인정 넘치게 만났다.

 그곳에서 기구한 삶을 살아가는 사람들. 또 다른 터전에 본의 아니게 내몰린 듯 가족을 버리고 생사의 갈림길에서 생명을 유지하러 온갖 죽음을 무릅쓰고 살아왔던 사람들을 만났다.

 어려움을 무릅쓰고 몸을 던진 곳이라면 이주가 아닌 떠밀려 온 곳에서, 더러는 돈을 벌기 위해 온 이도 있었지만 나라 잃은 서러움이 이보다 더 클 수 있을까라는 물음표가 가슴에 아렸다.

이름하여 강제동원이 되어 뿌리를 내린 조선인들이 그 첫발을 디딘 곳이 사할린이고 한인역사가 시작된 곳이었다. 이제는 그 후손들이 역경을 딛고 소수민족 중 찬란한 금자탑을 이루며 철의 장막에서 기회의 땅이 되어버린 러시아 속 사할린.

더불어 냉전 시대를 지나 개혁의 바람으로 한국인이 희망과 꿈을 이루기 위해 개척자로 정착했다. 그들은 가족과 조국을 위해 몸을 던진 용감한 용사들과 같았다. 그렇게 조국을 떠났던 이들은 오로지 희생을 강요당하면서 삶을 일구어나갔다.

그 틈바구니 사할린에서도 전쟁은 시작되었고 꿈을 이루려는 사람들이 몰려들었다. 특히 독일의 파견 광부와 간호사, 남미의 수수밭, 아메리칸 드림을 위한 이민은 가슴을 파고든 쓰라린 아픔 뒤에 이룬 개척자들이었기에 존경할 수밖에 없었다. 이러한 개척자와 지구촌 곳곳의 이민자들 속에 사할린도 존재했다.

그 와중에 남을 위해 살아가는 것도 중요하지만, 그대가 잘되어야 사랑도 베풀 것이라며 한시도 잊지 않고 걱정해주셨던 김복례 할머니는 고향 한번 밟아보지 못한 채 70년의 한을 안고 하나님 곁으로 떠나가셨다.

모진 삶을 전쟁터의 용사처럼 별의별 전투를 겪으며 살아오셨던 가운데 고지를 탈환하는 기쁨도 얻어냈고 패잔병이 되어 셋 자식을 먼저 보내는 슬픔도 가슴으로 쓸어내렸다. 하지만 패잔병이 된 용사는 모든 이의 교훈이 될 만큼 마치 용감했다.

세월은 유수와 같아서 어느덧 팔십 고개를 넘어섰고 그대가 살아온 삶은 전쟁의 영웅으로 남았지만, 가슴에 파고드는 그리움은 이겨내지 못했다. 끝내 외로움을 이겨내지 못하고 종교를 선택하셨고 예수님의 진리를 벗 삼아 그 질기고 모진 삶을 헤쳐 나왔다. 딱히 한두 해만 보존하셔서 좋은 세상 더 보고 가시라고 약조를 하였는데, 입원 일주일 접어드는 날 수술을 결정하고 다시는 오지 못할 이승을 두고 하나님 곁으로 떠났다.

자식들 편하게 해줄 거라며 동삼이 아닌 여름날 그도 시원한 날씨를 선택하셔서 홈스크 목사님의 집도로 발인과 하관을 마치고 편히 주무시는 듯한 모습으로 70년 한을 안고 자식들과 영원한 이별을 하셨다. 하늘이 보살펴주셨는지 세상에 없을 천운을 타고 자식들에게 복을 다 주고 가셨다.

한국의 어머니
러시아 어머니
모두 떠나가셨습니다.

의지할 곳은 살아가는 길이라 일러 주셨습니다. 어머니 영전에 호강 한 번 제대로 해드리지 못해 너무나 아쉬웠던...
맛있게 담은 김치 한 번 맛 보자며 허허 웃으시던 어머니였는데,

찹쌀죽으로 어머니 마지막 길에 올립니다. 부디 하늘나라에서는 모진 이 세상 말고 어머니 소녀처럼 꿈꾸었던 동화 속을 거닐며 사시길 바랍니다. 어머니 사랑합니다. 어머니 가시고 손수 가꾼 텃밭의 꽃이 활짝 피어났습니다.

 그 고운 꽃을 바라보나니 몇 밤을 지새우며 살아온 이야기를 해주시던 어머님 앳된 소녀 모습이 아른거립니다. 내 삶의 마지막 보루, 사할린에서 잊으려 하였던 사랑하는 사람들을 만났습니다. 희망과 삶의 기회를 주었던 당신은 먼 타국에서의 어머니였습니다. 어머니 당신은 참으로 기구한 삶을 살아오셨기에 그토록 존경할 수밖에 없었습니다.

 낯설고 외로웠던 곳, 늘 힘이 되어주었던 당신이었는데 결국 이겨내지 못하고 하늘나라로 가신 두 어머니와 사랑하는 누이에게 이 책을 바칩니다. 그리고 바쁜 와중에도 기어코 해설을 달아주신 오영이 소설가에게 무한한 감사를 드리며, 또 편집·교정에 큰 수고를 다해주신 도서출판 곰단지에게도 감사를 드립니다.
 더불어 각계의 지인들께서도 아낌없이 축하 글로 동참해주셔서 그 고마움을 잊지 않겠습니다.

감사합니다.

2020년 02월 조성길

I. 대지(大地)

창 밖에는 햇빛이 쨍쨍거렸다. 풀섶에서 이슬 먹은 냉기가 아지랑이 되어 차오르고 있었다. 판식은 홍차를 내려놓고 지금부터는 농장에 매달려야 한다며 생각하고 내년부터 김치공장 건립을 추진하고 이곳에서 침술을 나누어주면서 한국을 알려야겠다고 다짐해보며 밖으로 나갔다.

대지(大地)

 광활한 대지가 끝없이 펼쳐졌다. 문득 태안반도의 넓은 평야의 그림이 스쳐지나갔다. 아무리 보아도 이렇게 큰 벌판이 가로져 있는 것이 신기하기만 했다. 소련에 대게를 사기위해 왔던 판식은 끝없이 펼쳐진 저 광활한 땅덩어리를 보고는 한참이나 넋을 잃고 있었다. 판식도 생각하기를 저 넓은 땅을 왜 저리 버려두고 있는지 이해가 가지 않았다.

 "농사라도 지을 수가 있을 텐데......"

 그는 혼잣말로 중얼거렸다. 그러자 옆에 있던 울진의 박 사장도 감탄사를 연발로 퍼부어댔다.

 소련과의 수교가 본격 이루어지자 한국에는 색다른 수산업이 활기를 찾았다. 명태와 참치, 명란젓, 게맛살 등이 호황을 누릴 때였다. 초유의 5만 톤급 대형어선이 베링 해역에서 건져 올린 명태로 인해 국내 수산업은 최고의 도약기를 맞으며 오대양 육대주의 바다에서 우리 수산기지가 상승세를 타고 있었다.

어디 그 뿐이었겠는가. 섬유와 목재산업이 번창해 공업화를 이루더니 88올림픽이라는 국제스포츠대회를 개최해서 한반도의 작은 나라를 세계 속에 우뚝 세워놓았었다. 하늘을 찌르는 듯한 경제성장은 건설업과 조선업, 수산업이 바통을 이어받았고 코리아의 인재들이 세계 속으로 뻗어나갔다.

무역업이 대세로 접어들자 이민행렬도 뒤따랐다. 작게는 보따리상들도 신대륙으로 모여들기 시작했다.

이때쯤인가 보다. 국내의 무역과 수산업이 활기를 띠자 중소 기업인들이 중국, 소련으로 진출하기 시작했다. 서천 작은 포구에서 저인망선 두 척을 가지고 수산업을 하던 판식은 국내 대게시장의 판로가 좁은 것을 보고 원산지 공략에 나설 때라고 계획을 잡았을 때가 바로 이쯤이었다. 판식은 서천 해안가에서 자랐다. 일찍이 선장이 되는 것이 꿈이어서 수산계통의 고등학교를 졸업하고 해양 전문학교를 나와 3급 항해사 자격증을 땄다. 그래서 부모가 물려준 약간의 돈과 고깃배를 가지고 시작한 것이 오늘의 저인망 선주가 되었던 것이다.

아버지 역시 작은 어선을 가진 어부였다. 학교를 마치면 아버지의 일손을 덜어 주는 것이 어촌의 일과였다. 욕심 없이 바다만 지켜보며 자연의 순리에 순응하는 바다를 천직삼아 살았던 평범한 어부의 철학을 보고 자라 온 판식이었기에 노력 없이 불로소득을 원하지도 않았다. 그저 하늘에 맡기고 세찬 바람과 풍랑 없이 주어진 만선의 기쁨이면 복이요 하늘의 덕이라 했다.

그런 그가 소련에 왔던 것은 어선에서 벌어들이는 것보다 대게 수입을 하는 것이 더 현명하다고 판단했기 때문이다. 그것은 오산이었다. 단지 대게수입도 수산업 계통에 속하고 무엇보다 고기장사는 자신이 있다고 마음먹었던 것이 불찰이었다. 고기장사 이전에 무역이라는 것이 떡 하니 버티고 있었다. 자나 깨나 일러주었던 가방 크다고 공부 다 잘하는 게 아니라는 아버지의 말이 교훈처럼 떠올랐다. 어선 한척을 팔고 그 돈을 들고 소련에 간다고 하니 걱정이 앞섰던 아내의 말도 잊을 수가 없었다.

"도대체 어쩌려고 그러시오?"

"널려 있는 바다 두고 하필이면 무신 빨갱이 나라로 가서 게를 사러간다 시오?"

한시도 빠트리지 않고 입이 침이 마르도록 묻고 또 묻고 했던 아내의 태산 같은 마음을 이제는 이해가 갈 듯 했다.

천금 같은 그 돈도 모자라서 결국 아이들 학비로 남겨두었던 한 척의 배마저 팔아 대게사업에 대었다. 결국 판식은 현지 생활비에 소개비, 운반선을 제하고 겨우 속초항으로 가져왔지만 게의 절반이 온도조절 미숙으로 다 죽고 말았다. 돈은 그렇게 허무하게 날아가고 말았다. 당시만 해도 제법 큰 액수에 속했던 돈인지라 판식은 어디 쥐구멍이라도 있으면 숨고 싶었고 주변 많은 사람보기가 부끄러워 고개를 들 수가 없었다. 곧 있으면 큰애도 대학에 들어갈 참이고 둘째아이도 고등학교에 입학하였으니 돈 들어갈 일이 만만치가 않았다. 하지만 포기할 순 없었다.

루트를 알았으니 다시 가져온다면 분명 길은 있을 것이요 성사가 될 듯했다. 판식은 아내를 설득했다. 수협에 든 적금과 저금을 다 끌어 모아서 아내와 반반씩 나누기로 했다. 반은 내 사업 밑천이요 반은 아이들 생활비와 학비로 대었다. 마누라에게 이번 기회를 놓칠 수 없다며 손발이 닳도록 빌었고 꼭 성공해서 돌아오겠다고 다짐했다.

그 길로 비행기에 몸을 실었고 소련에 다시 왔다. 현지에는 한국 기업인들이 한창 수산물과 목재업에 손을 대고 있을 적이었다. 하지만 오래 가지 못했다. 판식의 대게수입은 소련의 경제개발계획 완화조치로 일시에 발이 묶였고 운반비가 턱없이 올라 수입을 할 수가 없었다. 그리고 찾았던 곳이 처음 비행기에 몸을 실었을 때 내려다 본 소련의 광활한 대지이다.

비행기 안에서도 여기서도 내내 잊지 않았던 땅이었다. 광활한 대지가 펼쳐진 저 땅에 농사를 짓고 싶었다. 밤잠을 설치며 한 달이나 고심한 끝에 내린 결론이었다. 어쩌면 대게 사업보다 더 어려울 수도 있겠지만 바닷가에서 자라온 터라 힘 하나는 자신이 있었다. 비닐하우스 한 동으로 우선 시작하자고 마음먹었다. 발빠르게 토지 매입부터 알아보았고 정 안 된다면 임대차 계약으로 시작해도 될 것이라고 자신을 위로했다.

유독 남들보다 손이 훨씬 큰 판식은 두 주먹을 불끈 쥐며 안 되면 진로를 바꾸어서라도 새 도전을 해보는 거다. 그래서 이 땅 위에 우리의 배추를 심고 알알이 익어가는 농작물에 사활을 걸고 남은 인생을 다 바치기로 했다.

그는 두 손을 바라보며 이 두 손으로 이 땅 위에 한국의 혼을 심겠다고 입을 다물었다. 가슴을 타고 흐르는 자신감이 가득 차올랐고 손으로까지 전해져왔다. 그로부터 곧바로 결행에 옮긴 판식은 시내 근처에 방 두 칸짜리 아파트를 얻었고 주도에서 가까운 행정구 인접도시의 땅을 시청에 등록하고 2천여 평의 땅을 임대했다. 50년 기한에 월세를 주는 방식이다.

지방 도시로 편입된 땅의 임대차 계약은 쉽지 않았다. 서류도 많았고 복잡한 절차는 난생 처음 보는 것이어서 통역인이 매일같이 붙어있어만 했다. 보름에 걸쳐 지루한 서류심사가 끝나고 또 보름 뒤 결제가 떨어졌다.

그 땅에서 농사를 지어도 된다고 이제 땅 소유주는 주판식 씨 것이니 계약대로 농사를 시작할 수 있다고 했다.

판식은 풀이 무성한 벌판 위를 펄쩍펄쩍 뛰어다니며 어쩔 줄 몰라 했다. 기뻐서 눈물이 다 나왔다. 이를 지켜보던 통역 아주머니도 가슴을 쓸어내렸다.

보름이 지나서 판식은 함께 소련에 가자며 대게 사업에 끌어 들였던 울진의 박 사장을 불렀다. 박 사장은 고등학교 동기이며 어릴 때부터 알고 지냈던 아주 절친했던 죽마고우였다.

박정우의 아버지는 서천 읍내 시장에서 건어물 장사로 유명했다. 서천 박가네 상점이라면 군에서도 제법 알아주는 부자에 속했고 아들 하나에 딸 여섯을 두어 딸부자 집이라면 박가 집을 일으킬 정도로 든든했던 집안이었다. 위로 딸만 여섯이고 늘그막 늦은 나이에 보았던 아들 하나가 항상 말썽꾸러기였다. 집안의 대들보로 누나들을 제치고 어릴 때부터 금이야 옥이야 키웠던 아들은 자라면서 뭐든 제왕처럼 군림했다.

누나들의 사랑을 받고도 모자라서 부모의 속깨나 썩이며 자라왔다. 공부는 뒷전이었고 외국영화나 서울의 화려한 생활을 동경하며 늘 말썽을 피웠다. 그래서 아버지는 서천의 가게를 작은 아버지에게 맡기고 울진으로 이사했던 것인데 결국 정우의 고집을 꺾지는 못했다.

박정우가 미라 거리의 아파트를 찾았다. 정우는 항상 빈손으로 찾아오지 않았다. 어릴 때부터 친구들 과자 값이며 커서도 술값은 곧잘 내곤하였다. 그런 정우가 집을 찾을 때면 미안하리만치

먹을 것을 잔뜩 사가지고 왔다. 사실 판식은 정우 아버지에게 뵐 면목이 없었다. 아버지 대를 이어 장사를 이어 갈 판인데 소련에 가자고 바람을 넣었던 장본인이기 때문이었다.

정우가 현관문을 들어서자마자 큰 소리로 판식을 부르며 손에 든 비닐봉지와 보드카를 내려놓았다.

"야! 상점 아가씨가 이 보드카 존나 좋다고 해서 하나 싸서……."

소파에 앉자마자 정우는 보드카 자랑인지 아가씨 이야기인지 모를 비교를 하며 즐거운 표정으로 말을 길게 이어갔다.

판식이가 얼른 말을 받아치며

"야, 인마! 지금 보드카가 아니고 아가씨 예쁘다는 것 아니야?"

머쓱해진 정우를 두고 판식은

"너는 어떻게 만날 아가씨 이야기뿐이고……."

판식은 혼잣말로 지껄이며 주방으로 갔다. 그리고는 식탁에 준비해 둔 연어 훈제와 사슬릭(구운 돼지고기)에 한국에서 가져온 김치와 파, 깻잎무침을 꺼내며 정우에게 술을 가져오라고 했다.

정우가 오자 판식은 밥통에 밥을 퍼서 정우와 나란히 마주보고 앉았다. 판식은 정우와 술잔을 나누면서 정우가 한번 한국에 다녀와야겠다며 말을 꺼냈다.

한국에 가서 종자와 씨앗 등과 비닐하우스 설치에 필요한 철제 등을 구입해 컨테이너에 실어야 하고 겸사겸사 다녀오라고 부탁했다. 정우는 안 그래도 비자문제도 있고 한국에 들어가 레스토랑에 필요한 집기 등도 구입하러 갈 참이었다.

"잘됐다. 내 집기와 네 것까지 같이 실으면 되겠다. 수속만 잘되게 네가 힘써라. 나머진 내가 다 알아서 처리할 터이니……."

판식은 농사 준비하는 재료구입비에 5천 달러를 정우에게 내놓았다. 정우는 돈을 다시 물리며 물건 도착하고 준비 다하고 계산하자며 극구 사양했다.

항상 그랬다. 정우는 무엇을 부탁하면 자기 돈으로 쓰고 적은 돈은 받지 않았다. 물론 5천 달러면 적은 돈이 아니었다.

어쨌든 수고비는 주지 못할망정 이번만큼은 정우에게 보답을 할 작정이었다. 원래 성격이 대쪽 같아서 어려워도 내색을 하지 않고 늘 힘이 되어주는 친구이었기에 판식은 정우의 깊은 마음 씀씀이에 고마울 뿐이었다.

판식은 식탁에 놓인 5천 달러를 다시 정우 쪽으로 물리며 재차 말을 덧붙였다.

"정우야, 그래도 돈이 많이 들 텐데. 일단 돈은 가져가야 하지 않겠나?"라며 돈을 집어다 정우 손 극구 쥐어주었다. 정우는 돈을 식탁에 팽개치며,

"돈 모자라면 마누라보고 가져 오라면 되지. 귀찮게 그걸 뭐 하러 들고 가냐."하며 오히려 역정을 냈다.

"내가 미안하니까 그렇지……."

"인마, 친구끼리 미안한 것이 어디 있나."며 더 이상 말하지 말고 술이나 먹자고 했다.

둘은 그렇게 고향과 가족 이야기를 하며 술잔을 나누었다. 술판이 무르익자 판식은 부산에서 나무 사러 온 임 사장도 불렀다. 당시만 해도 사할린은 수산업과 목재업이 유행이었다. 보따리 장사치들이 하나둘 업종 변경하기 시작한 때였다.

임 사장은 부산 출신으로 부산진구의 범천동이라는 동네에서 합판도매상을 하던 사람으로, 정우 레스토랑에 자주 들르는 손님으로 와서 안면을 익혔던 사람이었다. 나이는 우리보다는 몇 살 적었지만 말이 별로 없고 예의가 바른 듯했다. 항상 우리를 보면 정중히 인사를 하였고 사할린에서의 고전을 면치 못하였던 사업이야기를 들려주곤 하였다.

최근에는 수산업을 알아보고 있는 중이었다. 그렇게 남자 셋은 사업이야기로 꽃을 피우며 늦은 시간까지 술을 마셨다. 이튿날 정우가 한국으로 날아가고 판식은 농사지을 땅이 있는 유즈노(유즈노-사할린스크) 외곽으로 갔다. 정우가 오기 전까지는 일부의 토지를 개간하고 밭을 갈아야 했다.

먼저는 현지 한인 동포들에게 자문을 얻고 통역 아주머니와 중국인 일꾼을 불러왔다. 벌써 토지에는 일꾼들이 사용할 집과 식당, 간간이 휴식을 취할 수 있는 사무 공간도 마련되어 있었다.

집이라고는 컨테이너 박스와 열차 칸, 함석으로 지은 창고에 불과하였지만 널따란 벌판과 같은 토지 위에 그나마 집 몇 채가 들어서니 그럴싸하게 보였다. 낡은 군용 트럭도 한 대 구입했고 그런대로 농부의 모습이 하나하나 갖추어져 갔다. 마찬가지로 한국에서 실어 온 트랙터와 농기계 등이 완비되어 한쪽에서 흙을 개간하면 잡초와 풀들을 모으고 다른 쪽은 골을 파고 밭을 일구어 나갔다.

고랑을 파고 두둑을 메워나가는 것이 영락없는 농부와 같았다. 또 한쪽에서는 비닐하우스 터를 다지고 있었다. 젊은 중국인 일꾼들이 콧노래를 불렀다. 이를 지켜본 판식은 고향의 논매는 농부들의 소리를 떠올렸다. 자고로 흙을 만지는 사람은 욕심이 없어야하고 흙이 가져다 준 감사함을 마음속 깊이 간직하여야 한다는 것을 알았다. 판식은 갈아놓은 밭의 흙을 만지며 입에다 대었다. 흡사 고랭지를 엎어놓은 흙을 만지는 느낌이었다.

김이 모락모락 나듯 흙은 따스한 온기가 느껴졌다. 판식은 기분이 무척이나 좋았다. 판식은 마음속으로 다졌다. 중국인 농부의 콧노래에 이 땅의 농사가 잘되길 기원했다.

이 땅이라면 감자뿐 아니라 배추, 무, 토마토 농사도 잘될 수 있을 거라 확신했다. 평생을 바다만 바라보며 마도로스의 꿈을 키웠던 판식에게는 이번 사업이 중요한 기로에 서 있다는 것을 알고 있었다. 성공을 하느냐 실패를 하느냐가 문제가 아니었다. 멀쩡했던 사업체를 팽개치고 이역만리 러시아까지 와서 전 재산을 다 날리고 빈손으로 고향으로 돌아갈 수는 없는 것이었다.

패배자라는 낙인은 온전히 가족들에게 미치는 영향으로 남을 것이고, 여기에서 좌절하면 어부의 꿈도 산산조각이 날 뿐 아니라 인생의 낙오자가 되기 때문이다. 험난한 바다의 파도물결도 헤치며 살아온 판식이었다. 바다는 예측할 수 없는 형벌을 시시때때로 안겨주지만 대지의 평온함은 위대한 자연에 순응하며 사람이 디디고 서 있을 수 있다는 차이다.

실패가 두려운 것이 아니라 패배자라는 낙인이 두려웠던 것이다. 아버지가 물려준 재산을 탕진한 아들로 낙인이 찍혀 자식들에게까지 부끄러운 업보를 남기긴 싫었다. 판식은 매만지던 흙을 흩뿌리며 잠시 하늘을 올려다보았다. 파란 하늘에 뭉게구름이 지평선을 타고 어물어물 지나가고 있었다. 봄날을 환영이라도 하는 듯 맑은 하늘에 춤을 추고 있었다.

파란 하늘 아래 내가 딛고 있는 이 땅 위에서 기필코 한국 농군의 저력을 보여주자고 굳게 마음먹었다. 첫술에 배부르랴 만은 이번 농사는 흙의 고마움에 감사하고 일꾼들 배만 곯지 않을 정도면 절반의 성공이라 다짐했다.

억세고 자갈밭이 무성해도 다듬어서 개간하고 햇빛을 쏘이면 축복받는 땅이 되는 것이라 생각했다. 그렇게 한참이나 하늘을 올려다보며 생각에 잠긴 판식의 귀에 조선족 아주머니의 목소리가 들려왔다. 먼 시야에서부터 들어오는 조선족 아낙은 손을 마구 흔들며 불렀다. 아마 점심시간이 되었나보다 여겼다. 판식은 배추밭을 일구고 있는 조선족 용삼이를 불렀다. 용삼이가 쟁기를 내던지고 황급히 달려왔다.

"용삼아! 어서 사람들 불러서 밥 먹으러 가자."

"예……. 알겠습더."

그러자 용삼이는 잽싸게 군데군데 흩어져 있는 일꾼들에게 식당으로 가자고 중국말로 하다가 조선말로도 하며 여기저기를 뛰어다녔다. 함석지붕과 나무로 지어진 식당에는 이내 사람들로 북적였다. 매끼 열일곱 명의 식사를 담당하는 조선족 아주머니 천수댁은 중국 연변에서 사할린에 장사하러 왔다가 시장 좌판에서 만났던 중년의 여자였다.

천수 댁은 사할린에서 가장 큰 재래시장인 보스톡 시장에서 배추며 무 등 갖가지의 채소를 팔고 있었다. 남편은 건축 일을 하였고 남동생 용삼이가 누나를 거들며 생계를 이어가고 있었다.

판식이는 평소 시장에 장보러 가면 천수 댁이 조선말을 잘하고 부지런한 모습을 눈여겨보다가 농장의 식당을 맡겼던 것이다. 마침 농군이 있어야 할 참이었고 천수 댁이 식당일을 맡으며 남편과 동생도 함께 데려가겠다고 제의했다. 그래서 천수 댁이 식당일을 도맡게 되었고 남편 천 씨는 농장관리, 용삼이는 작업반장일을 보게 되었다.

가족들은 심성이 착했다. 어질고 부지런했다. 또 농사는 각기 고향에서도 해본 일들이라 말을 하지 않아도 알아서 척척 해나갔다. 그런 천수 댁 가족들이 있어 판식은 늘 마음이 든든하기만 했다. 든든하기도 하였지만 이 가족들의 상부상조가 농장의 미래를 좌우했다.

식당에는 사할린에서 쉽게 접할 수 없는 한국음식이 죄다 차려져 있었다. 통 김치, 무김치, 시금치, 콩나물무침이 전부이었지만 반찬은 농촌의 식탁과 별다를 바 없었다. 거기에다 우거지로 푹 삶은 된장이며 소 뼈다귀로 고운 국이 나왔다. 김이 모락모락 퍼지는 식당 안은 사람 사는 냄새가 물씬 풍겼다. 판식은 숟가락을 들다 용삼이에게 물었다.

"한족들이 맡은 밭은 언제 되겠나?"

"모레까지는 다 될 것 같은데 한두 명 더 있으면 좋겠습니다."

"그러면 배추밭 팀 둘을 데려다 쓰고 모레부터 모종에 투입시키면 어떨까?"

판식은 4일 있으면 비닐하우스 자재도 도착하니 서둘러야 한다고 용삼이에게 이르고 밥부터 먹자고 했다.

점심을 먹고 나서 판식은 천수 댁 가족들을 불러 모았다. 판식이 천 씨 얼굴을 바라보며 불편한 것 없느냐고 물었다. 천 씨는 곰곰이 생각하더니 농기구가 많이 부족해 일손이 늦어지고 있다고 했다. 농기구도 농기구지만 하우스 자재가 도착하면 별도의 기술자도 한 둘이 정도는 있어야 한다며 근심어린 표정을 지었다.

판식은 천수 댁 더러 내일 점심 먹고 곧바로 천 씨와 시내에 들어가서 북한근로자 중 철재 만져본 기술자 두 사람을 데려오라고 일렀다.

다음날 오전 얼굴이 거무칙칙하고 군복 같은 것을 입은 두 사내가 농장을 찾았다. 사내들은 농장 주인이 한국 사람인 걸 알고는 적잖이 놀라는 시늉이었다. 당시만 해도 한국 사람과 북조선 사람들이 만나기는 쉽지가 않은 때였다.

이들은 사할린 주정부와 국가 간 거래를 하여 건설 및 도로정비에 주로 파견되었다. 이를 담당하는 북조선 합작회사가 사할린에 몇 군데 있었고 대개 간부의 지시에 따라 움직였다.

판식의 농장을 찾아온 이들은 간부급에 속하는 사람들로 보였다. 이 자가 결정하고 근로자를 보내는 듯했다. 판식은 북한 간부로 보이는 사람에게 비닐하우스는 지어보았느냐고 물었다. 이들은 북한에서도 비닐하우스는 지어보았지만 여기 와서도 철재 일은 도맡았다며 임금이나 많이 셈 쳐주라고 했다. 키가 작고 빵모자를 쓴 근로자가 당당하게 말했다.

"3동 전부 보름 안에 다 설치하라요."

판식은 새참이나 식사와 술 같은 것은 걱정하지 말고 하우스만

야무지게 지으라고 당부했다. 그러자 빵모자의 근로자가 다시 받아쳤다.

"여기 와 있는 우리 동무들 전부다 노동 기술자이외다. 걱정마시라오."

이제 비닐하우스가 완성되면 오이와 토마토 농사를 본격적으로 지을 참이었다. 그리고 상추, 깻잎, 쑥갓 등 갖가지 채소를 시험해 볼 계획이었다. 판식의 목적은 저 넓은 대지에 한국의 배추를 심어 현지를 공략할 계획이었다.

배추는 1945년 해방이후 꾸준히 한인들이 봄 농사로 지은 것이었지만 중국 등지에서 대부분 수입해 의존하고 있었다. 특히 한인들이 많이 살다보니 겨울이 오면 한국처럼 김장을 해왔고 개방물결이 밀려오자 외국인 유입과 한국인 왕래로 점점 변하기 시작해 호텔들도 하루가 다르게 들어서고 있다는 것이다.

기왕이면 큰돈도 벌어들일 수만 있다면 좋겠지만 어디 좋은 옷에 고량진미를 마음껏 먹고 인생을 누려야 부자인가, 놀고 있는 이 땅을 개간하여 동토의 땅에서도 한국배추를 심는다는 것만으로도 마음이 풍요로워지는 것이었다. 흙의 감사함에 안주하고 그 일군 피땀의 노력으로 빛을 발한다면 그 또한 부자인 것이다.

이른 아침 자동차 소리가 들리더니 정우의 목소리가 농장에 쩡쩡 울렸다. 다소곳이 전깃줄에 앉은 새들이 놀라며 퍼드덕 자리를 박찼다. 한국 갔던 박정우가 돌아왔다. 정우는 무엇이 그리 좋은지 얼굴에 잔뜩 웃음꽃을 피우며 보무도 당당하게 들어왔다. 무슨 개선장군이 들어온 기세였다.

"어이, 판식이 있나?"

판식은 정우의 목소리를 듣고도 이내 대답을 하지 않고 있었다. 그러자 정우가 방문을 열고 들어왔다.

"너는 이 사람아! 사람 인기척 듣고도 방안에서 뭐하느라 대답도 하지 않고 있냐."며 호통을 쳤다.

"알고 있었네 그려. 그래, 한국에는 다 별일 없고……."

판식과 정우는 근 2주 만에 만났다. 판식은 굳게 악수를 하고는 양손을 벌려 정우를 덥석 안았다. 그사이 정우는 도착하고 선적하는 날도 전화를 하였지만 일주일 정도 연락이 없었다. 물론 정우가 들어오는 날을 알고 있었지만 정우는 판식의 타지 생활에서 기대고 싶을 때나 적적할 때 항상 옆에 있었던 친구인지라 형제처럼 소중한 인연이었다. 이는 정우에게도 마찬가지였다.

판식과 정우는 여태 각자의 일을 제외하고는 항상 붙어 다녔고 고민을 함께 풀어나갔다. 하루라도 보지 않으면 궁금할 정도로 미더운 친구였다. 어쩌면 국내에서보다 여기 와서 정우와 더 친해지고 가깝게 지냈는지 모른다.

정우는 한국 이야기를 침이 마르도록 쏟아냈다. 고향 이야기, 마누라와 아이들 이야기, 집안의 대소사를 비롯해 잡다한 이야기까지 구구절절 다 풀어내었다.

모르긴 해도 정우는 한국만 갔다 오면 이곳에 온 것을 후회하는 눈치가 역력했다. 그래도 친구라고 표현은 하지 않았지만 술자리에서 늘 고민하며 후회하는 눈빛을 발견하곤 했었다. 그런데 이번에는 정우의 표정이 매우 밝았다. 하나밖에 없던 금지옥엽 키웠던 딸아이가 서울대학교에 합격하고 마누라가 하는 사업도 날로 성장해 읍에서 제일 큰 상점으로 확장했기 때문이다.

판식은 문득 한국에 남아있는 아내와 아이들을 생각했다. 정우의 집안에 비해 늘 쪼들리며 살았고 소련 가서 대게 사업한다고 전 재산을 탕진한 자신으로 인해 고생할 아내를 생각하니 마음이 절로 아파왔다. 그래도 아이들이 잘 성장해주고 산전수전 다 겪으며 읍내 식당일이다 궂은 일 마다하지 않고 있을 아내를 생각하니 자신이 오늘따라 한없이 밉기만 했다.

정우가 오고 이틀 뒤 비닐하우스 자재가 농장에 도착했다. 예정대로 북한 근로자들이 오고 중국인 한족들이 거들었다. 판식은 눈코 뜰 새 없이 바빴다. 밭일하랴 모종하랴 거기에다 하우스 지으랴 하루가 어떻게 지나갔는지 몰랐다. 그사이 정우도 간간이 와서 일손을 거들어주었다.

4월 말쯤 천여 평의 밭은 다 개간되었고 비닐하우스도 거의 모양새를 갖추어나갔다. 배추와 무 농사도 이르면 5월 초까지는 다

맬 듯했다. 하우스 3동이 밭 경작지 중간에 설치되고 보니 제법 농장다운 농장이 되어가고 있었다. 판식은 흐뭇했다. 당장이라도 아내에게 자랑하고 싶었지만 수확이 되고 농사가 제대로 되었을 때 전화라도 하여야겠다고 스스로를 자제했다. 판식의 예상대로 농사가 잘되고 배추가 잘 팔리거나 하면 가장 먼저 알리고 싶은 것이 아내와 가족들이다.

비닐하우스에서 파란 싹이 돋아나기 시작했다. 3동에서 자라나는 채소와 토마토는 빠르게 커갔다. 그사이 오이는 서리를 대비해 비닐을 쳐 보호막을 설치하였고 25미터짜리 칸 55개나 심었다. 경작지 아래로는 드문드문 호박도 심었다.

잡초와 야생초가 무성했던 넓은 땅이 잘 다듬어져서 고랑을 내었고 두둑 위로 솟아난 싹들이 너울거리고 온통 푸른 밭이 되었다. 이처럼 배추농사도 잘 영글어간다면 절반의 성공은 시작된 것이라며 먼저는 푸른 잎이 싱싱해 보이고 속이 알차서 무게가 듬직한 배추가 되어야 한다고 믿었다.

7월부터 일부 농사물이 수확이 되었다. 수확이 되고 11월 동삼이 시작되는 김장철까지 판식은 더욱 바빴다. 일부 농작물은 농장입구 차로 변에 만든 임시 천막에서 판매가 되었다. 천수 댁과 통역아주머니가 가세해 지나는 차량이 서면 팔았다.

소량의 농작물이었지만 하루 수입이 짭짤했다. 이 장사는 9월까지 계속되었다. 토마토의 첫 수확은 주변의 아는 사람들에게 선물하고 시식하기도 했다. 일부는 시장에 내다팔기도 했다. 채소와 오이, 호박, 무도 팔려나갔다. 생각했던 것에 비해 지나는 차량이 많았고 판로도 썩 괜찮았다. 더욱이 한국산이라고 하니 입소문을 타기 시작했다.

드디어 김장철이 다가왔다. 창고에 모아둔 배추묶음을 하나둘 시장으로 내다 팔았다. 판식은 농장입구 터에 시장판을 마련하고 깃대에다 우리나라 태극기와 러시아 국기를 달았다. 멀리서도 한국 농장임을 알리기 위해서였다.

입소문을 타서 그런지 배추가 싱싱하고 알차보여서 그런지 식당과 호텔주문이 잇따랐다. 농장입구에는 배추를 싣고 갈 차량들이 줄을 섰다. 첫 회 배추농사는 대박이었다. 정우도 신이 났다. 자기사업은 뒷전이고 배추홍보 역할을 자처했다.

사할린에 김치는 이미 잘 알려져 있었다. 가을철 농한기 때 배추는 시장에서 장사진을 이루며 팔리고 있었다. 중국인들이 판로를 개척하고 농사를 지어 내다 팔았다. 또 본토에서 가져와 팔기도 했다. 한인들 뿐 아니라 러시아인까지 김치를 애용했다.

배추는 김장철이 대목이지만 시장 좌판 김치장사는 1년 내내 김치를 팔고 있다. 판식과 농장 식구들은 하루 종일 배추 실어 나르고 파느라 파김치가 되었다.

판식은 그날 저녁 일찌감치 천 씨에게 돼지 한 마리 잡아서 준비하라고 일러두었다. 농장식구들이 다 모였고 정우도 목재업 하는 임 사장도 유학생들도 초대했다. 수육 돼지고기와 김치는 일품이었다. 고향에서 먹는 김치 맛 그대로인데다 장터와 같은 분위기를 자아냈다. 판식은 돌아가면서 고맙다는 인사를 빠트리지 않았다. 농장식구들의 피땀으로 일군 대가이지만 많은 사람들이 홍보해주고 알려주었기 때문에 가능했다.

아무리 배추가 좋다한들 팔아주는 사람이 없으면 농사는 망치는 법이다. 소비가 있어야 농사도 살아날 수 있다. 이 정도라면 충분히 자신이 있다고 장담했다. 무엇보다 알게 모르게 한국 사람들이 많이 도왔다. 세상에 독불장군이 없듯이 판식이 혼자 날뛴다한들 홍보가 제대로 될 리는 없다.

지나치는 차량에 의해 알려졌지만 그것은 소량에 불과했다. 주변의 많은 한국 사람들이 배추 홍보맨이 되었던 것이다. 단순히 배추를 파는 것만 아니라 이들에게는 한국을 알리는 역할을 뒷전에서 늘 해오고 있었기 때문이다. 스스로 자만하는 사람은 항상 실패를 거듭하는 법이 많다. 숱한 이민생활에서 자신을 낮추고 남을 헤아리는 배려와 공생법칙을 이어가면 주류사회에서의 인정을 받게 되는 법이다.

오늘의 판식이가 짧은 기간 주류사회에서 두각을 나타난 것은 평소의 근검한 태도와 묵직함이 어필되었기 때문이다. 특출하게 내세우기보다는 오히려 자신을 한 단계 낮추는 방식이 해외생활에는 오히려 득이 될 수 있다. 모든 것이 감사했다. 주변 사람들은 물론이거니와 하늘에 감사했고 흙이 베푼 한량없는 고마움에 넙적 엎드려서라도 절을 하고 싶었다. 이윽고 판식은 흙을 매만지며 엎드려서 입술에다 흙을 대었다.

"고마워이...... 내가 이렇게 할 수 있도록 그대가 베풀어 준 것이야......"

판식은 엎드린 채 흙과 입맞춤을 하며 가슴 속에서 우러 나온 말로 중얼거렸다. 그리고 힘들 때나 무언가 사무치게 그리울 때면 무턱대고 먼 하늘을 쳐다보듯 하늘을 올려다보았다.

양떼구름이 무리를 이루며 지나갔다. 파란하늘이 너무 좋았다. 바다와 땅에 있을 때나 하늘은 판식에게 늘 용기를 주었고 희망을 갖게 했다. 그렇게 땅을 짚고 하늘과 대화를 나누며 깊은 상념에 잠겼는데, 용삼이가 숨이 넘어갈 듯이 헐레벌떡 뛰어왔다. 용상이는 무릎에 손을 얹고 고개를 숙이며 숨을 고르고 있었다.

"저기. 사장님요. 한국 사람인디, 급하다며 전화 받으라요......"

"누구이던가?"

"고기 장수하는 이창호 사장님입디다."

"그래. 가보자꾸나."

판식이가 식당에 왔을 때는 이미 전화가 끊겨 있었다. 10분이 지났을 무렵 전화가 다시 울렸다.

"여보세요. 형님, 저. 창호입니다."

"어. 창호, 오랜만일세...... 무슨 일인가?"

"임 사장이...... 옴스크에서 유즈늬로 들어오다가 교통사고로 죽었답니다."

판식은 멍하니 전화통을 들고 한참이나 할 말을 잃었다.

"그러면 임 사장은 지금 어디 있는가?"

"병원에 안치되어 있답니다."

"우선 자네가 좀 돕게. 내 정우랑 연락해 바로 고려인한인회로 가겠네."

전화를 끊고 판식은 정우에게 사유를 이야기하고 한인회에서 만나자고 했다. 한인회에는 정우와 이창호가 먼저 와 있었다.

한인회 사무실에 들어서자 현지고려인 회장인 박 회장이 반갑게 맞이했다. 박 회장은 진심어린 말을 뱉으며 임 사장의 부고를 알리며 위로했다. 박 회장도 현지 보안국에서 연락을 받았고 한국 외교통상부에서도 전갈이 왔다고 전했다. 그때만 해도 사할린에는 공관이 없을 때였다. 사고를 접한 국가 정보기관은 블라디보스토크총영사관으로 연락을 취함과 동시에 고려인 회장 박 회장에게 통보를 했던 것이다.

외교통상부는 곧바로 임 사장의 한국회사와 유가족들에게 사망 원인을 설명했다. 유가족은 비자를 받은 즉시 현지에 도착해 절차를 거쳐 시신을 한국으로 이송한다고 했다.

임 사장은 애초에 목재업을 하였지만 사업이 부진해지자 한국의 수산업체와 합작회사를 차렸고 옴스크 어장과 공장을 둘러보고 나오는 길에 옴스크 중간지점 뽀자르스코예에서 사고를 당했다. 임 사장이 탄 봉고버스에는 기사와 임 사장이 타고 있었는데 마주 오는 건설용 트럭과 정면충돌해 기사와 임 사장이 그 자리에서 사망했다. 박 회장 말로는 임 사장이 탄 봉고버스 기사의 졸음운전으로 추정되나 현재로서는 알 길이 없었다.

어쨌든 러시아에서 사고를 당하면 개죽음이었다. 보상도 없고 원인도 정확히 설명하는 예는 더더욱 없었다. 일단 판식은 고려인 중 연장자로서 박 회장에게 뒤처리와 시신수습과 장례 치르는 절차에도 협조를 해달고 부탁했다.

그 길로 판식은 통역아주머니를 불러서 장례회사를 알아보았다. 마찬가지로 러시아도 시체가 확인되면 장례회사에서 수거하고 모든 절차는 장례회사에서 진행하게 되었다. 판식과 정우, 이창호의 현지 동업자 김 미샤가 나서서 시내 장례회사를 찾았다. 시내 콤소몰스카야에 있는 장례회사에서 관을 주문하고 수의 대용인 검정 양복을 고르고 꽃도 주문했다.

나흘 뒤 유즈노사할린스크 공항에 한국의 유가족이 도착했다. 임 사장의 부인과 아들, 작은 삼촌이 사할린에 왔다. 정식 한국교민회도 없었던 시절이라 판식과 정우, 이창호 등 한국 사람들이 마중을 할 수 밖에 없었다. 공항에 도착한 부인은 어딘가 어설프고 매우 힘들게 느껴지는, 낯선 사할린을 보자 울음부터 토해냈다. 아들이 어머니를 부축하고 주변 사람들도 눈시울이 붉어졌다. 돈벌이한다고 그 위험한 지역으로 사업을 확장하겠다고 하였을 때부터 온 집안사람들이 말렸었다.

　나무수입도 좋지만 국내의 편한 사업을 두고 갑작스레 그도 공산국가이었던 소련에 사업하러 간다고 하였을 때 노모도 부인도 말렸던 그였건만 사늘한 시체로 돌아왔으니 부인의 입장은 가슴이 찢어지고 한없이 슬프기만 했다.

　공항에는 일시 미묘한 정적이 흘렀다. 판식도 다른 데를 응시하였고 이창호도 고개를 들지 못했다. 지나치는 러시아인들이 무슨 일인가 힐끔힐끔 쳐다보았지만 아랑곳 하지 않았다. 진정 누구의 죄도 아닌데 함께 슬퍼하는 모습은 우리네 정서와 똑같았다.

　판식과 정우는 임 사장 가족들을 호텔로 안내하고 화장장의 절차가 거의가 수동적이고 복잡하다는 것을 유족들에게 설명하며 안심시키는데 주력했다. 현재까지도 이곳은 대부분 매장문화에 의존하고 있었다. 별도의 화장터가 없었고 시립병원에서 맡아서 하는 곳인데 장작을 이용해 화장을 하고 있었다.

　시체 태우는 시간만 족히 6시간이 걸렸다. 그리고 삼일 만에 유족들은 임 사장 유해를 보듬고 한국으로 떠났다. 자칫하면 미궁에 빠졌을 사건이었으나 한국 외교부의 적극적인 설득과 외교라인이 적절하게 맞아떨어졌고 현지 교민들의 봉사가 발 빠르게 대처해 이룬 성과였다.

판식은 집으로 돌아오는 길에 이곳에서 산다는 거, 늘 조심하는 것이 상책이라며 인생의 덧없음을 논하며 정우와 이창호에게 푸념을 늘어놓은 듯이 말했다. 그렇게 열흘이 지났다. 임 사장의 유해가 한국으로 이송되고 꼬박 열흘이 지났는데도 판식은 도무지 잠을 이루지 못했다. 무슨 연유인지 잠을 청하면 임 사장이 떠오르고 정착기의 한국 사람들의 고생이 주마등처럼 스쳐갔다.

유독 밤이면 임 사장의 죽음이 떠올라서 잠을 이루지 못했던 것이다. 몇 번이고 몸을 뒤척이다 잊으려 해도 임 사장의 호탕한 웃음이 떠오르고 지울 수 없이 뇌리를 스쳐갔다.

임 사장은 부산에서 목재소를 운영하다 이곳에 온 사람이다. 경상도사투리가 억세고 사람 좋기로 소문이 자자해서 몇 되지 않는 한국 사람들에게도 신망이 두터워 항상 가까이해왔던 인물이었기에 그의 사망소식은 판식에게 엄청난 후유증으로 다가왔다.

나무장사한다고 사할린 이곳저곳을 두루 다 다녀보았던 임 사장의 고생을 쉬이 잊을 수가 없었다. 탈모가 심한 임 사장은 이곳에서 목재사업으로 마음고생을 심하게 했고 그나마 남은 머리가 다 빠질 정도로 어려운 상황도 전부 이겨냈다. 무엇보다 판식에게 현지 사할린동포의 아주머니를 소개시켜 주었던 것도 임 사장이었고 판식이 농장 차린다고 선뜻 도움을 준 것도 임 사장이었기 때문이었다. 당시 임 사장은 자신도 없는 처지에 세무 관련한 조언과 서류 절차 등 많은 것을 도와주었다. 누구인들 만 달러의 거금을 내놓을 것이며 농장의 많은 부분을 일일이 자기 일처럼 도맡으며 따뜻한 정을 온전히 내 줄 수 있겠는가, 그런 임 사장을 생각하면 잠을 이룰 수 없었다. 고마운 사람이자 판식에게는 세상에 없을 소중한 인연이었다.

이후 판식은 현지 여자와 결혼하면 서류절차가 한결 쉬워진다는 것을 깨닫고 임 사장이 소개해 준 현지 아주머니인 2세 손 마리나와 결혼하기에 이르게 된 것도 임 사장의 도움이 가장 컸다.

가정을 이루고 합법적인 러시아에서의 사업이 이루어지자 무비자 및 근로, 국민의료보험의 혜택도 주어지는 영주권이 나왔고 몇 해가 지나서는 서류절차를 통해 정식 러시아국적을 취득하게 되기도 했다.

당시만 해도 한국인으로서 영주권을 가진 사람은 몇 사람 되지 않아서 영주권 취득은 학위 따는 것만큼이나 힘든 시기였다. 이렇듯 임 사장의 조언이 아니었으면 지금의 판식이도 기로에 서서 헤매고 있었을지도 모른다는 것에 임 사장이 베푼 아량 없는 우애에 두고 두고서라도 고마움을 전하고 싶었을 뿐이었다.

마리나는 이후 농장의 경리업무를 맡아 러시아 세무서에 등록하는 일 등 중요한 법적 서류를 맡는 부가텔(세무) 업무를 이어갔다. 마리나는 전 남편과 사별하고 딸 둘을 두었다. 딸들은 재혼한 엄마의 남자 판식을 잘 따라주었다. 큰 애는 결혼을 하여서 손녀까지 보았고 둘째 아이는 대학 졸업반이나 재혼한 판식을 친아버지 못지않게 따르고 망설이지 않고 결혼식 다음날부터 아버지라고 불러준 아이들이었다.

이 모든 행복이 임 사장이 준 것이라고 생각하면 판식은 쉽게 잠을 이룰 수 없었다. 임 사장의 고생은 둘째치고서라도 살기위해 몸부림치다 죽음을 맞게 된 것이 믿어지지 않기 때문이다. 어쩌면 판식의 인생도 그런 것 이겠구나 생각하면 속절없이 눈물이 흐르기 일쑤였다. 다정다감했던 임 사장의 모습에 즐겨 마셨던 보드카 한잔에 세상 시름 다 잊고자 했던 사나이의 정을 쉽게 물리 칠 수가 없었던 것이다.

사람의 정이 얼마나 소중한지 그 깊은 내막을 아는 이는 그리 많지 않았던 것이기에 임 사장의 죽음은 판식에게 깊은 상처를 남겼고 마치 한 손을 잃은 듯 아픈 자욱이 마디마디 자리해 있었다.

이윽고 날이 밝았다. 어떻게 눈을 붙였는지 잠을 뒤척이다 새벽동이 트는 시각에 판식은 자리에서 털고 일어나 밖으로 나갔다. 벌써 중국인 일꾼들이 일어나 분주히 세면대에서 씻고 있었다.

용삼이가 먼저 판식을 발견하고는 인사를 했다. 그러자 중국인 일꾼들도 고개를 숙이며 덩달아 아침인사를 했다. 판식도 고개를 저으며 맞았다. 하늘은 부옇게 안개로 덮여 벌판을 가로질렀다. 희미하게나마 햇빛이 안개에 가려져 고개를 내밀고 발걸음마다 이슬이 내려 질퍽하다시피 물기가 고였다.

판식은 식당이 있는 쪽으로 발길을 재촉했다. 고양이 울음소리와 한 달 전 태어난 누렁이 새끼들이 꼬리를 치며 판식에게로 다가왔다. 어미인 누렁이도 재빠르게 판식을 알아보고는 달려왔다. 누렁이의 머리를 쓰다듬어 주자 두발을 벌려 차오르며 연거푸 꼬리를 쳤다. 새끼들도 덩달아서 깽깽거리며 달려들었다. 판식은 누렁이 새끼들 전부를 안아주면서 맞아주었다.

누렁이는 지난 달 다섯 마리의 새끼를 낳았는데, 한국교회 목사님이 농장에 토마토와 채소를 사러오면서 점박이 새끼를 하도 예뻐해 한 마리를 가져가게 됐고 한 마리는 자동차로 지나치는 러시아인 중년여인이 어미 따라 노니는 누렁이 새끼들을 보고는 귀여움을 연발하면서 강아지 새끼를 품에 안으며 쪽쪽거렸다.

러시아 여인은 채소와 과일은 뒷전이었고 오로지 강아지에만 매달리며 정신을 다 놓으며 팔 것을 제안했다. 판식은 저 정도로 동물을 사랑한다면 새끼를 하나 주어도 괜찮겠다고 여겨 선뜻 건네주기로 했다. 물론 돈은 받지 않았고 선물이라고 하며 러시아 여인에게 누렁이 새끼 하나를 선사했다. 여인은 어쩔 줄 몰라 하며 기쁨을 감추지 못했다.

원래 러시아인들은 동물을 아끼고 사랑하는 것은 자식 못지않게 여기는 경향이 있다. 이곳만 해도 집집이 개를 키우거나 데리고 있다. 심지어 일반주택도 아니고 아파트에서도 별도로 공간을 내주면서까지 큰 개를 키우고 있는 것도 사실이다. 하여 개들의 천국이라면 러시아가 으뜸이다.

집집마다 애완견이나 투견들을 키우고 있어서 여느 아파트 계단을 오를 때 내려오는 개들로 섬뜩할 때가 한 두 번이 아니다. 단지 개의 배설물 처리가 문제이다. 한국처럼 개의 배설물을 가져가는 법이 없었다. 공원이나 노상에 개의 배설물을 그대로 방치해 미관상 보기 흉할 때가 있기 때문이다.

눈이 많이 내리는 이곳에 길거리를 걷다보면 으레 눈 위에 가는 곳마다 개의 배설물은 쉽게 찾아볼 수가 있다. 그 만큼 개들이 많고 버려진 개들도 또한 많아서 쓰레기통을 뒤적이며 까마귀와 먹이 전쟁은 이곳만의 진풍경이다.

누렁이가 농장에 온 지도 벌써 2년째 접어들었다. 누렁이가 우리 농장으로 온 날은 판식이 배추 팔러 전통시장에 갔을 때, 시장 좌판에서 동물을 파는 러시아 상인에게서 어린 새끼로 들여왔다. 누렁이는 어릴 적부터 유독 판식을 잘 따랐고 농장을 잘 지켰다. 가끔 도심에 볼일을 보러 가거나 장사를 갈 때면 어찌 알고는 도로변 신작로까지 달려와서 판식을 반겨주었다. 그럴 뿐 아니라 누렁이는 숙소와 입구의 200미터가 넘는 경계선을 오고 가며 농장을 지켜나갔다.

입구에는 코카시안 마운틴 세퍼드 러시아 태생의 맹견에 속하는 송아지만한 개가 한 마리가 더 있지만 농장을 지키는 것은 누렁이 몫이었다. 꼬리를 치는 누렁이와 강아지들을 보고 식당으로 향했다. 또 용삼이 더러 아이(개)들 밥을 주라고 일러주기를 잊지 않았다.

식당에는 벌써 중국인 일꾼들이 밥을 먹고 있었다. 판식이 테이블에 앉자 천수 댁이 밥과 국을 내놓았다. 오늘 식단은 생선조림과 김치, 깍두기, 파김치, 논두렁에서 캔 나물과 시래기 국이었다. 식단의 대부분은 농장에서 해결해서 그런지 늘 신선한 채소와 과일이 끊이질 않았다. 판식이 식사를 끝내고 컨테이너 박스가 있는 사무실에 당도하자 차 소리가 들렸다.

창문 밖으로 일본산 승용차 랜드 크루저가 마당 한복판에 미끄러졌다. 창호가 차에서 내렸다. 이곳은 보편적으로 겨울이 긴데다 눈길을 내달리다 보니 자연스레 동절기에 잘 견디는 일본산 승용차를 많이 선호하고 있다. 어디서나 쉽게 목격할 수가 있는 것이 일본산 승용차이고 약 80% 정도 점령하고 있다.

창호가 한 손에 무언가를 들고 왔다. 아이스박스에 담겨진 내용물을 창호가 펼쳐냈다.

"형님, 이번에 덴 슬라바와 함께 만든 해삼입니다."

"1년산인데, 첫 출시로 큰 형님께 가져왔습니다."

"그래. 보자꾸나."

창호가 내민 해삼은 이곳에서 '트레팡'이라 불리는 러시아산 해삼이다. 주로 중국에서 많이 수입을 하고 있고 일본에서도 적지 않게 가져가고 있다. 트레팡은 원래 수입이 금지되어 있으나 암암리에 밀거래로 지금까지 수출하고 있다.

창호는 현지 마피아출신인 덴 슬라바의 보호 아래 주정부에 정식 등록하고 오호츠크 해의 한 해변 가에 양식장을 차려 해삼을 생산하고 있었다. 그들의 목표는 중국, 일본, 한국에다 내다 파는 것이다. 때마침 러시아 정부의 쿼터랑 감소 정책으로 수산업이 다소 침체되자 야심을 품고 시작한 것이 이 해삼 양식업이었다.

초창기 이 사업을 할 때만해도 판식은 여러 사람 울리지 말고 그만두라고 간곡히 말렸던 것이다. 그런데 이미 투자자가 돈을 지불한 상태이고 한국에서도 공장 자재가 발주 된 상황이라며 이번만은 잘 하겠다고 호언장담을 했던 창호였다.

창호는 부산에서 주재사무소를 차려놓고 러시아에서 사업을 하는 40대 후반으로 경북 출신이다. 초창기부터 사할린에 들어와 상공회의소 등에 소속된 사업하는 사람들과 어울렸고 이곳의 실정을 누구보다 잘 알고 있는 사람이다. 하지만 창호는 평소에도 믿음이 가질 않아서 썩 마음에 들지 않았지만 판식에게는 예의를 다 갖추고 있어서 마지못해 받아들이고 있는 형편이다.

주변 평판도 그리 곱지만은 않았다. 매번 한국에서 온갖 권모술

수를 다 써서 투자자를 불러들여 옳게 해나간 일이 없었기 때문
이다. 그런 창호가 시작한 사업은 어디 이것만이 아니다. 하는 사
업마다 불투명하고 한국 투자자를 불러 허구한 날 술이나 먹고
여자들에게 돈 쓰기를 밥 먹듯 했다.

 허영과 가식이 몸에 밴 사람으로 진작부터 타일러도 소용이 없
었다. 그런 창호에게도 아픈 사연이 있고 이곳에 가장 먼저 진출
한 기업인에 속해 딱히 무어라고 야단을 칠 수는 없었다. 창호도
내일모레이면 오십이라 타지에서 만난 선배로서 한두 번 정도의
야단은 칠 수는 있지만 대놓고 간섭을 할 수도 없는 것이다.

"그래. 이번에 돈이 제법 들어간 줄 알고 있는데, 승산은 있는
가?"

"형님. 덴 슬라바 돈 2억과 한국에서 5억을 넣었습니다. 가능성
은 충분히 있다고 봅니다."

"안 그래도 중국바이어들이 양식장을 찾아서 중장기적으로 가
져가겠다고 해둔 상태입니다."

"다행이구나. 근데 루트가 확실히 진행이 될 수 있는 건가가 문
제인 것 같은데……."

"지금 배편은 덴 슬라바가 정부 관리로부터에서 마피아까지 손
을 쓰고 있습니다. 글피에는 저도 따라가서 의논을 하였고요."

"그래, 잘 되었으면 좋겠다. 이 사장……."

"아~ 형님 염려하지 않으셔도 됩니다. 이번엔 꼭 이창호가 한

건 할 겁니다."

"이미 한국에도 통보하여 투자자들이 더 온다고 하고 수매지도 알아보고 있는 상황입니다. 마~ 걱정하지 마이소. 잘 될 낍니다."

창호는 입에 침이 마르도록 자신 있게 호기를 부렸고 가져온 해삼은 일용할 양식에 쓰라며 자주 가져다주겠다고 익살을 부리며 으스대면서 돌아갔다.

판식은 탁자 위에 홍차를 한잔 두고 혼자 골몰히 생각해보았다. 이곳 정부에서 허가를 내주어서 시작한 사업이라 하지만 세금 제하고 얼마만큼 이익을 가질 것이며 양식의 귀한 사업프로젝트를 결국에는 러시아가 뺏지 않을까 하는 조바심이 더 컸다. 적은 돈도 아니고 60% 가까이 남의 돈 끌어들여서 어떻게 진행을 하려는지 실로 걱정이었다.

저러다 총이나 안 맞으려지 내심 불안감을 지울 수가 없었다. 창호가 개입한 사업에 여러 번 불상사가 있었기 때문이다. 결국엔 돈 잃고 목숨까지 위태로울 수가 있는데 창호의 호기가 지레 걱정부터 앞섰다.

창 밖에는 햇빛이 쨍쨍거렸다. 풀섶에서 이슬 먹은 냉기가 아지랑이 되어 차오르고 있었다. 판식은 홍차를 내려놓고 지금부터는 농장에 매달려야 한다며 생각하고 내년부터 김치공장 건립을 추진하고 이곳에서 침술을 나누어주면서 한국을 알려야겠다고 다짐해보며 밖으로 나갔다.

어느덧 파릇파릇 새싹이 돋아나고 절반의 성공이 점쳐 졌을 때의 북받치던 감정도 잠시 신록의 계절을 지나서 가을 수확기가 끝났다. 농사하느라 잠시도 쉴 틈 없이 세월 가는 것도 잊었던 판식이었다.

곧 있으면 삭풍이 불어오는 겨울이 올 차례. 천 씨도 용삼이도 내년을 예약하며 다른 일을 찾아야 한다. 사할린은 일 년 내내 농사를 지을 수 없다. 봄이 되고 가을까지 농사를 짓는다. 굳이 농사일도 없는데 천 씨와 용삼 이를 붙잡아 둘 필요는 없는 것이다. 경비와 천수 댁만 남겨두고 다들 새로운 일을 찾아 떠나야 한다. 농장 일꾼으로 들여온 중국 한족과 조선족들도 내보내야 했다.

판식은 천 씨와 용삼이더러 일꾼들 데리고 비닐하우스 보호막을 걷어내고 창고와 숙소 정리를 하라고 이르고 사무실로 들어갔다. 사무실이래야 고작 군용트럭을 개조한 2평쯤 되는 쉼터였지만 한해 농사의 작업과정과 경작물, 농업에 관한 수리학 공부도 이 좁은 방안에서 연구하고 머리를 싸매던 곳이었다.

실패의 가능성을 우려하면서도 농사를 시작하고 밥은 굶지 않았고 나름의 보람도 있었건만 살아온 날들의 삶이 왜 이리도 허무한지 모르겠다며 스스로 자문했다. 그러나 판식은 생각한다. 농사는 단순 농사가 아니고 개척지를 일구는 야망을 키우는 단계이다. 많은 사람들이 시행착오를 거치면서 이루고자 하는 것이 있듯이 한때의 잘못을 뉘우치고 새로운 삶의 도전정신은 허망한 대게장사보다는 훨씬 가치가 있다는 것이다.

애초부터 그랬듯이 농사를 지어서 큰돈을 벌려고 하지는 않았다. 버려지고 노는 저 넓은 대지를 가꾸어 한국배추를 심어보겠다는 소박한 소망이었을 뿐이었다. 작은 수확이라도 알알이 영근 농작물을 보며 거두어들이는 농부의 기쁨 그 자체로만 만족해야 했다. 또 봄이 오기 전 내년에 대비할 계획안을 짜고 토지도 더 임대하거나 계약해 농장의 규모를 늘려가려 한다.

가장 중요한 농장 일꾼도 중국에 가서 데려와야 되고 3개월 가량의 여유는 비상의 날갯짓을 위한 준비단계에 불과했다. 판식은 이러한 과정을 공책에 하나하나 훑어가며 꼼꼼히 적어내려 갔다. 그리고 판식은 잠시 하던 일을 멈추고 밖으로 나갔다.

먼발치에 있는 농장입구를 바라보았다. 태극기가 러시아 국기와 휘날리고 있었다. 20미터나 되는 파이프 깃봉에 태극기가 자랑스럽게 바람에 휘날리고 있었다. 이곳에 한국을 심자고 생각했다. 어떤 역경이 닥쳐와도 포기하지 않고 저 태극기처럼 힘차게 움직여야 한다고 다짐했다. 농군이란 흙이 내려준 은혜를 노동으로 보답하는 길밖에 없다고 생각했다.

II. 동토의 땅에 피어난 꿈

희망 없이는 꿈도 없다. 사랑을 갈망한 여인의 울부짖음은
대륙의 꿈을 송두리째 앗아갔다.

동토의 땅에 피어난 꿈

[고발성 르포]

희망 없이는 꿈도 없다. 사랑을 갈망한 여인의 울부짖음은 대륙의 꿈을 송두리째 앗아갔다.

 김포공항을 떠난 지 3시간여 만에 낯선 러시아 땅에 첫발을 디디었다. 하늘에서 내려다 본 러시아 사할린은 성냥갑을 엎어놓은 것처럼 고만고만했다. 특별히 높은 건물도 없었고 보이는 건 크지도 작지도 않은 산맥이 줄기차게 이어졌고 그 아래로 회색빛 집들과 넓은 들판사이로 이따금씩 흐르는 짙푸른 강줄기와 숲이 드러났다.

 아찔한 느낌도 잠시뿐이었다. 유독 꽝꽝거리는 굉음을 내며 비행기가 활주로에 닿았을 때 창밖을 내다보니 공항 주위로는 삼엄

하리마치 경직되고 굳은 얼굴의 무장한 군인들이 길게 늘어서있었다. 거기에다 기관단총을 어깨에 둘러맨 군인은 우리 쪽을 뚫어져라 쳐다보고 총을 겨누고 있는 듯했다.

트랩을 내리는 순간 파란 베레모에 금발의 여자군인도 잠시 한 눈을 팔지 않고 경계를 늦추지 않았다. 마치 국경을 넘나드는 난민을 쳐다본 듯 그 눈초리가 매서웠다. 주위를 에워싼 군인들을 지나 시골버스보다 우직하고 이상하게 생긴 소련산 버스가 우리를 기다리고 있었다. 채 5분도 안될 거리의 입국장 입구에 당도하니 무장한 군인들이 양편으로 또 섰고 가운데의 말쑥한 군복의 여자군인이 여권을 확인하고 있었다. 세관원인지 공항경찰인지 모르겠으나 암튼 모두가 군인들로만 보였다.

입국절차는 지루하고 복잡했다. 족히 한 사람당 5분 이상이 걸리고 있었다. 쳐다보고 또 쳐다보고 고개를 들었다가 내렸다가 다시 여권을 확인하고 무엇을 쓰는 것 같았는데 몇 번이고 고개를 설레설레 저으면서 쳐다보기를 반복했다.

우리네 공항처럼 혼잡한 느낌도 없을 뿐더러 시끄러운 소리도 들리지 않았다. 여권수속을 기다리는 중 동료에게 말을 붙이려니 여자군인은 대박에 알아차리고 집게손가락을 치켜들면서 살며시 입술에다 대었다. 조용히 하라는 신호이다. 그리고는 무언의 긴장이 흘렀다. 줄 서고 기다리는 모습들이 행여 감옥소로 들어가는 느낌이 들었다. 그렇게 살벌한 여권 수속이 끝나고 이젠 짐을 찾는 곳이 나왔다.

트럭에 실려 온 화물은 창문을 벗겨낸 미끄럼틀을 타고 30미터쯤 길이가 되는 컨베이어에 마구 던져졌다. 더러는 깨어지고 더러는 손상이 된 짐도 나왔다. 누구 하나 항의할 수 없었다. 바쁘게 짐을 찾고 나가는 일이 우선 더 급했다. 손에는 손가방이 들려 있고 화물로 부쳐온 3개의 짐을 들고 나서니 또 정복의 여자 세관원이 짐표를 확인했다.

짐표를 확인하고 10평도 안 되는 좁은 공간에 무식할 정도로 커다랗게 보이는 기계와 세관원이 각자의 위치에 서서 대기하고 있었다. 매서운 눈동자는 그 공간에도 자리하고 있어서 숨조차 편안히 쉴 수가 없었다. 말이 통하지 않아 그들의 눈치만 보고 있는데 손가락을 이리저리 흔들어댔다. 당최 무슨 신호인지 몰랐다. 짐을 이리로 가져오라는 건지 저기로 가져가라는 건지 수신호는 사람의 혼을 다 빼앗았다. 짐 확인 세 명, 검색대 두 명, 주변에 어슬렁거리는 사람 서너 명과 짐과 사람이 부대껴 흡사 도깨비 시장과 같았다.

이것이 1900년대 중반, 러시아 사할린 공항의 풍경이다. 이랬던 공항이 조금조금 변해버려서 이제는 많이 나아졌다. 무장한 군인들도 안 보이고 잘 차려입은 국경수비대 경찰과 늘씬한 미녀 세관원의 안내를 받으며 다소 지루하긴 하여도 소련 개방 초기보다는 훨씬 나아진 편이다.

황석호는 한국 손님을 공항으로 마중하면서 문득 지난날을 되새기고 있었다. 있을 때는 즐겁고 가고나면 서운한 것이 어디 이것뿐이겠냐마는 헤어짐이란 늘 가슴을 부비고 슬퍼지는 느낌이다. 검색대를 빠져나가는 손님들을 바라보며 손을 흔들어주었다. 옆에 있던 한인들도 손을 흔들었다.

한국 손님들은 몇 번이고 허리를 굽혀 감사의 인사를 보내면서 두 팔을 크게 벌려가며 두 손으로는 타원형을 그리며 답례를 했다. 비행기 표를 들고 이층 입국심사대로 오르고 사라지기 전까지 그들을 지켜보았다. 혹여나 문제가 될까 걱정하면서 끝까지 자리를 지키고 있었다.

사람들이 이층으로 올라가고 그들의 모습이 보이지 않자 한인2세 정인수 회장이 불쑥 말을 꺼냈다.

"이번에 황 대표님이 참으로 수고가 많았습니다."

"아닙니다. 저보다야 회장님과 주변 도움이 더 컸습니다."

"회장님과 그 분들의 도움이 없었다면 이번 문화행사는 우리만의 행사로 끝났지 어디 주정부의 관심이나 받았겠습니까?"

"어쨌든 이번 행사로 사할린 한인들의 위상도 좋아졌다고 생각이 듭니다."

"허허. 그렇게 생각해주니 정말 고맙구려."

정 회장은 반색을 하며 좋아했다. 주변에 서 있던 한인들도 서로 손을 맞잡고 성공리에 끝난 문화행사를 축하하며 격려했다.

정 회장과 사람들이 하나 둘 떠나고 석호는 공항 나무의자에 좀 쉬어 갈까하다 그냥 일본산 자동차가 있는 곳으로 발길을 돌렸다. 저만치 보즈두흐 스키장이 보이는 산등성이에는 아침 해가 솟아올라 하늘이 훤해졌다. 이른 새벽 손님들과 호텔을 나올 때는 동 트기 전이었는데 아침 햇살이 눈부시게 퍼졌다.

일순간에 피로가 확 몰려왔다. 근 한 달이 넘도록 컴퓨터에 매달리고 씨름하고 지방을 다녔던 피로가 한꺼번에 오는 듯했다. 온몸이 나른하고 힘이 쭉 빠지는 느낌이었다. 시동을 걸었지만 몸이 움직이지 않았다. 석호는 잠시 시동을 껐다. 그리고 머리를 기대어 눈을 감았다. 잠 속으로 빠져든 석호는 타임머신을 타고 지난날을 회상하고 있었다.

사할린은 일제강점기 일본이 점령하고 있었다. 1938년부터 국가총동원법 공포가 실시되고 1942년 조선인 일본 내지이입 알선요강이 결정된 후 관 알선 모집 강제징용의 본산지로 더 알려져 있다. 무고한 조선의 젊은이들이 동토의 땅 사할린으로 내몰렸다. 사할린은 일본시대 때는 화태(樺太)라 불리었다. 질곡 같은 1세 한인들의 삶이 고스란히 배어 있는 곳이다. 일본어로는 '가라후토'(からふと)라 했다.

사할린 주는 러시아 극동 연방관구에 속하며 러시아 유일의 섬이다. 주와 인접한 모네론, 졸레니이 섬을 비롯해 56개의 섬으로 구성된 쿠릴열도에 속해 있다.

유즈노사할린스크에서 모스크바까지의 거리는 10,417킬로미터이고 사할린 주와 모스크바의 시차는 7시간이 된다. 사할린 주의 총 면적은 8,71만 평방미터이며, 주의 기반인 사할린 섬은 러시아에서 제일 큰 섬(7,66만 평방킬로미터)에 해당하며 자오선을 따라 948 킬로미터로 남북으로 길게 펼쳐져 있다. 최대 넓이가 160킬로미터이며, 최소 넓이는 26킬로미터가 된다.

월평균 온도는 북쪽에는 −24℃이고 남쪽 −6℃, 최저 기록 −54℃이다. 8월에는 10℃, 북쪽은 19℃ 남쪽의 최대 기온은 38℃이며 연간 강수량은 6백~1천2백mm에 이를 때도 있다. 때로는 늦은 여름과 가을에 남서부에서도 강우량이 초당 40m까지가 내려 강력하고 파괴적인 태풍을 동반하기도 한다.

동해의 타타르 해협, 네벨스크 해협의 최소넓이는 7,5킬로미터이다. 아무르스키 해협과 사할린만은 섬을 대륙에서 분리하고 있다. 섬 남쪽 라페루자 해협(최소넓이 41㎞)으로 일본 홋카이도와 경계를 이루고 동쪽은 오호츠크해로 둘러져 있다.

쿠릴열도는 캄차트카 반도 남단에서 남서쪽으로 홋카이도까지 뻗어져 있고, 오호츠크 해와 태평양 사이에 자연경계를 이루고 있다. 1,200킬로미터로 줄줄이 연결된 쿠릴열도는 파라무시르,

오네코탄, 시무시르, 우루프, 쿠나시르 섬 등 거의 30개 섬으로 이루어져 있다. 쿠나시르 섬에서 동남쪽에 유즈노 쿠릴스키 해협으로 갈라지는 작은 쿠릴열도가 위치하고 작은 쿠릴열도는 시코탄 섬과 군소 군도를 포함하여 길이가 약 100킬로미터이다.

쿠릴열도는 화산기원의 섬으로 형성됐다. 화산 활동으로는 섬에는 치료가 가능한 온천을 포함해 수많은 온천이 있다.

쿠릴열도에는 160개의 화산이 있으며 그 중 39개의 화산이 활화산이고, 제일 높은 화산은 아틀라소브 섬에 있는 알라이드 화산(2339m)이다.

이투루프 섬에는 러시아 원동에서 제일 큰 폭포인 높이 141미터의 '알리야 무로메츠' 폭포가 자리 잡고 있다.

러시아연방은 라페루자 해협(사할린 섬과 홋카이도 사이), 쿠나시르스키 해협, 이즈메느 해협(쿠나시르 섬과 홋카이도 사이), 소베트스키 해협(군소 쿠릴열도와 홋카이도 사이)을 따라 일본과 접경하고 있다.

사할린의 기후를 조성하는 기본요소는 이 섬을 둘러싸고 있는 오호츠크해와 동해인데, 특히 연해지역에서 겨울 추위를 완화시키고 러시아에서 눈이 제일 많이 내리는 지역으로 시베리아의 영향을 받아 풍부한 겨울철 강수량이 동반되고 계절풍과 고습도의 원인이 되게 한다.

쿠릴 열도는 오호츠크 해와 태평양의 광대한 두순 역에 위치하고 있으며 두 해협의 요소로 하여금 기후의 조성이 순조롭지 않다. 대체로 봄은 짧고 추우며, 여름은 시원하나 바람의 방향이 변하기 쉽고 자주 안개가 끼며 비가 많이 내린다.

가을도 짧은 편이고 햇빛이 비치는 맑은 날이 많다. 겨울의 섬 북쪽지방은 계속되는 북서풍으로 매우 추운 편이다. 대체적으로 근 6개월이 겨울이라고 생각하면 된다. 반면 남쪽 섬인 쿠니시르와 시코탄에서는 훨씬 양호한 겨울이 이어지며 1월에도 영하 10℃까지 내려가는 일이 드물다.

특히 사할린은 침엽수림이 울창하고 포플러, 버드나무, 자작나무, 느릅나무, 단풍나무, 화산재를 비롯해 귀중한 약용 식물이 수두룩하고 곰, 여우, 살쾡이, 검은담비, 산토끼, 사슴, 다람쥐, 사향노루, 멧돼지, 뇌조, 독수리, 딱따구리, 청둥오리, 물오리, 바다사자, 물개, 고래, 철갑상어, 연어 등 수많은 동식물 1,400종에 이르며 서식하고 있다.

사할린 섬은 쿠릴열도와 연결되어있고, 세계에서 19번째로 큰 섬에 타타르 해협과 오호츠크 해 사이에 있는 사할린은 1945년 (8.9) 남사할린에 소련군 지상전이 시작된 이후부터 러시아인이 거주하기 시작했다. 현재 전체 인구 47만 명 중 84%가 러시아인이고 우크라이나 등 100개에 이르는 소수민족이 거주하고 있다.

이 가운데 사할린한인은 2만7천명이 거주하고 있으며 50%에 가까운 한인들이 유즈노사할린스크시에 거주하고 있다.

현지 한인언론사로는 우리말방송국과 새고려신문 등이 있으며 2011년까지는 18개 단체가 난립해 있었으나 지금은 한인협회, 이산가족협회, 주노인회, 주여성회 등 5개 사회단체가 운영되고 있다. 한일정부의 영주귀국확대 사업으로 2015년까지 한국에 정착한 사할린동포 영주귀국자는 4,574여명에 달한다. 한국정부는 2007년 유즈노사할린스크에다 주블라디보스토크 총영사관 관할의 사할린출장소를 설치했다.

대륙과의 사이에는 최단거리 약 8km에 행정주도는 유즈노사할린스크이다. 주요 도시로는 행정주도인 유즈노사할린스크(Южно-Сахалинск)를 비롯해 아니바(Анива), 코르사코프(Корсаков), 홈스크(Холмск), 네벨스크(Невельск), 고르노자보츠크(Горнозаводск), 돌린스크(Долинск), 크라스노고르스크(Красногорск), 알렉산드롭스크 사할린스키(Александровск-Сахалинский), 마카로프(Макаров), 토마리(Томари), 포로나이스크(Поронайск), 우글레고르스크(Углегорск), 샥쵸르스크(Шахтёрск), 체호프(Чехов), 오하(Оха), 쿠릴스크(К

урильск), 세베로 쿠릴스크(Северо-Курил
ьск), 유즈노 쿠릴스크(Южно-Курильск) 등이
있다.

 짧게 지리적으로 설명한다면 19세기 이후로 일본의 에도 막부
와 러시아 제국사이에서 영유권을 놓고 서로 다퉜지만, 1875년
에 상트페테르부르크 조약으로 사할린 섬 전체와 그 부속 섬들이
러시아의 영토로 인정받게 되었다.

 1905년 러·일 전쟁의 승리(포츠머스 조약)에 의해 일본이 북
위 50도 이남의 남사할린(南樺太)을 러시아제국에 넘겨받아 일
제는 남부사할린(南樺太)에다 본격 식민지(가이지) 개발권에서
1907년 가라후토 청(樺太廳)을 개편하고 1942년에는 일본 본
토(나이지)로 편입하게 되었다.

 일본군은 이어 1918년 북부 전역을 점령(1925년)하기도 하지
만 1945년(8.9) 제2차 세계대전 시 소련이 일소 중립 조약을 파
기하고 선전 포고하므로 사할린 섬 전체와 쿠릴 열도를 소련 영
토로 편입하게 이르렀다.

 1946년 병합을 선언한 뒤 소련은 1947년 남사할린과 쿠릴열도
를 사할린 주로 편입해 오늘에 이르고 있다. 하지만 현재까지 일
본과 러시아 관계는 활발히 교류가 되고 있지만 여전히 영토 문
제로 풀기 어려운 숙제로 남아 있다.

사할린에 한인들이 거주하기 시작한 지는 러일 전쟁 이후부터 남사할린이 일본 영토가 되자 일본을 경유해서 취업이민자들이 다수가 있었고 스탈린 강제이주 정책에 의해 북 사할린에도 이미 거주하고 있었다는 설도 있다. 많은 인원이 유입되기는 일제식민지인 1930년대 말에서 1940년대 중반까지 사할린 섬으로 강제 징용당한 것이 시초이다.

일본은 부족한 노동력을 보충하기 위해 한국인을 남사할린 전역에 관 알선 모집 등으로 강제 징용해 철도, 공항, 군속, 탄부로 수급이 될 공장마다 배치시켰다. 전쟁 말기 더 이상의 보급로가 끊기자 일부는 일본 본토로 데려가기도 했다. 소위 이중 징용이 시작된 것이다.

사할린의 주요 산업으로는 어업, 석탄, 농업, 임업과 제지, 펄프, 석유 등 산업분야에 관련한 생산이 왕성했지만 지금은 생산시설이 미흡하고 전량 수입에 의존해 물가가 천정부지로 오른 상태이다. 현재는 어업에 관련된 가공식품과 맥주공장 시설이 있고 자원보고로 알려진 석유와 천연가스가 직접 생산되고 있다.

향후 30-50년의 채굴을 예상하고 있으며 원유가 18억 톤, 가스는 2조㎥에 이를 정도로 다국적 에너지 기업들의 각축장이 되고 있다. 이는 사할린이 러시아 극동지역의 중심축을 의미하고 사할린프로젝트(1-6)의 개발로 새로운 땅으로 지목받고 있다는 증거이다. 이에 따라 한인들의 삶의 질도 향상되어 타민족보다 높은 소득에 호텔, 유통 등 상권을 대부분 장악하고 있고 부유층이 주류를 이루고 있는 실정이다. 이제 동토의 땅에서 기회의 땅으로 사할린이 새롭게 변하고 있다.

석호가 사할린에 첫발을 디딘 건 정확히 26년 전이다. 고르바초프의 개방물결이 서서히 일기 시작하자 소련 공산당은 무너지고 자본주의 물결이 파도처럼 밀려왔다. 그때만 해도 사할린은 아직 공산화에 물들어있었다. 말이 개방이고 자유지 여전히 공산화 잔재는 행정적으로나 그대로 답습하고 있었던 것이다.

모든 게 신기하기만 했다. 큰 광장 같은 공터에는 매일같이 군용 트럭을 개조한 차량들이 도열해 있었고 그곳 농장에서 키우고 생산한 채소와 과일, 돼지고기, 소고기, 생선 등이 팔리고 있었다. 채소는 대부분 소호즈(집단농장)에서 생산된 것이었다.

사람들은 아침부터 줄을 서서 기다리고 있었고 한 톨의 빵을 사기 위해 서너 시간을 기다리기는 예사였다. 우유와 버터를 사기 위해 줄은 선 길이는 자그마치 50미터나 넘게 길게 뻗어 있었다. 생필품이 귀한 때라 대륙에서 건너온 물건들은 불티나게 팔려나갔다. 부두에서 막 도착한 물건들은 하나같이 인기 제품들이었고 내놓기가 무섭게 눈 깜짝할 사이 동이 났다.

석호는 신이 났다. 차오르는 기쁨을 억제할 수 없었다. 속으로 쾌재를 부르짖고 있었다. 그렇다. 이 땅은 신이 내려준 땅이라고 대답했다.

마음이 들떠서 기분이 한창 좋아졌을 무렵 난데없이 공가의 막내가 나타났다. 공가란 성씨가 공 씨이고 형제들이 많아서 통틀어서 공가라고 부르는 거래처 사장의 막내 동생을 말한다.

막내는 한인2세에 해당하지만 20대 중반이라 아직은 한국말이 많이 서툴렀다. 그는 석호를 보곤 큰 형님이 찾고 있다며 사무실로 얼른 가자고 했다. 막내는 한참이나 골몰히 생각하더니 띄엄띄엄 읽어내려 갔다.

"상장이...... 찾서요. 요기는 사츈한테 망기고 내 만시니(자동차)로 가서요. 프서뜨라! 빠예할리!"

석호는 잠시나마 환희에 차올랐던 기분을 마음속에 간직한 채 귀가 후 숙소에서 다시 설계하기로 마음먹고 막내의 자동차에 올라탔다. 자동차는 꼼소몰스카야 거리를 내달려 부루크린 좁은 길을 가로 질러 레니나 거리에 있는 주가의 사무실에 당도했다.

사무실은 유즈노사할린스크 시청 옆 건물로써 길다랗게 이어져 있었는데 3층까지 계단을 타고가야 했다. 제법 넓은 사무실에는 크고 작은 사무실과 설계 디자인실, 탕비실 등이 잘 갖추어져 있었다.

공가의 장남인 사장과 셋째동생 공동수가 마주보고 있었고 소파에는 또 다른 사람 두 명이 앉아있었다. 한인 1명과 덩치 큰 러시아인이 보였다. 사장은 손을 내밀어 친근함을 과시하며 반갑게 맞이했다. 그리고 석호를 소파에 청하며 다들 모이라고 손짓을 하는 듯했다. 곧이어 러시아 사무원 여자가 커피와 홍차를 내왔다. 사장은 기침을 한번 하더니, 모레 하역 할 우리 물건이 세관 수속이 지연되어 더 걸리게 될 것 같다고 말했다.

석호는 사장의 눈치를 알아채고는 단도직입적으로 물었다.

"그럼 어떻게 하면 됩니까? 기술자들 온지도 벌써 5일이 지났는데 저렇게 놀고만 있어야 합니까?"

사장은 한참이나 생각하더니 덩치 크고 한가닥 할 성 싶어 보이는 러시아인과 대화를 나누었다. 사장은 5분 정도 러시아말로 대화를 나눈 뒤 석호에게 가까이 오라는 시늉을 했다. 사장의 지론은 간단했다. 세관도 통하지 않는 부두의 세력은 현지 마피아 세력이라는 것이었다. 석호는 답이 나왔다는 판단을 스스로 내렸다. 그리고 고개를 숙이고 입술을 지그시 깨물며 말했다.

"자, 그럼 그들에게 얼마를 줘야 우리 컨테이너를 빨리 뺄 수 있습니까?"

사장은 러시아인 친구를 가리키며, 잘 모르겠지만 내일 이 친구를 부두에 보내 알아보겠다고 했다. 너무 염려하지 마시라고 석호의 어깨를 두드리며 위로했다.

석호가 사무실을 나서려하자 그는 석호에게 오늘저녁 집사람이 음식을 준비하였으니 한국 사람들을 자기 집으로 초대하겠다고 덧붙였다. 석호는 일일이 사무실 사람들과 인사를 나누고 막내의 자동차를 탔다. 막내는 "꾸다?"하며 어디로 갈 것이냐고 물었다. 석호는 시내 한 바퀴 돌고 숙소로 가자고 했다.

 그날 저녁 석호는 공가의 집에서 저녁을 먹고는 숙소에 와서 한국 기술자들을 불러 모았다. 컨테이너가 생각했던 것보다 외항에서 더 머물러 있을 것 같다고 하며 동요하지 말고 하루 이틀만 기다리면 작업을 할 수 있을 거라고 말했다. 또 그는 여기는 아직도 공산화 잔재가 그대로 남아있고 개방이 덜 되어서 좀도둑이 많이 있고 혼자서 야간이 아니라도 다니지 말고 그룹별로 다니라고 신신당부했다.

 일전에 함께 왔던 목수아저씨가 쉬는 날 한국에서 가져온 소주를 혼자 다 마시고서는 술이 모자라자 술 사러 밖에 나갔다가 젊은 러시아 청년들에게 끌려가 반죽음이 되어 돌아왔다.

 얼굴을 알아 볼 수 없을 만치 만신창이 되었고 피를 흥건히 흘리며 겨우 집을 찾았다. 마침 숙소에서 밥을 해주던 한인 아주머니가 근처 장을 보고 돌아오다 발견해 병원으로 데려갔고 목숨은 건진 상태였다. 지갑을 통째로 빼앗긴 그는 형체를 알아볼 수 없을 정도로 얼굴이 부어있었다. 병원에서 응급치료를 받고 그 길로 목수아저씨는 한국으로 후송되었다. 그래서 러시아는 위험한 곳이고 좀도둑과 마피아가 바글거리는 나라이니 매사에 조심하지 않으면 안 된다고 몇 번을 일러주었다.

다음 날, 공가의 사장은 민첩하게 러시아인들을 불러 움직였고 이틀 후 외항에서 내항으로 배가 정박해 들어오기로 하였다. 세관수속을 끝내고 이틀 후면 현장에 물건이 도착할 것이라고 장담했다. 실제 공가가 컨테이너를 빼는데 들인 돈이 얼마 들어갔는지는 정확히 모르지만 석호는 따로 셈을 쳐줄 생각이었다. 그날 저녁 석호는 숙소로 공가의 셋째 동수를 불렀다.

공동수는 1950년생으로 비교적 한국말을 잘하는 편이었다. 공가의 형제는 모두 칠남매이나 위로 맨 큰 누나가 병으로 죽고 둘째는 술을 좋아했는데 술을 마시고 겨울의 어느 날 머리에 바람이 들어서 동상에 걸려 둘째도 그 길로 죽었다고 했다.

사할린은 당시만 해도 보통 영하 30도 이상의 날씨가 이어졌다. 그래서 칠남매는 오남매가 되었다. 그 중 위 누나가 하나 있는데 부모의 사랑을 듬뿍 받고 자랐을 뿐 아니라 총명하고 옹골차게 성장했다. 그 누나는 훗날 러시아 한글사업에 크게 기여했다.

공가의 집안사람들은 러시아 일류대학 출신들이 많다. 공가와 셋째도 그렇고 모두가 모스크바, 하바롭스크 등지에서 공부를 했다. 셋째 동수도 대학을 다니면서 한국어를 잊지 않았다.

1963년 조선어가 사할린에서 사라지자 공가의 부모들은 한탄을 하며 조선 사람은 조선어를 해야 한다며 자식들에게 못이 박히도록 일러주었다. 동수는 부모의 말씀을 저버리지 않았다. 누내가 그랬던 것처럼 대륙에 유학 갔을 때도 기숙사에 들어와 잠들기 전 꼭 조선어를 암기하며 되새겼다. 부모님이 살아계실 적 자식들은 하나같이 조선말로 주고받았다.

동수와 마주앉은 석호는 예정대로 하역작업이 실행되고 무역회사로부터 물건 값을 받으면 형님에게 몇 천불 정도 할애하겠다고 약속하고 물건이 제날짜에 나올 수 있도록 신경을 더 써주길 바란다며 거듭 부탁하기를 간청했다.

석호는 동수가 가자 어제 꼼소몰스카야 공터에서 가졌던 계획을 하나하나 열거해보았다. 설사 그것이 꿈이래도 좋다 하지만 그 꿈이 이루어진다면 대박을 터트릴 자신이 섰기 때문이다.

처음 반신반의했던 러시아무역은 현실이 되었다. 난생 처음 20 피트짜리 컨테이너에다 건축자재와 기타 잡자재 일체를 실었을 때의 기분은 이루 말할 수 없었다. 4개의 컨테이너는 김해와 감천항에서 각각 실리었고 청운의 꿈을 안고 러시아 땅에 발을 디디었다.

컨테이너에 물건을 싣기 위해 석호는 두 컨테이너 값이 모자라 아내와 상의해 궁여지책으로 은행에 대출까지 신청했다. 당시 돈으로도 꽤 큰 액수였던 돈을 무역 자금으로 다 쏟아 넣었다.

석호는 일찍이 B라는 도시에서 전문 인테리어 업체를 운영하고 있었다. 업계에서 비교적 많이 알려졌고 그런대로 사업이 잘된

편에 속했다. 석호는 사업을 하면서 간간이 소외된 이웃을 찾는 데 게을리 하지 않았다. 아내의 잔소리를 듣고도 그는 늘 소외된 이웃을 찾았다. B도시의 기관과 연대 사업을 펼치며 이웃사랑을 확대해 나갔다. 회원이 늘어나고 사업도 그나마 순풍을 탔을 때 봉사활동은 집수리를 거치지 않고 미용봉사까지 거두어들였다.

업계의 미용사보조도 대부분 그의 손을 거쳐 갔을 정도로 이웃사랑을 확대해갔다.

사람 사귀길 좋아하고 없는 사람을 보면 그냥 지나치지 않는 성미인 그는 한 달에 5번씩이나 이르는 활동을 몸소 실천했다. 실제 자비를 들여 그렇게 많이 하는 시민단체는 없었다. 학생들도 봉사활동성적을 얻기 위하여 석호의 단체에 왔다.

석호는 피켓을 들거나 재활원 같은데서 마당을 쓸어도 봉사의 의미를 깨닫게 되므로 학생들에게 후한 점수를 주었다. 중증장애인의 보살핌은 각별히 신경이 더 쓰이니 어려움이 훨씬 많은 편에 속한다. 그런 어려움 속에서도 한 번도 내색하지 않고 비가 오나 눈이 오나 활동에 참여해준 회원들이 더없이 고맙기만 했다. 특히 홀로 사는 무의탁 노인들의 고마워하시는 모습과 불편한 몸을 지탱하며 휠체어에 의지한 채 문밖까지 배웅 나오며 세상고운 웃음을 함박꽃같이 짓던 장애우의 손짓을 쉬이 잊지 못하고 있다. 이들로 하여서 비로소 세상의 빛을 알았고 나눔이 무엇인지 깨닫게 되었던 것이다.

공가의 장담대로 물건은 어김없이 이틀 후 수속까지 끝내고 현장에 전달되었다. 한국기술자들은 일사천리로 작업에 임하였고 마무리 작업 7일을 남겨두고 러시아 TV방송은 보일러 공사를 처음으로 시도한 공가의 사업실적을 높이 평가하며 텔레비전에 내보내기도 했다. TV방송국은 한국기술자의 이모저모를 생생히 카메라에 담았고 각 분야의 기술자가 척척 해내는 일들이 마냥 신기한지 진지한 모습으로 카메라 앵글을 돌려대고 있었다.

이들에겐 모든 게 낯설었다. 공산국가였을 때는 가장 부강하고 막강한 저력을 발휘했던 소련이었다. 우주비행도 최초로 시도하였던 소련이었고 공업화 분야는 어디 내놓아도 손색이 없었는데 소련이 해체되고 국가경제개발계획으로 모든 공장들이 하루아침에 문을 닫게 되었다. 생산시설이 없어지자 모든 것은 수입에 의존했고 물가는 점점 오르게 되었다.

소련은 공산화와 개방에 떠밀려 서서히 무너지기 시작했다. 개화기 때가 가장 많은 한국인이 러시아에 진출했다. 석호가 처음 사할린에 왔을 때만 해도 이미 보따리 장사들이 다녀갔고 성행하고 있었을 때였다. 그나마 석호는 나은 편에 속했다.

단추공장 사장도 메리야스공장 사장도 가내 공업에서 소기업이 가장 많이 진출하였을 때가 아닌가 싶었다. 이렇게 한국기업인이 하나둘 진출하고 언제부턴가 한국의 기독교도 러시아 땅에 복음을 전파하기 시작했다. 이윽고 부산에는 러시아거리가 생기고 감천항에는 하루가 다르게 러시아 상선과 어선이 정박했다. 조용했던 동네가 어수선해졌고 시끌벅적했다. 당연히 술집이 성행했고 러시아 사람 보기는 국내 어디서나 어렵지 않았다.

 개방은 모든 것을 바꾸어놓았다. 이젠 역전이 되었다. 러시아 보따리상은 한국으로 몰렸다. 의류며 액세서리, 생필품을 죄다 한국에서 공수해갔다. 하지만 한국 물건은 어느새 중국 상인들의 열세에 밀려 호기를 놓치는 결과를 가져왔다. 먼저는 러시아가 관세를 높이는 정책을 섰고 이 기회로 중국 제품이 선점하기 시작했다. 당연히 저가공략이 판도를 바꾸게 되었다.

 반면 생활제품은 중국시장에 밀려났지만 꾸준히 한국산 제품이 인정을 받고 있다. 러시아 다민족 국가 중에서 사할린에는 중국 조선족처럼 직계 한인들이 많이 살다보니 자연히 구매가 되는 것도 있었지만 영주 귀국 사업으로 한국의 이미지는 날이 갈수록 좋은 호평을 받아나갔다.

 이러한 가운데 2006년도에는 일본정부의 보상 차원으로 한인문화회관이 건립되었고, 급기야 2007년도에는 주 블라디보스토크 사할린영사출장소가 개설되었다. 한국교육원은 이미 1993년에 먼저 들어와 있었다.

 사할린은 이제 갖출 게 다 갖춰져 있는 셈이다. 척박한 이 땅 위에 눈물과 좌절을 이겨내고 성공한 기업인이 있고 사할린 문화 유통 등 다방면의 재력가들이 두루 포진해 있는 상태이다. 사할린은 사실 이민역사와 다르게 형성되어 있다. 앞서 밝혀진 바대로 일제강점기 강제징용 또는 자유모집으로 사할린에 들어와 이주한 케이스이다. 1세를 제외하고는 현지에서 자라고 태어났다. 지금은 중앙아시아 내륙권 이주자와 북한 파견근로자 등까지 다양한 이주 한인들이 거주하고 있다.

석호가 사할린 이민사회에 편입된 시기는 그리 오래지 않다. 한국교민이라곤 전체 통틀어도 200인이 되지 않고 있다. 시기는 20년이 지났지만 타 나라에 비해 영주권 제도가 까다롭고 비자 받기가 무척 힘들었던 것이 러시아이다. 거기에다 한국인이 진출해 비즈니스로 사업을 하기엔 하늘에 별 따기와 같은, 마치 사막에 집을 짓는 것과 같았다.

지금이야 사할린프로젝트로 한국문화와 선진기술이 러시아 전체에 퍼져 자동차라든지 대기업이 줄줄이 진출해 왕성하게 활동하고 있다. 이미 모스크바에는 롯데백화점이 들어와 있고 우리은행, 외환은행 등 금융권 진출에다 현대, 기아, 쌍용 자동차까지 대폭 진출해 있는 상태인데다 하바롭스크 등에도 현대호텔이 들어서 있고 건설업계가 대거 진출해 있다.

사할린에도 2005년 이후 법률안이 크게 완화되어 사할린에서 가장 좋은 4성급호텔 '메가팔레스' 호텔과 '그린팔레스' 등 한국인 건설회사가 탄탄대로 독보적인 인기를 얻고 있다.

또 이곳 현지에서 자란 한인들 말고도 한국인이 직접 건너와 이민사회를 일구며 터를 잡은 기업인 일부와 문화 단체인 등 교회 목회자들 다수가 교민사회를 이끌어가고 있다. 그 외에도 영사출장소, 교육원 등이 가세해 한국을 알리고 있고 아시아나를 비롯해 교민이 만든 아리랑장학회, 표나지 않는 민간단체의 활약으로 한국의 정서는 조금씩 영역을 넓혀가고 있다.

현재의 사할린 이민사회를 이루는 것은 기업인과 목회자가 대부분이다. 그 가운데 시민권자는 이 나라에서 자라고 태어난 러시아 국적을 가진 한인 1.2.3.세들을 말하고 한국 이민사회의 구성원인 영주권자는 전체 5명 안팎으로 이루어져있고 나머지는 멀티비자, 장기비자, 단순비자로 이루어졌다. 현재는 2014년 한 · 러 정상회담에 의해 무비자가 실행됐다.

석호는 그에 비해 일찍 영주권을 받은 경우에 속했다. 초기에 발을 디딘 것이었지만 실지 생활권을 마련한 것은 절반밖에 되지 않았다. 그는 오자마자 레이나 거리에 있는 낡은 아파트를 3천달러에 구입해 집을 마련하고 3년 만에 3년 거주비자를 받아 4년에 이른 해 영주권을 취득했다.

당시만 해도 파격적인 대우를 받지 않았나 싶었다. 러시아영주권은 신원조회에 별다른 사항 없이 신체(정밀)검사를 마치고, 현지국의 은행에 약간의 예치금과 또는 현지인과 결혼을 하거나 직장이 있고 세금을 내는 거주민이면 영주권 취득에 무난히 통과되었다. 영주권 심사는 여느 나라와 별 차이가 없었다.

영주권은 이민국에서 나오지만 면접심사는 안기부에서 실시했다. 안기부에서 긍정적인 답변이 나오고 경찰서로 가서 지문을 인식하면 준비는 완료되었다. 요즘은 한국과의 활발한 경제 활동으로 5년 이상만 되고 자격요건을 갖추면 영주권 받기가 한층 더 수월해졌다고 했다.

공가의 회사와 합작으로 석호의 건축자재는 아파트 보수공사에 투입되었고 일부는 상점에 판매되었다. 그리고 석호가 가장 중요하게 여긴 무역회사와 계약한 공사는 예정대로 기일을 넘기지 않았고 순리대로 공사를 완료할 수가 있었다. 그런데 이상하게도 무역회사 사장의 말이 자꾸만 뒤바뀌어 갔다.

칠순을 바라보는 무역회사 사장은 이곳에서 회장으로 불리었다. 경남 의성출신에 이름은 양석준이었고 러시아, 중국에 건축자재와 생활용품을 수출해 재미를 본 그는 사세가 확장되자 건설업도 뛰어든 중견 기업인이었다. 하지만 건설업계 순위는 들지 못하는 중소 기업인에 속했다.

공사 완료일이 임박해지자 석호는 양 회장과 진지하게 의논하자며 면담을 청했다. 양 회장은 흔쾌히 승낙하고 그날 저녁 둘이서만 공사이야기, 대금이야기며 밤늦도록 대화를 나누었다. 대화 중에도 양 회장은 매번 석호를 안심시키는 언변을 털어놓았다.

"내 다른 것은 몰라도 황 사장 물건 값은 필히 출국 이틀 전까지는 마련하리다."하며 걱정하지말라고 여러 번 강조했다. 석호도 이에 질세라 망설임 없이 되받았다.

"회장님, 요번 건은 정말 빚내서 실었습니다. 대금은 반드시 주셔야 합니다."

"이번에 부도나면 우리 회사는 끝장납니다. 전부가 아니라도 70%는 결제하셔야 합니다."

양 회장은 석호의 간절한 소원을 응원이라도 보내는 듯 호탕한 웃음을 연신 날리며,

"내 그렇게 하리다. 걱정하지 마시고 맘 놓고 남은 일정 푹 쉬시고 놀기나 허세요."

하지만 양 회장의 껄껄거리며 뱉은 호언장담이 왠지 부담스러웠다. 한국에 있는 아내는 어제도 국제전화로 전화를 걸어왔다.

"여보...... 대금결제는 틀림없이 되겠지요."하며 안절부절 못했다. 석호 역시 틀림없이 줄 거라고 자신 있게 대답했다.

"엊그제도 만났는데 다른 돈은 몰라도 우리 것은 일순위로 주겠다고 했어."라고 아내를 안심시켰다.

석호는 잠시 아내를 떠올렸다. 못난 남편 만나 죽도록 고생하며

불평하나 없이 평생을 살아온 여자였다. 아내는 심성이 깊은 여자였다. 동네에서도 인기가 대단해 이웃집 사람들이 서로 아내를 모시려고 했다.

 아내를 만난 건 석호가 청년 시절 'OO봉사단'이라는 동네 청년단체에서 활동하고 있을 때다. 아내는 OO공화당 B지사 본부에 근무하였고 때마침 청년단체가 공화당 호출을 받고 지역구 활동에 이곳 청년단체의 도움이 절실히 필요하다고 부탁하였을 때다. 첫 대면이었다. 사무실 문을 열고 들어갔는데, 넓은 사무실에 다소곳이 앉아 전화를 받고 있는 아내의 모습은 첫눈에 한 떨기 꽃과 같아 보였다. 마치 광채가 피어난 듯 화사한 모습에 석호는 넋을 잃고 말았다. 그것이 아내를 처음 본 순간이었고 이후부터 석호는 주야장천 아내에게 구애를 청했다.
 아내는 한 달 정도 본체만체 했다. 콧방귀도 표현하지 않았고 아예 관심이 없었던 것이었다. 혹시나 만나는 남자친구가 있으려나 하며 석호는 내심 불안했다. 그래도 석호는 포기하지 않았다.
 '그녀에게 선택받지 못하면 나는 이 지구상에서 살 존재가치도 없는 놈이야. 반드시 그녀의 닫힌 마음을 열 테야......'
 속으로 수백 번도 더 넘게 되새겼다. 그런 아내가 이 못난 놈에게 시집을 왔던 것이다. 장인의 벼락같은 반대를 무릅쓰고 내 뜻을 따라주었던 아내였다. 그 깊은 속마음을 헤아린다면 아내가 원하는 일은 불길 속이라도 뛰어들어 희생해야 하리라 하였건만 살아오면서 고생만 시켰던 같다. 석호는 멀리 한국에서 밤잠을 설치며 잠 못 이루고 있을 아내를 생각하며 몸을 부르르 떨었다.

석호도 그날 저녁 잠을 이루지 못했다. 아내의 착한 심성이 아니라도 양 회장의 음흉한 웃음소리가 종잡을 수 없을 마치 불길한 예감이 들고 도통 신임이 가지 않았다. 왜냐하면 양 회장의 의견대로라면 그 전에라도 일부 대금을 주었을 건데 한 번에 준다는 것이 납득이 가지 않는다는 말이다.

석호는 밤새 아내 생각, 대출, 양 회장 문제 등등으로…… 잠 한숨 못자고 동이 틀 때쯤에야 눈을 조금 붙일 수 있었다.

아침은 예정대로 석호의 마음을 알기나 하는지 환하게 밝아오고 있었다. 10시쯤인가 공가의 셋째가 달려와 생수 가지러 간다고 산에 가자고 했다. 벌써 사람들은 현장에 나갔고 주방 아주머니만 부엌에서 일을 하고 있었다. 석호는 기지개 한 번 크게 펴고 훌훌 털고 일어났다.

주방 아주머니가 가져다 준 커피 한 잔을 마시고 셋째 동수와 산으로 올라갔다. 아하~~ 산바람은 기분을 상쾌하게 만들었다. 시냇가 물 흐르는 소리, 파릇파릇 돋아난 이름 모를 풀잎과 꽃, 자작나무 위에서 지저귀는 새들……

석호는 주변 숲을 찬찬히 살펴보았다. 맨 먼저 러시아를 대표하는 자작나무가 군데군데 눈에 들어왔다. 산새의 울창함도 울창함이려니 곱게 솟은 저 나무는 사할린의 또 다른 환경을 만들고 때 묻지 않은 자연을 고스란히 안고 있었다. 주변에 있는 오가피, 두릅, 산 마늘, 도라지 등 천연의 식물들이 그대로 자라고 있었다.

그래, 맞았어! 사할린 한인들이 이 척박한 땅 위에서 목숨을 연명하고 살아올 수 있었던 것도 이유가 있었다.

평생을 흙 밖에 몰랐던 우리네 어르신들은 오직 흙에서만 교훈을 얻었다. 그 흙을 통해 세상사 진리를 배웠던 1세 한인들은 텃밭을 일군 부지런함으로 온갖 멸시를 받으면서도 오늘의 이들이 있기까지의 풍요를 가져다준 것은 바로 자연이었고 사할린에 개척자의 업적을 남겼던 것이다.

숲 속의 경이로움과 아름다움에 도취된 석호는 한동안 숲을 떠나지 못하고 산만 바라다보고 있었다. 동수가 저만치서 양 손에 물통을 들고 고함을 치듯 고래고래 소리를 질렀다.

빨리 가자고 재촉했다. 석호도 서둘러 가져왔던 물통을 들고 산 아래로 내려갔다.

도회지는 먼지가 폭폭 날렸지만 산에는 공기가 그렇게 깨끗할 수가 없었다. 잎사귀도 물소리도 산새들도 청아한 소리를 자아내고 있었던 것이다. 산에서 내려오자 정오를 넘어서고 있었다. 숙소에는 한국 사람들이 점심을 먹으러 왔는지 부산했다. 방안에는 공가의 막내도 보였고 거실 소파에는 양 회장이 텔레비전을 보고 앉아 있었다. 동수 뒤를 따라 들어온 석호를 보자 양 회장이 먼저 말을 걸었다.

"황 사장, 왔어요."하며 반갑게 맞이한다.

"일꾼들 물 뜨러 가군만……" 혼잣말로 중얼거렸다.

"예. 다녀왔습니다. 수고 많았습니다."

석호도 인사를 정중히 했다.

식사 때에는 숙소의 좁은 방안이 항상 사람들로 붐볐다. 양 회장, 주방 아주머니, 기술자 5명, 동수, 막내, 사촌동생 등 나까지 열 한 명이 북적댔다. 러시아 아파트 중에는 그나마 제일 큰 아파트인데 두 세대를 하나로 합친 아파트로 거실, 주방 각각 하나에 방이 5개인 아파트다.

식사시간이 끝나고 기술자들이 나가자 오후면 아파트에서 쉬던 양 회장이 웬일인지 머뭇거리며 옷을 챙겨 입고 막내와 함께 따라나섰다. 석호는 아무 말 없이 양 회장이 나서는데 배웅하며 수 인사를 했다. 인사를 받는 둥 마는 둥 헛기침을 길게 한번 뱉고 양 회장은 현관문을 나섰다.

석호는 주방 아주머니에게 커피 한 잔 가져오라며 부탁하곤 동수를 불러 소파에 앉았다. 석호는 동수에게 다짜고짜 어제 사무실에서 양 회장과 공가가 담합이 없었는지 물었다. 동수는 어제 사람들 실어다 주고 형님에게 잠시 들렀는데 형님만 계셨고 퇴근 후에는 자기가 집까지 모셔다드렸다고 했다.

석호는 예감이 이상하다는 것을 느꼈다. 지레 피하는 듯 모습이 얼굴에서 풍기는 양 회장의 묘한 감정이 그를 더욱 불안케 했다. 오늘 저녁은 열일을 제쳐두고서라도 담판을 지어야겠다고 마음 먹었지만 주판알은 양 회장이 쥐고 있으니까 아무리 발버둥 쳐보아도 그의 결단만 기다릴 수밖에 없는 처지다.

그날 저녁. 양 회장은 예정대로 귀가했다. 샤워를 하고 난 양 회장은 석호를 불렀다. 석호는 긴장하며 양 회장과 마주앉았다. 주방에는 사람들이 술을 마시고 있는지 떠드는 소리가 들여왔고 간혹 껄껄 웃음소리도 들려왔다. 현관문을 닫은 양 회장은 심각하게 굳은 표정으로 조심스레 말을 꺼냈다.

"황 사장. 결제대금...... 말인데. 아무래도 한국 가서 받아야 할 걸세..."하며 한참이나 머뭇거렸다.

순간 석호는 묵직한 둔기로 머리 뒤통수를 맞은 듯 온몸이 오그라들었다.

"......회장님, 이것은 아닌 것 같습니다."

"그러게 말이다. 사실 결제대금이 중국 원자재 값을 충당하느라 사무실에서 그렇게 처리하였다니 진정하고 한국가면 김 상무더러 황 사장 대금 먼저 결제하라고 지시하였다고."

"그럼 처음부터 그런 이야기 한 번도 없지 않았습니까?"

석호는 입이 타들어가는 느낌을 받으며 겨우 한마디 더 꺼내었다. 과연 이 말을 믿어야 하는지 석호는 머리가 터질 것만 같았다. 이내 양 회장은 내 인격을 걸고서라도 대금을 한국에서 결제하겠다고 석호를 타이르며 말했다. 그의 눈빛은 진정으로 말하는 듯했지만 벌써 이런 말을 양 회장 입에서 몇 번을 들었던지라 석호는 감을 잡을 수 없었다.

그렇게 20년 전 양 회장과 석호의 비즈니스는 일단락되었다. 청운의 꿈을 안고 러시아에 진출한 석호는 속절없이 당했고 무너졌다. 물거품이 된 석호의 계획은 산산조각이 났고 파멸되어 갔다. 아내와 석호는 빚 청산에 팔을 걷었다. 남들보다 더 일했고 남들보다 일찍 일어나 일을 하며 빚을 갚아나갔다. 아내의 마음고생은 이루 말할 수 없었고 생활은 궁핍해졌다.

아내의 말을 듣지 않고 시도한 꿈은 되레 아내의 마음만 아프게 했거니와 치유할 수 없는 모욕감을 얹어 준 결과가 되어 찾아왔다. 무엇보다 아내에게 죄를 지은 듯 미안했다. 석호는 소리 없이 눈물을 흘리는 아내를 달래며 죄 값을 치르더라도 더 열심히 살겠다고 호소하였지만 아내는 하염없이 눈물만 흘리고 있었다.

못난 나를 만나 이날까지 고생하며 뒷바라지 해준 아내가 한없이 고마웠고 미더웠다. 끝내 석호도 사내대장부의 위치를 망각한 채 아내의 손을 맞잡고 눈물을 뚝뚝 흘렸다.

다행히 하는 사업은 잘되었다. 아내의 수완도 한 몫을 하였지만 기존의 애프터서비스 분야의 신임으로 제법 큰 사업체와의 계약이 성사되었고 2년 만에 아파트 한 채를 대물로 받으면서 은행 빚을 다 갚아나갔다.

 그 뒤로 다시는 러시아와 거래하지 않겠다고 마음먹었지만 사할린에서 호텔을 한다는 러시아인이 돈을 가지고 한국에 직접 들어와 물품을 가져갔다. 현금거래라서 아주 싼 값에 넘겨준 것을 기억하고 있었다. 이렇게 사할린과의 비즈니스는 끝이 났다.

 B도시는 언제부턴가 러시아인 사람들로 북적댔다. 그래도 석호는 지난날의 치욕스런 날을 회상하며 다신 러시아는 뒤도 돌아보지 않겠다고 단단히 결심했다. 하지만 사람의 일이란 예측할 수 없는 것 같다. 연을 끊겠다고 단단히 결심을 하였던 러시아인데 또 하필이면 왜 러시아인지 석호는 밤잠을 설쳤다.

 물건을 싣고 감천항에서 꿈을 설계하고 사할린에 도착하였을 때 땅을 내려다보고 하늘을 올려보아도 이 땅은 기회의 땅이고 돈이 되는 곳이라고 했다. 송충이는 솔잎을 먹고 살아야 되는데 무슨 염병할 비즈니스를 한다고 떵떵거리더니 결국은 그 꼴로 쪽박을 차게 되었으니 대체 할 말이 없었다.

 사할린은 다른 나라와는 너무나 달랐다. 미국과 호주, 뉴질랜드, 일본 심지어 남미 국가완 차원이 달랐다. 사업하기는 서류철 하나에도 너무 번거로웠고 떼이는 돈이 더 많았다. 첫째는 기업하기 좋은 환경이 되어야 하는데 이 나라는 강하고 위대한 자존심으로 너희가 알아서 투자해라는 막가파식이다.

지금이야 한국이 수입국이다 보니 가스와 석유를 유치해야하고 한·러시아 교역투자가 선두자리를 차지하는 형편인데다 우호협력이 향상돼 한국투자설명회 이후로 많이 개선이 되어가고 있지만 당시만해도 지금과는 많이 달랐다. 그래서 한국기업인의 진출이 극동을 넘어 사할린으로 확대되어 갔다.

사람은 나서 서울로 가고 말은 제주도로 가야 하는 원리대로 이미 모스크바로 몰리는 현상은 큰 프로젝트는 전부 러시아 연방 중앙정부에서 해결하기 때문에 더욱 그렇다. 물론 그 전에도 한일건설, 대우, 풍림건설 등이 사할린에 진출한 적은 있었지만 그건 전부 하청에 의존해 한국이미지는 폭넓게 알렸으나 실리는 크게 없었다는 것이다. 이제 대륙을 넘어 사할린에도 대기업 진출로 이어져 출발 신호탄을 터뜨렸고 전자제품 등 의료관광 분야에서도 단연 일본을 앞서고 있는 실정이다.

중국은 저가공략과 선제 사업으로 사할린을 잠식하지만 한국이미지는 날로 발전되고 동경하고 있다는 착안을 볼 때 무한한 잠재력은 지금부터도 실현될 것으로 판단된다. 그래서 이제는 대기업에 앞서 지금까지 쏟아 부은 개척정신을 발휘할 때다.

스스로 자력으로 새로운 이민사회를 만들어가야 하는 과제가 한국교민에게 있는 것이다. 현지 한인들과 동화하며 서로를 보호하고 돕는 것이 일상화되어야 한다. 이는 사할린 한인들이 지금까지는 잇속만 차렸지만 이제는 좀 더 배려하고 서로 돕는 상부상조의 공동체 정신을 가져야할 때이다.

아마 9년 전이었을 것이다. 늦은 오후, 사할린 꼼소몰스카야 거리의 한 아파트에는 모처럼 한국인들이 모였다. 코르사코프 액화공장 하청공사를 받은 기업체 임원, A항공사, 건축업자, 목재업, 유학생 등이 한국에서 온 사람들의 한국음식 시식 자리였다. 모든 것이 귀한 때였다. 서울의 유망한 법률업계에서 근무하다 별안간 사할린으로 정착하게 된 부부는 시내 한가운데 아파트를 구입해 민박과 도시락 장사를 하며 간간이 한국인들 모임에 맛있는 음식을 제공하기도 했다.

24시 마트도 없었고 한인식당은 있었으나 좀처럼 음식다운 한국음식을 구경하기가 힘들었던 때였다. 지금 그 짧은 시간에 사할린은 급속도로 발전했다. 이제는 제대로 된 사할린이 갖추어진 셈이다. 밤길이 어두웠던 때라 함부로 나다니지 못했고 공공연히 사건사고가 발생했다. 그나마 사할린은 러시아 타 지역에 비해서 치안이 가장 잘된 곳이라고 하였지만 밤길과 인종차별 의식이 여전히 자리하고 있어 항상 조심하는 것이 상책이었다.

그날 화제는 한국인들의 축구게임이었고 해외에서 서로 소통하고 얼굴을 자주 볼 수 있는 것은 간단하게 할 수 있는 스포츠가 최고였다. 그래서 항공사에 근무하고 있는 이상철 지점장이 가능한 많은 한국인들이 모여 운동으로 체력을 단련하고 즐기며 도시락도 먹으면서 유대를 강화하자고 제안했다.

나이는 가장 어리지만 총명한 유학생인 유경석이 거들었다.

"저희 유학생들 중에는 여학생들도 있습니다. 잔일은 저희가 도맡아서 하겠습니다."라고 말하며 행사준비 허드레까지 자진해서 맡을 것을 약속했다. 그러자 운동도 잘하고 축구광이며 기업체 임원인 송민철도 저희 회사에 건의해 일정금액을 후원해주라고 의논하겠다며 나섰다.

술이 한잔 들어가고 대화가 무르익자 나무장사 박 사장도 건축하는 김 사장도 석호도 십시일반 돈을 갹출키로 했다. 이렇게 초기 사할린 한국 사람들은 서로 연락하고 유대를 강화해 나가길 원했다. 물론 석호처럼 1990년대 이후부터 뿌리를 내린 한국 사람들은 목회자들이 가장 많았고 다음이 사업하는 사람들로 이루어졌었다. 이들은 그 해 중순쯤인가 한국기관명과 같은 OO회의소를 만들어 권익을 내세우고자 했다. 하지만 일부 회원의 지나친 욕심으로 몇 년 못가서 깨지고 말았다.

지금까지 사할린에 있거나 15년 이상 된 사람들은 거의가 회의소의 내력을 알고 있는 듯했다. 한때는 재미깨나 보았을 사업체로 사할린에 들어왔던 이들이었다. 수산업, 목재업, 건축업, 의류 및 식품 등은 최고의 시세를 자랑했다.

애초에는 한국기업인들이 가장 많이 몰렸다. 게(킹크랩), 목재, 수산업이 한때는 유행했다. 유흥업소까지 진출했다. 누구라 할 것 없이 너도나도 비즈니스에 뛰어들었다.

외국인 유입이 활발해지자 사할린에 카지노가 성행했다. 카지노는 한국인만 아니라 동서양을 막론하고 성업을 이뤘다. 심지어 북한 파견근로자들까지 카지노에 출입했다. 환상에 사로잡힌 이들의 꿈처럼 사할린의 한국 사람들은 돈을 번 사람도 있었지만 대부분 성공을 하지 못하고 실패한 사람이 더 많았다.

이런 시기가 지속되고 경기 포화상태로 이어졌다. 또는 법률 개정안으로 목재와 수산업이 주춤 퇴보하는 경향이 있자 에너지 분야가 각광을 받았다. 또 석탄 산업이 고개를 들고 있었지만 인프라 구축이 전혀 되어있지 않아서 막대한 자금이 예상되어 표류 중에 있었다.

내수 시장으로는 건축업과 유통, 생활용품이 다시 활기를 띠기 시작했다. 이 계기로 한국 건설업의 활약이 두드러졌고 사할린 시내의 아파트와 오피스 건물이 차례로 들어서면서 주정부의 주목을 받기 시작하였다. 최근에 와서는 한국 대기업이 러시아 정부와 합작으로 완성한 냉동 창고 건립은 물론 전반적으로는 건축이 대세로 앞서고 있다.

그동안 유학생들은 다 나가고 현지 대학교와 자매결연 차 온 교환학생, 거주 및 주재원 자녀 등 극소수에 불과하였다. 한국 교민이라고는 얼마 되지 않은 그들만이 그룹을 이루고 있다. 거의가 일련의 파견 건설근로자와 사업자가 많다.

목회자와 일부 예전 기업인 중에는 지금까지 꾸준히 자리를 지켜 성공한 사람들도 더러 있다. 석호만은 건축에 관련된 비즈니스와는 담을 쌓고 있었다. 그 사이 항공사에 근무했던 이상철 씨도 어엿한 음식점의 사장이 되었고 4년 전 매머드 급 프로젝트를 재건하려는 야심찬 목표를 가지고 '그린 홀의 신화'를 창조하고자 했던 명 사장도 한국음식점을 차렸다. 이들이 이루고자 했던 꿈은 시대에 따라 변하고 성공과 실패를 반복하면서도 희망의 끈을 놓지 못하고 있다는 것이다.

겨울이 유난히 길어선지 세월은 잘도 흘렀다. 석호는 뼈아픈 경험을 겪으면서도 오늘도 자기 분야에 최선을 다하고 있다. 남들이 알아주든 알아주지 않든 많은 경험을 쌓았고 인맥을 두루 엮어나가고 있었다. 정작 자신을 돌보지 못하는 부끄러움도 감수하면서까지 그 일을 하고자 하는 석호의 마음도 결국 편치는 못했다. 그랬다. 이쪽 한인들을 돕다가 서슬이 퍼런 안기부에 두 번이나 불려갔다. 어렵게 취득한 영주권이 날려갈 판이었다.

이민국에서 호출된 것은 이해하지 못할 다소 황당한 이유였다. 석호는 이민국 직원이 내민 서류를 내려다보았다. 아는 사람의 사인이 눈앞에 들어왔고 낯익은 필체가 선명하게 그려져 있었다. 정 회장의 사인이었다. 숱한 세월을 함께하며 대소사를 거들고 도움을 준 사람이었지만 그를 비난하는 상대방 단체를 도운 것이 화근이었다. 정 회장은 그로 인해 지금껏 겪어보지 못한 두려움도 느꼈다. 그것은 신생단체의 출발이었지만 그를 위협하는 시위 피켓과 현수막이 사할린 시내에 나부꼈다. 그의 독재를 만 천하에 알리는 계기가 되었다.

이 사건으로 엄청난 심리적 부담과 위협을 느낀 정 회장은 그 뒤에는 분명 한국 사람이 있을 거라는 짐작을 했고 탄원서 등을 청원한 장본인이 현지인 한인이 아닌 한국인이었다는 걸 알았다. 시위를 주동하고 정 회장 타도를 외친 것은 현지인이었다. 단지 누구라도 도움이 필요하면 도움을 주었을 뿐이었다.

석호가 할 수 있는 것은 그들도 알지만 다른 편의 많은 단체들이 도움을 요청해왔고 현재까지 자문을 해주었을 뿐이었다. 하지만 우리가 평범하게 생각해 넘어갈 일도 현지인 한인들은 확대 해석하는 것을 미처 깨닫지 못했던 것이다.

이민국이 제기한 건은 황당하고 어이가 없었다. 정부기관이나 있을 법한 적용이 어떻게 나에게 씌어졌는지 도대체 이해가 가지 않았다. 그도 모르는 사이 엄청난 변화가 주어졌다. 사무원의 실수로 서류가 통과된 원인도 있었지만 그것은 문제가 될 순 없었다. 정 회장의 청원서가 이들 이민국과 안기부에 오해를 가져오기에 충분했다. 이민국은 스파이라는 단어를 석호에게 남기고는 재판할 것 같으면 재판해도 좋다고 했다. 하지만 현지인도 아닌 그도 러시아에서 재판을 해서 좋을 게 하나도 없었다.

시간과 괜한 오해를 더욱 부채질할 소지가 많았기 때문이다. 사무원도 극구 만류했다.

"왜 내가 스파이인데? 끝까지 파헤쳐 원상 복귀하여야지!"

석호는 '이건 아니다!'라며 투덜대며 러시아말로 고함질렀다.

"니 바 예두, 사할린."

사할린 안 오면 안 왔지 내가 왜 스파이이냐는 말이다. 이민국 여자직원도 멍하니 쳐다볼 뿐이다. 석호는 그래도 분통을 삭일 수가 없어서 다시 조금 높은 사람에게로 올라갔다. 뚱뚱한 여자는 이해가 가지만 벌써 상부에 보고가 되었고 결정이 난 것으로 알고 있다고 전했다.

석호는 정 회장과의 사이를 설명하고 그로부터 받은 여러 장의 표창장을 보여주었다. 이런데 이 사람이 나를 쫓겠다고 청원서를 써. 은혜를 몰라도 유분수지 사람이라면 이럴 순 없었다. 하지만 이쪽 사람이라면 능히 할 수 있는 일일 것이다. 공산국가에서 잔뼈가 굳은 사람들이니까 모함과 남이야기는 천하가 다 아는 사실이 아닌가 싶었다.

그 이야기는 시위 주동자에게도 들어가 몇 군데 알아봐 주었지만 해결이 되지 못했다. 뒤늦게 남편의 여권문제로 우연히 기관에 들른 한 여성단체 회장이 이 사실을 알았다.

석호와는 친분이 두텁고 많은 문화 활동을 함께 하였던 석호에게는 몇 되지 않은 친한 사람이었다. 여성회장도 분을 삭이지 못하고 내일처럼 억울해했다. 우리 때문에 황 사장이 괜한 고생을 하였다며 위로하고 몇 번이나 미안해했다.

그 여성단체 회장님의 하소연이 뒤에 안기부로 전달되어서 그나마 해명은 되기에 이르렀다. 그리고 이쪽 국에서 생각하는 것은 석호의 문화 활동이 개인으로서는 광범위하게 이루어지고 민간단체로는 엄두를 내지 못할 일들이 자주 발생한다는 것이다.

물론 문화교류 차원에서는 좋으나 석호의 진짜 정체가 의심스러웠던 것이다. 그렇지만 자기네들이 필요할 땐 그렇게 애를 태우며 협조를 하였는데 정작 곤경에 빠졌을 때에는 주위에 아무도 없었다는 것이다. 얄밉고 실로 허망했다. 그래서 두말않고 훌훌 털어버리고 영주권을 반납했다. 다행히 다시 신청할 수 있다는 전갈을 받았다. 석호는 그날 저녁 독한 보드카를 한 병을 다 마시고 술에 취해 곯아떨어졌다.

"비밀리에 접선된 시내 레스토랑 지하 바에서 그들은 한 장의 백지를 내놓았다. 오늘의 접선을 어느 누구에게도 유포하지 않겠다는 각서이다. 오해의 소지가 있었고 순수 문화교류의 애심이 묻어나서 오류를 인정하므로 원상복귀의 지시가 상부에서 내려졌다는 전갈로 마음을 달랬다."

한 달이 지난 뒤였다. 익명의 러시아인이 찾아왔다. 이민국을 대표하는 안기부 직원이었다. 황 사장의 행적에 오해가 있었고 청원만 받아들인 우리도 문제가 있었으니 다시 영주권을 취득하게 해주겠다고 했다. 그로부터 1년 만에 3년 비자가 나왔고 한해 뒤 영주권이 다시 나왔다.

생각하면 모든 게 허망하고 부질없는 것 같다. 박사학위도 이처럼 험난한 코스를 거쳐야 하는 고난이 따르는지 의심스럽다. 그까짓 영주권이 무엇이기에 이런 수모를 겪어야 하는지 되레 자신이 원망스러웠다. 돌이켜보면 꿈을 향한 인생사는 참으로 고달픈 여정이 아닌가 싶다. 단돈 100달러라도 성공을 할 수 있는 곳이 있는가하면 수만 달러 아니 십만 달러를 밑천으로 바친다한들 되지 않는 곳이 있다. 막상 기회의 땅이라고는 하지만 이곳은 유별나게 밑천이 넉넉하지 않으면 자리 잡기가 힘든 곳이다.

많게는 몇 십만 달러를 붓고도 본전도 못 찾고 주저 앉는 법이 태반이다. 일례로 다른 지역 같으면 굳이 투자하지 않아도 몸으로 그 만큼 노력하였으면 이보다는 나을 것인데 사할린은 분명 특별한 곳이 맞는 것 같았다. 비록 가난한 문화 활동가로 예술가로 살아왔을지라도 한 번도 단 한 번도 흐트러지지 않은 모습을 보여 왔던 석호였다. 폭력과 총칼 앞에서도 석호는 자존심을 버리지 않았다. 없이 살아도 대한민국의 자존심을 지켰다.

현지의 한국인이라는 작자가 마피아를 대동하고 사무실을 기습하였을 때도 그는 꼼짝 않고 그들의 폭력을 견디어냈다. 폭력배를 대동한 한국인은 석호가 슬하에 들어오지 않고 상대편 소송권자에게 동조를 하였다는 핑계로 사무실을 점령하고 집기를 부수며 난동을 부렸던 것이다.

단연코 동조를 한 적이 없었고 상대편 소송권자의 힘을 실어준 적도 없었다. 이는 상대편과의 대화내용을 몰래 담아서 폭력배로 간주되는 보스에게 그 사실을 퍼뜨려 불리하게 만들었다는 것이다. 무엇보다 그 보스라는 자의 권력이 쉬이 누구도 손을 대지 못하는 직위에 있었다. 선량한 이들도 휘말렸고 양심마저 내던지고 그자의 하수인으로 전락했다. 사내라면 그러진 못한다.

권력 앞에 속절없이 무너지는 남자의 자존심이 한 순간에 비열하고 치사한 모습들로 변했다. 머리끝 정수리가 시큰거리며 싸늘함이 느껴졌다. 각 부서마다 지구촌 대륙별 리스트가 그들 책상머리에 있었다. 첩보전이라는 블랙리스트는 평범하게 살아가는 이들에게는 상상을 초월한 소름 돋는 인명 수집으로 지목되어 있었다. 그렇다고 사실을 숨길 순 없었다. 오히려 더 당당해졌다. 날카로운 질문에 한 치 흐트러짐 없이 대응해나갔다. 오해의 소지는 농후했다.

스파이는 국가의 정보를 빼내고 동태를 살펴 보고하는 것으로 간주되지만 민간인에게는 있을 수 없는 용어이다. 행보를 예의주시하였지만 좀체 드러내지 않았기에 더욱 그랬다. 나라의 특성과 체제가 다르다는 것을 의미했다. 하지만 그 가운데서도 성공신화를 이룬 사람이 있다. 현지법을 가장 먼저 꿰뚫고 어렵다는 러시아 법을 수용해 당당히 건설업에 인물을 올린 사람이 있다.

건설업과 여행업을 겸하며 누구보다 이민사회의 축이 되어 정당하게 이루어 낸 성과였다. 물론 그들도 20년 가까이 만 가지 실패라는 쓴 맛을 경험하며 많은 자금을 퍼부어서 이루어낸 결과였다. 오뚝이 정신이 아니라 풍부한 연륜의 노하우로 비로소 삶의 가치를 얻어낼 수 있었던 것이다. 그래도 얼마나 자랑스러운 사람들인가. 앉아서 편하게 펜자루만으로 문화를 알리고 이민사회를 형성하는 것과는 대조가 된다.

이들은 개척지를 일구며 개방 이후 숱한 고생을 다 겪었다. 끝까지 포기하지 않고 한국의 혼을 불사르던 그들이 아닌가 말이다. 단지 먹고 살기 위해서만 아니다. 한국 한국인의 이름을 보여주고 싶었던 것이다. 어디 그뿐인가 싶다. 사할린에 돈을 벌기 위해 들어온 한국인들이 스스로의 단체를 구성하여 자국민을 보호하자는 취지에 하나둘 모여 교민회를 만들기 시작했다.

단체의 구성은 모두가 조심스런 부분이었다. 예전의 뼈아픈 경험도 있고 좋지 않는 속설로 인식의 전환이 필요한 시기이나 단합이 순조롭지 않았던 것도 사실이었다. 이때쯤 석호는 러시아 대륙의 하바롭스크의 한인신문사 기자로 활동하며 한국러시아 문화가교 역할을 충실히 전달하고 있을 무렵이었다. 무엇보다 한 번의 실패를 뼈저리게 경험하였던 터라 두 번 다시는 좌절의 아픔을 겪지 않으려고 심사숙고하며 김치사업을 신중히 탐색했다. 그리고 시도했다.

할 수 있다고 스스로에게 자문하며 장담했다. 오가는 사람들마다 열이면 열 모두가 이구동성으로 포화상태의 김치시장에 뛰어드는 것을 말리고 있었다. 그것도 현지인들이 죄다 시장점유율을 갖고 있고 생소한 한국인이 시작한다는 건 무리라고 타일렀다. 하지만 석호의 꿈은 벌써 접은지 오래되었고 언제인가는 내 고향으로 돌아갈 참이다. 있을 때까지 좋은 인연이었으면 좋겠고 그 날까지 함께 마음 모으며 보람되게 살고 싶은 것이 꿈이었다. 꿈을 이루려는 사람들은 아직도 계속된다. 얼어붙은 동토의 땅, 이 땅 위에 검은 황금 알이 숨어있었다.

그 황금 알을 캐기 위해 영하 30도의 역경 속에서도 배추씨를 뿌려 한국농군의 자부심 일으켜 세웠고 포기하지 않고 새로운 아이템을 구상해 한국의 혼을 심어가려는 사람들. 그 사람들이 음지에서 양지로 뛰쳐나오는 날 또 다른 신화를 창조할 것이고 비로소 그 꿈은 하나씩 이루어질 거라고 석호는 내심 믿어본다.

III. 엄마의 빈자리

"아이의 소원을 들어주지 못한 것이 못내 한이 되어 바다로 유입됩니다. 왜 그랬냐고 물으시면 사유의 한계, 깨달음이 미치지 못해 돌아설 수밖에 없다고 훗날 동화 속 꽃을 전해줄 겁니다."

엄마의 빈자리

"아이의 소원을 들어주지 못한 것이 못내 한이 되어 바다로 유입됩니다. 왜 그랬냐고 물으시면 사유의 한계, 깨달음이 미치지 못해 돌아설 수밖에 없다고 훗날 동화 속 꽃을 전해줄 겁니다."

아이들의 고함소리가 교정 입구에서부터 들려왔다. 계단을 따라 한국어교실로 이동하는데 바쁘게 계단을 내려오는 것이 위험해 보였다. 뛰어내려오는 아이 뒤꽁무니를 따라나서는 아이들의 고함소리에 정신이 다 없었다.

혼을 다 뺏을 듯 고성은 물론이거니와 복도에서 공놀이하는 아이와 교실 안을 들락거리며 뛰는 아이부터 북새통을 이뤘다. 그야말로 복도는 어린이 놀이터를 방불케 하였다. 시골 장마당보다 더 혼란스럽고 시끌벅적했다.

"공 받아라!"

"스베트라냐, 똥 묻었다"

공을 던지고 놀리는 아이가 있는가 하면 우는 아이도 있었다. 무엇이 그리 즐거운지 한 놈이 뛰어가며 여럿이 뒤따라서 뛰어가고 소란을 피웠다. 쉬는 종소리가 울리자마자 한꺼번에 빠져나온 아이들로 복도는 혼잡하기만 했다.

창문 쪽에서 장난을 치는 학생에게 김정아 선생은 물었다. 학생은 그녀를 이미 알고 있는 듯 꾸벅 인사를 하며

"쯔드라스트뿌이쩨.(안녕하세요.)" 반갑게 맞이했다. 일순간 아이들이 와르르 모여들었다. 러시아말로 인사를 하고 동양인으로 보이는 여학생이 다가오며

"안녕하세요?"하며 한국어로 인사를 했다. 아마 한국어 수업을 받는 아이로 짐작되었다.

"그제 카레이 야직 크라스?(한국어 교실이 어디 있어요.)"

여학생은 손가락 앞쪽을 가리키며 손수 안내를 했다. 다른 아이들도 한꺼번에 따라나섰다.

"스베따! 손님 왔어요."

학생들은 선생님을 부를 때 존칭어를 쓰지 않고 이름을 불렀다. 러시아는 대부분 윗사람을 부르거나 상대방을 가르칠 때 달리 존칭어를 붙이지 않고 거의가 이름을 부르는 것이 보편화되어 있다. 부모의 친구와 대면할 때도 그냥 이름을 불렀다. 존칭어가 있

음에도 불구하고 서슴없이 이름을 부르고 있었다.

 얼굴이 둥글고 전형적인 한국형의 얼굴인 30대 중반의 선생님이 고개를 쑥 내밀었다. 그녀가 먼저 인사를 했다. 코르사코프 제0중학교 한국어 선생님과의 첫 만남이었다. 그녀는 김정아 선생을 교실 안으로 안내했고 홍차를 대접했다. 먼저 그녀를 만나기 위해 전화를 한 상태이어서 서먹하지 않았지만 다소 긴장을 한 듯했다. 서투른 한국어로 그녀는 자기소개와 한국어반의 진행과정, 학교의 유래 등을 하나도 빠짐없이 들려주었다.

 그녀는 한인3세로 지방학교의 한국어 담임교사이다. 원래는 러시아어 선생이었지만 아버지와 지역 디아스포라협회의 간곡한 부탁으로 한국어 선생을 맡게 되었다. 자신이 없었지만 한국어반이 열리고 학교가 주목을 받게 되자 그녀도 이런 점에 있어서는 기분이 좋았다.

 사할린에는 1993년부터 교육과학기술부에서 파견한 한국교육원이 있었다. 당시 OOO 씨가 교육원장과 주블라디보스토크 총영사관의 OOO 총영사에 의해 한국어교실이 개설되었다. 그녀의 한국어 실력은 많이 서툴렀지만 한국어를 가르치는 데는 별 문제가 되지 않았다.

 러시아어로 진행하는 한국어수업은 발음만 한국어로 가르치고 있었다. 더욱이 자신도 부족한 한국어를 배울 수 있기에 포부는 남달랐다. 한국명으로는 신경숙, 그로부터 2년 정도 한국어를 가르쳤다. 학생 수가 늘어나고 한국어반이 주목을 받자 러시아인 교장 선생은 교육국에 승인을 얻어 한국어 교사를 한명 더 채용했다. 그래서 신경숙 선생은 초급반을 맡고, 중급반으로 김정아 선생이 들어왔다.

김정아 선생은 전문대학을 졸업하고 사할린 삼육대학에서 한국어 교사 양성 교육을 받았다. 또한 일찍이 선대로부터 짬짬이 한국어를 배워 3세대에 비해 유창한 한국어 실력을 지니고 있었다. 30대 중반인 그녀가 중급반 한국어 선생을 맡자 학생 수가 점점 늘어났다. 한국어는 인기를 탔고 더불어 한국문화의 첨병역할을 다했다. 한국어 뿐 아니라 학생들이 한국문화에 흠뻑 빠졌다.

인터넷이 점차적으로 보급되자 학생들은 한국의 인기 걸 그룹을 비롯하여 한국문화에 매료되었다.

사할린에는 러시아 교육국의 허가를 받은 한글 채택학교가 있다. 국립대학교 동양학부, 제9동양어문학교, 루고워예 30학교, 코르사코프 제0중학교이다. 그리고 한국교육원이 있다. 한국교육원은 한국정부의 지원을 받아 운영되고 상기 학교들은 자체 학교 월급과 교육원에서 약간의 수당을 지급받고 있다.

현재의 루고워예 00학교는 학생 수가 적은데다 관심을 가져주지 않아서 폐교 위기에 있는 형편이고 국립대학과 일반 중학교 2 곳에서만 한국어 교육을 하고 있다. 한국교육원은 현지 선생과 선교사들에 의해 한국어수업을 진행하고 있었다.

 김정아 선생이 있는 O중학교는 그나마 인기가 좋아서 타 학교에 비해 한국어 수업이 재미나고 의욕이 대단했다. 교실 안은 한국 어를 배우기 위해 학생들이 항상 몰려다녔다.

 한국어가 어떤 점에서 좋으냐고 학생들에게 물었다. 학생들은 하나같이 한국의 발전된 모습과 젊은 가수의 노래(문화)가 좋다 고 했다. 무엇보다 선생님이 한국어를 재미있게 가르쳐준다고 했 다. 그래서 학생들은 당신이 필요하다고 했다.

 학생들이 말하는 선생은 김정아 선생님이었다. 교실 분위기는 늘 웃음꽃이 피어났다. 한 자 한 자 글자를 익히면 반드시 질문하 고 질문과 동시에 선생은 재치 있게 속담을 인용하거나 말을 만 들어서 러시아어로 설명했다. 선생님이 답변한 한국어는 유머감 각을 인용해 학생들에게 다가갔고 한국어수업이 마냥 신나기만 했다.

남학생 한 명이 질문을 던졌다.

"이리나! 한국과 북한은 같은 민족인데 왜 갈라져 있어요?"고 했다.

 김 선생은 난감했다. 이 부분에 있어서는 좀 더 구체적인 정확한

설명이 필요한데 어떻게 설명해야할지 그녀도 확실히 모르고 있었다. 그녀는 간단하게 부연설명을 했다.

아시다시피 제2차 대전이 끝날 시점에 한반도에는 강대국(미·소)들이 점령하고 있었다며 그 강대국에 의해 전쟁이 났고 그래서 남과 북이 갈라졌다고 설명했다. 북한은 지금의 러시아가 점령하였고 남한은 미국이 점령했다. 결국 두 나라에 의해 각기 다른 국가가 형성되었다고 했다.

그녀는 추가로 전쟁의 상처와 짧은 기간에도 불구하고 한국은 국가경제개발 5개년 계획으로 눈부시게 발전하게 되었고 의류, 선박, 건설, 반도체, 인터넷 등 IT 분야로 초고속 성장을 이루어 내며 오늘의 경제대국 대한민국이 발전할 수 있었다고 했다.

학생들이 일제히 박수를 쳤다. 초롱초롱한 눈빛이 인상적이었던 여학생 나쟈가 또 질문을 했다.

"한국 가수들은 춤을 잘 추는데 이리나 선생님도 춤을 잘 추는지요?"

여학생의 질문에 교실 안은 이내 웃음이 터져 나왔다. 여기저기서 함성이 터져 나왔다. 남학생들은 손을 모아 "우와" 소리를 지르고 여학생들은 선생님 이름을 외치며 연일 환호했다.

"다와이!, 다와이!, 다와이!(해라!)"

김정아 선생은 마지못해 가운데로 나가 두 팔을 엉거주춤 흔들며 엉덩이춤을 추기 시작했다. 그러자 아이들이 일제히

"네트(아니야!)!"라고 깔깔거리며 자지러지게 웃었다.

선생님은

"자, 이제 그만 하고 수업 시작하자."고 했다. 아이들은 이대로는 끝날 수 없다며 단체로 대응했다. 그러자 공부 잘하고 귀여움을 독차지하는 나쟈가 또다시 손을 번쩍 들었다.

"이리나, 춤 다시 보여주세요!"

"사실 난 춤에는 자신이 없어요. 대신에 나랑 함께 출 사람 나오세요."

그러자 박옥금이가 뛰어나왔고 장난꾸러기 남학생 이반도 나왔다. 강단에는 남녀 학생 다섯 명이 나와서 대기하고 있었다. 기왕에 이렇게 된 마당에 김정아 선생은 컴퓨터 앞으로 가서 아이들이 좋아하는 왁스의 '오빠'라는 음악을 틀었다.

아이들은 신이 났다. 칠판 앞에서 의자를 박차고 일어나 일제히 손뼉을 치고 춤을 추기 시작했다. 한바탕 춤판이 이어지고 아이들 얼굴에 웃음꽃이 피자 수업은 더 잘되었다.

한국어수업은 한글만 가르치는 것이 아니라 문화를 접목해야 한다. 아이들이 외국어에 싫증을 느끼지 않게끔 간혹 한국음악의 뮤직비디오도 보여줘야 한다고 생각했다.

내달이면 한국어페스티벌이 학교에서 진행된다. 우리 반 아이들은 연극과 무용을 맡게 되었다. 그런데 연극 시나리오가 필요했다. 학교의 자랑인 한국어페스티벌은 한국의 기자 아저씨가 항상 도와주었다. 올해도 그분이 시나리오를 찾아 주었고 우리는 연극 '콩쥐와 팥쥐'를 무대에 올렸다. 학교수업이 끝난 방과 후는 연극 연습과 무용으로 강당 안은 항상 북적거렸다.

무용을 위해 아이들은 무용복을 각자 준비하였고 아저씨는 무용할 때 퍼포먼스의 완성도를 높이기 위한 소품으로 중절모자를 구입해줬다. 매회 페스티벌 때마다 후원금을 모금해주었고 현수막 등 문화용품을 죄다 한국에서 구매해주었다.

이번 페스티벌에는 유즈노사할린스크 한글학교도 참석키로 했다. 그래서 예전 페스티벌보다 더 열심히 연습하고 필히 1등을 해야 후원해준 분들께 보답하는 길이라고 생각했다. 김정아 선생은 연극과 무용에 총력을 기울였다.

초급반 신경숙 선생은 상급생 무용과 한국 노래를 담당했다. 4월에 열리는 코르사코프 제0중학교에서 개최되는 '한국어 및 문화 페스티벌'은 지역의 자랑거리로 성장했다. 나아가 한국어를 고취시키고 한국문화를 알리는 계기를 마련했다.

시교육국에서도 칭찬이 대단했다. 재작년에는 일본 방송국까지 취재해갔다. 그래서 더욱 잘해야 했다. 연극 콩쥐와 팥쥐'의 등장 인물에 아이들이 서로서로 나서길 원했다. 지원 학생이 많아 부득이 선발하게 되었는데 선발되지 못한 학생들은 울고불고 난리

법석이었다. 심지어 학부모까지 나서서 항의하기에 이르렀다.

김정아 선생은 학부모에게 일일이 설명을 드렸지만 자기 아이가 선발 되지 못한 것에 못내 서운해 했다.

'콩쥐와 팥쥐'의 콩쥐에는 박옥금, 팥쥐에는 러시아 남학생 로만이, 왕자에는 알렉세이, 천사에는 정 이리나, 신하에는 이반과 제니스, 기타 미녀 선발대회의 보조원 3명이 선발됐다.

연극 부분도 3개 학교가 참여하는 토너먼트 식이었다. 1. 2. 3등에게는 메달과 상품이 지급되었다. 무용부분도 3개 학교가 참여해 열띤 경쟁을 펼친다. 학교는 매회 노래에 참여하는 학생들에게도 감사장을 수여했다. 연극을 연습하던 콩쥐 역의 옥금이가 울먹이는 목소리로 다가와 질문했다.

"이리나. 왕자와 결혼한다고 친구가 자꾸 놀려요."

"정말로 결혼하는 것도 아닌데 괜찮아."

"누가 놀리는데?"

"저기... 이반이요."

장난꾸러기 이반은 항상 말썽을 피웠다. 아이들이 연습하면 중간에 끼어들어서 훼방을 놓거나 밀치고 도망갔다. 이반은 특히 여학생들에게 장난을 치고 못살게 굴었다. 김정아 선생은 이반을 불렀다. 이반은 눈치를 채는지 두 눈을 멀뚱히 뜨고 긴장된 표정을 지었다.

"이반, 나타샤(옥금이)를 왜 자꾸 놀려?

이반이 고개를 푹 숙였다.

"한 번 더 옥금이 괴롭히면 벌 받게 할 거야. 알았지?"하며 호통을 쳤다. 이반은 더욱 주눅이 들어 얼굴을 들지 못했다. 다행히 아이들은 장난꾸러기이고 버릇이 없어도 선생님이라면 무서워했다.

한번은 김 선생이 너무 힘들어 있는 와중에 아이들이 지나치게 장난을 치고 시끄러워 야단을 친 적이 있었다. 그만 아이들 보는 앞에서 김 선생이 울고 말았다. 선생님의 눈물을 보자 아이들도 따라 울었고 서로 잘못했다고 애원했다.

교사직이 너무 힘들었다. 김 선생이 한국어 반을 맡은 지도 벌써 3년째 접어들었다. 사실 박봉의 월급에다 한글 야간 학교까지 보통 아침 7시 출근해 오후 9시에 귀가했다.

현재 러시아 학교의 교사월급은 평균 80만원에 불과했다. 아이들까지 말썽을 피우면 힘이 더 들었다. 대신에 한국어 아이들이 즐거워하면 자신도 즐거웠다. 러시아 정서상 아이들 버릇은 부모도 못 고치지만 선생님이라고 아이들을 마구 야단칠 수는 없었다. 하지만 아이들이 생각보다 순수하고 인정이 많았다.

스승의 날이나 혹이라도 생일날을 기억하는 날이면 없는 집 아이들도 선물을 준비하곤 했다. 그럴 때마다 김 선생은 무한한 감동과 사랑을 아이들에게서 배우게 되었다.

10시가 되어서야 비로소 해가 기웃거리는 코르사코프 시청 옆에 자리한 카페에서 그녀를 만났다. 여름엔 족히 10시가 되어서야 비로소 해가 기우는 것이라 8시에도 한여름의 더위를 식히기 위해 시청 광장 앞에는 사람들이 많이 모여 있었다.

저만치 아이들이 뛰어노는 소리가 호텔 바에서까지 들려 왔다. 정아는 가슴이 콩닥거리는 것을 느꼈다. 몇 계단이 되지 않을 호텔로 오르는 계단이 왜 이리도 길게만 느껴지는지 한발 한발 내딛으면서 자꾸만 울컹거리는 가슴을 진정할 수가 없었다.

정아는 다시금 마음을 가다듬고 길게 심호흡을 한다. 작은 로비를 지나서 카페 문을 열자 안톤 정이 눈에 들어왔다. 정은 정아를 보자 의자에서 일어나 반갑게 맞이한다. 정아는 떨리는 목소리로 정에게 인사를 건넸다.

"안녕하셨어요?"

"어서 와요. 김 선생..."

정아는 5년 전 오늘, 전 남편과 이혼을 하고 현지 동포가 아닌 한국에서 온 안톤 정을 처음 만났다. 아니 그동안 남자를 잊고 있었다. 두 아이의 엄마로서 먹고 사는 데만 온전히 시간을 다 보냈다. 직장일을 마치면 일용할 양식을 사고 집에 가서는 아이들 학교수업 지도와 집안 청소 외에도 밥하느라 다른 생각은 엄두조차

내지못했다.

정아는 그렇게 남자를 잊은 채 오로지 아이들에게만 집중했다. 전에는 현지 무역회사 경리로 일하였고 그 다음으로는 슈퍼 계산대 아르바이트까지 두 아이의 양육에만 매달렸다.

인연은 묘했다. 한국 대학생들의 봉사를 위해 통역을 맡았던 그 이후로 정은 하루에 서너 번 정도 전화를 하며 하루가 멀다 하고 안부를 묻곤 했다. 정은 생각했던 것에 비해 자상하고 배려심이 많았던 것 같았다. 그래서인지 정의 접근이 그리 싫지만은 않았다. 그렇게 전화로만 통화를 하다 외부에서 데이트를 신청한 것은 이번이 처음이었다. 왠지 모를 부끄러움이 몰려왔고 만감이 교착했다. 떨기도 하고 정의 한마디 한마디가 다른 세계에 온 것 같은 느낌이었다.

실제로 정아는 정을 빤히 쳐다볼 수가 없을만치 불안해하고 있었다. 이를 정이 알았는지 화제를 다른 데로 돌려 한국의 변화된 모습을 설명하며 한국어에 대한 진로를 재미있게 이끌어 갔다. 정아는 다소 안심이 되었고 이제야 정의 얼굴을 바라 볼 수가 있었다. 곧 러시아 아가씨가 맥주병과 술잔을 가져왔다. 정이 얼른 되받으며

"한잔 해요!"하며 잔을 들었다. 정아의 입가에 미소가 보였다.

그날 정은 막차를 놓쳐 호텔에서 자게 되었다. 그전에 정은 페스티벌 연습차 시나리오 안무 관계로 학교를 찾았다가 아이들과 다

과회를 하다 늦은 시간까지 학교에 머문 적이 있었다. 그때 어둠이 깔린 정아의 집 앞까지 바래다주며 손을 흔들어주었다.

정이 돌아서려다 갑자기 정아 곁으로 왔다. 정은 정아의 손을 맞잡고 키스해도 되느냐고 물으며 아파트 입구 문에다 밀치며 입술을 포개었다. 심장이 멎는 듯 정의 입김이 정아의 폐 속까지 스며들었다.

드디어 한국어페스티벌이 열렸다. 시교육국 관계자와 사할린 사회단체장이 참석하고 사물놀이 동아리패가 축제의 막을 올렸다. 행정수반 도시에서 2곳의 한국어 학교도 출연했다.

식전 행사로 사물놀이 동아리패가 흥을 돋우고 학교 안으로 들어오는 로비 벽에는 홍익대학교에서 그린 벽화가 그려져 있고 그 위로는 한국어페스티벌이라는 대형 현수막이 걸렸다. 강당 무대 위에도 페스티벌을 알리는 현수막이 걸리어 축제분위기를 한층 고조시켰다. 다음은 각 한국어 학교가 준비한 연극 경연이 펼쳐졌다. 심사위원으로는 학교장, 한인회장, 교육국, 교육원장, 후원회장 등이 선정돼 심사를 맡았다.

다행히 우리학교 아이들의 연극 '콩쥐와 팥쥐'가 대상을 차지했다. 2등상은 9학교가 3등상은 30학교가 받았다. 1등상을 받은 아이들의 환호성이 강당 안을 가득 매웠다. 아이들은 벌떡 뛰어오르며 부둥켜안고 기뻐했다. 아이들은 태극기와 러시아 국기를 펄럭이며 축하했다.

김 선생과 신 선생도 기뻤고 총괄 지휘한 러시아인 교감 선생님도 박수를 치며 내 일처럼 기뻐했다. 한편의 연극을 위해 3개월 동안 준비하고 고생한 보람이 있었다.

각 담당분야 선생님들도 고생하였지만 시나리오를 외우기 위해 아이들의 갖은 노력도 간과할 수가 없었다. 방과 후 숙제까지 미루고 늦은 시각까지 시나리오를 외우던 아이들의 모습이 눈에 선했다. 김 선생은 그런 아이들이 한없이 미덥고 고맙기만 했다.

지난날 힘들어서 한국어 수업을 포기하겠다고 하였을 때 아이들은 교감 선생님에게 달려가

"당신이 필요해요!"하며 농성을 벌인 일을 잊을 수가 없었다.

김 선생은 벅차오르는 기쁨을 감추지 못했다. 아이들이 달려왔다. 목에는 금메달을 걸었고 트로피를 든 채 연신 웃음을 날리며 즐거워했다. 일렬로 무리를 지어 인사를 하며 외쳤다.

"스빠시바!, 스빠스바!(고마워요!)" 감사 인사를 빼놓지 않았다.

"너희들이 더 수고했어. 오히려 고마워."

김 선생과 아이들은 손을 맞잡고 서로를 위로하며 축하했다. 곧이어 교감선생이 다가와 다들 수고했다고 격려했다. 아이들의 해맑고 즐거운 표정이 한국어를 있게 하였다. 비록 박봉의 월급이지만 맑고 순수한 그들의 얼굴에서 한국어 교사라는 직업에 만족해하는 자신을 볼 때마다 더 열심히 가르치고 봉사하겠다는 생각

이 들었다.

페스티벌이 끝나고 아이들의 의욕은 더욱 강해졌다. 학교의 자랑거리이던 옥금이도 이리나도 알렉세이도 한국 케이팝에 빠져 점점 한국을 동경하게 되었다.

방과 후에도 교실에 남아서 페스티벌 때 불렀던 음악을 배경으로 한국의 걸 그룹 춤을 따라하며 연습하느라 학교는 오후에도 한국음악이 떠나질 않았다. 김 선생도 덩달아 기뻤다. 서둘러 퇴근 준비를 하고 교실 문을 나서면서 춤 연습에 한창인 아이들에게 문단속을 일러주고 김 선생은 학교를 나섰다.

기다리던 버스가 오고 김 선생은 조금 지친 몸을 안고 봉고버스에 몸을 실었다. 버스는 김 선생 아파트 근처 정류장에 닿았고 잠시 눈을 붙였던 김 선생은 빠르게 버스에서 내렸다. 오는 시간을 어떻게 알았는지 정류장엔 유미가 기다리고 있었다. 유미는 엄마를 보자 소리치며 재빠르게 달려와 품에 안겼다.

"아니... 유미야 얼만큼 기다렸어?"

"조금 밖에 되지 않아. 엄마 피곤해?"

"아니..."

"가자! 엄마가 슈퍼에 가서 유미가 좋아하는 과자 사줄게."

유미는 좋아라하며 김 선생을 올려다보며 덥석 끌어안았다.

저녁을 먹고 아이들은 제각기 제 방으로 갔고 책을 펼쳤다. 제니스는 제니스대로 공부를 하고 유미는 학교에서 배웠던 문장들을 펼쳐놓고 엄마가 복습해주길 바랐다.

한참을 유미에게 숙제를 가르쳐 주고 내일 들어갈 한국어 수업을 예습하고 있을 때, 전화벨이 울렸다. 유미가 선뜻 휴대폰을 가져다주며 귀를 쫑긋 기울였다. 한국 아저씨였다.

김 선생은 부엌으로 가 통화를 하는데 유미가 총총 걸음으로 엄마 품에 새초롬히 안겼다.

유미는 눈을 깜박이며 엄마의 일거수일투족을 보려고 했다. 김 선생은 유미의 눈치를 살피고 부엌문을 닫으며 조용하게 한국말로 대화를 나누기 시작했다. 아저씨는 학교에서 재미있었고 아이들에게 무엇을 가르쳤고 밥은 먹었는지 쉼 없이 질문을 던졌다. 그리고 아저씨는 전화를 내려놓으며 보고 싶다고 했다.

김 선생은 기뻤다. '저도요. 보고 싶었어요.'라고 말하고 싶었지만 도무지 입에서 떨어지지 않았다. 전화를 끊자 유미가 아저씨 언제 오느냐고 대뜸 물었다.

"엄만 몰라."

"그런 게 어디 있어? 엄마는 알고 있으면서... 뭐" 입 꼬리가 살짝 기울며 삐친 느낌이 역력했다. 사실 유미도 아저씨가 싫진 않았다. 그래서 엄마에게 남자 친구가 그것도 한국 아저씨가 있어서 자랑스러웠을 정도로 반가운 사람이었다. 더욱이 어릴 때부터 아빠의 빈자리가 컸고 다른 아이들처럼 아빠가 그리웠던 것이다. 그래서인지 한국 아저씨가 오길 무척 기다렸던 것이다.

정아도 언제부터인가 그를 기다리고 있었다. 속삭인 듯 가늘게 떨려온 듯 그가 고백했던 아니 정작 사랑하고픈 그 손길이 거짓말처럼 전신을 휘감고 있었던 것을 그때서야 깨달았다.

아이들이 교실 문을 갑작스레 열지 않았으면 그 긴 상상의 나래에서 깨어나지 못했을 것이다. 오후 수업을 마치고 버스 정류장에서 한참이나 기다린 뒤 먼지를 풀풀 휘날리며 버스 한 대가 미끄러져 왔다. 정류장에는 고작 중년 여인이 한 명 서 있었고 버스는 지친 듯 흐물거리며 거리를 빠져나갔다.

쇼베트스카야 거리에 닿자 많은 사람들이 내렸다. 정아는 익숙한 듯 빠른 걸음을 재촉하며 마거진(슈퍼) 안으로 들어갔다. 아이들 간식과 저녁거리를 사들고 아파트 입구 문에 도달하자 모자를 둘러쓰고 긴 청록색 바바리 차림의 그가 보였다. 온 몸에 전율이 뭉게구름처럼 피어올랐다.

'그가 내 앞에 서있다. 그토록 보고픈 그가 내 집 문 앞에서 나를 기다리고 있다니...'

정아는 경련 아닌 탄식을 내뿜으며 '오빠!' 하고 들리지 않을 듯 짧게 내뱉었다. 오빠를 위해 저녁식사를 준비하는 시간이 이토록 기쁘고 사랑스러울 수가 없었다. 그런 엄마를 지켜보던 유미도 덩달아 신이 났다. 아빠 아닌 아빠가 오늘 집에 왔기 때문이다.

그새를 못 참고 유미가 그에게 애교를 부리며 폴짝폴짝 뛰며 고무줄놀이인지 힐끗힐끗 미소를 작열하며 세상의 가진 것 다 얻은 듯이 함지박 같은 기쁨을 유발했다.

아저씨는 노트북에서 무언가를 쓰고 있었다. 한국에 내보내는 기사인지는 모르나 집에 들어와서는 줄곧 노트북 앞에만 있었다.

은근히 놀아주길 원하였지만 아직은 낯선 아저씨에게 다가가기는 민망스럽긴 마찬가지였다. 엄마 눈치만 보다 유미가 용기를 내어 아저씨 곁으로 다가갔다.

말은 하지 않았고 아저씨 컴퓨터를 살짝 건드리며 미소를 내어 보였다. 아저씨가 유미의 손을 잡았다.

"어머나, 유미 왔어요. 아저씨 유미의 손을 잡고 밖에 놀러갈까?"

무슨 말인지 몰라 어리둥절한 사이 엄마가 통역을 했다. 유미는 기뻤다. 신이 나서 두 팔을 번쩍 들고 깡충깡충 뛰었다. 얼른 아저씨 손을 잡고서 현관 쪽을 내달렸다. 이를 지켜보던 정아도 기뻐서 작은 탄식을 뿜어냈다.

얼마나 아빠 손길을 기다렸던지 유미는 말은 하지 않아도 학교에서 가족 이야기만 나와도 토라진 자신의 모습이 그렇게 싫었던 게다. 이젠 다른 친구와 같이 나에게도 아빠가 생겼다. 유미는 마치 자랑이라도 할 듯 놀이터에서 놀던 또래 아이들 사이로 아저씨 손을 꼬옥 잡아끌었다.

아저씬 그런 유미의 마음을 아는지 모르는지 옆자리 시소로 걸음을 옮겨 유미를 데려갔다.

 유미는 그때서야 비로소 즐거워했다. 아저씨가 먼저 시소에 앉았고 유미도 건너편에 앉았다. 유미는 좋아서 어쩔 줄 몰라 했다. 유미의 입 꼬리가 계속 올라갔다. 이 하루는 아빠가 있어서 좋았다. 든든했다. 세상이 다 내 것이었다. 어디 그뿐이었나. 아저씨는 시소를 타고 모래성도 쌓고 손뼉놀이도 가르쳐주었다.

 유미의 해맑은 미소가 해질녘 노을보다 더 붉게 타올랐다. 이처럼 유미가 즐거워한 적은 없었다. 정아가 놀이터로 데리러 오기까지 유미는 세상모르게 웃고 또 즐거워했다.

 저녁상은 푸짐했다. 절반 이상이 한국 음식이었고 나머진 러시아 음식으로 차려진 밥상이었다. 거기에 와인 잔이 보였고 아이들 곁엔 음료수 잔이 보였다.

 잠시 긴장감이 나돌았다. 정은 분위기를 어렴풋이 짐작하고 '자, 어서 밥 먹자.'며 먼저 말을 건넸다. 그러자 아이들도 숟가락을 들었고 밥을 먹기 시작했다. 유미는 밥술을 들다 말고 힐끗힐끗 정을 보면서 세상 고울 귀여운 미소를 남발했다.

 정이 정아에게 와인 잔을 건넸다. 부딪친 와인 잔 소리가 청아하게 들려왔다. 가족의 의미를 더했다. 정아의 표정도 즐거워보였다. 행복해하는 정아의 모습이 애잔하게 흘렀지만 초라한 저녁상은 만찬이 되었다.

아이들이 잠들고 해가 기운 백야의 밤은 잔잔한 음악이 깔렸다. 반쪽짜리 보름달이 고개를 내밀며 창가에 머물렀는데 정은 가만히 정아를 품에 안았다. 정아의 숨소리가 가느다랗게 들려왔다. 정은 살며시 블라우스를 헤집고 천천히 손길을 아래로 움직였다. 미끄러지듯 속옷이 벗겨졌다. 이내 정의 손길은 정아의 젖무덤을 포개었고 갈색 젖꼭지를 만지작거렸다.

정아의 신음이 귓가로 전해졌다. 정은 아담한 능금 향기를 풍기는 젖에다 입술을 대었다. 정아의 숨결이 밤의 정적을 타고 흘렀다. 작지도 크지도 않을 아담한 능금보다 큰 탱탱한 젖무덤이 정의 손길에 의해 연주되었다. 정의 현란한 손동작과 혓바닥이 젖꼭지 주위를 애무하며 핥아갔다. 이윽고 정의 애무는 유방을 지나 배꼽 사이로 맴돌다 아래로 미끄러져갔다.

수줍음도 잊은 채 정아는 자신도 모르게 정의 목덜미를 휘감았다. 진한 입맞춤에 정아의 소리가 들리는 깊은 계곡에 몸을 얹었다. 자지러질 듯 정아의 거친 소리가 방안을 타고 흘렀다. 마침내 정아의 탄성이 용솟음친 듯 자지러지게 삼단 고음이 되어 밤하늘을 수놓았다.

아침 출근을 위해 정아는 분주하게 움직였다. 주방에서 들려오는 소리에 정은 눈을 떴다. 옷맵시를 다듬고 주방으로 이동한 정은 정아의 뒤를 안고 속삭인 듯 볼에다 입맞춤을 해대었다. 정아의 미소가 화들짝 되살아났다. 미소를 머금은 정아의 입술에 입술을 포개었다. 행복해하는 모습에 정도 기뻤다. 정아는 머뭇거리며 난데없이 고맙다고만 했다.

정은 유즈노를 나서며 주방에서 눈물을 짓는 정아를 보았다. 행복의 의미를 아직은 모른다. 그녀를 사랑했건 사랑하지 않건 이것으로 행복이 완성된다면 세상의 행복이 다 좋으련만 분명한 건 그 역시 그녀를 사랑하고 있다는 것이다.

이처럼 쉬지 않고 달려만 준다면 또 얼마나 좋을까. 그녀의 눈망울, 그녀의 눈빛을 잊지 못하겠다. 국경을 뛰어넘은 사랑, 정은 감당하기 어렵다. 그녀가 울 때 다가가 손을 내밀어주고 바람 불어도 흔들리지 않을 보호막이 되는 존재이고 싶다. 그녀가 힘들어할 때 곁에서 위로하고 그녀의 걱정거리를 덮어주는 한 겹의 이불이 되어 그녀가 춥지 않도록 덮어주는 그런 사랑이고 싶다.

집 앞. 시내로 가는 버스 정류장에 바람이 불어온다. 함박눈이 내리고 정은 차마 발길이 떨어지지 않아 자꾸만 아파트 창을 쳐다본다. 엄마는 주방 창에서 유미는 거실 창의 커튼을 걷고 떠나가려는 정을 창문이 뚫어져라 바라보고 있었다. 행여 새로 생긴 아빠가 도망이라도 칠까?

두 손 다 들어 흔드는데 떠나는 정은 그저 가슴이 미어져 올 뿐이다. 현관 입구에서 뚝뚝 눈물을 보이던 유미를 겨우 달래고 돌아서건만 어찌 마음이 이토록 아파오는지 모르겠다. 그래. 아빠는 도망가지 않으리라. 학부모회의 날 네가 좋아했던 아빠의 자리가 엄마의 빈자리로 채워줄 수 있었으면 좋겠다.

버스에 오르자 함박눈은 폭설로 변했다. 빙판 위를 달리는 낡은 버스에 몸을 실은 정은 하염없이 눈이 내리는 창밖을 주시하며 정아와 유미 생각에 밀려오는 슬픔을 어쩌지 못했다. 가슴만 쓸어내리며 정은 그 도시를 떠났다.

애비

진주알처럼 맑은 하늘이 짙푸르다.
세상 고울 풍경이 발아래 머문다.
평생 버리고 살아온 삶
길마다 자식위해 빛날 잔치였다.
가도 가도 다 가지 못하는데
새끼 잘 되길 바라는 것이
깊은 바다인들 깨우치겠느냐.

눈물이 앞을 가린다 해도 꽃구름 타고 갈 너만 보인단다.

하늘만큼 땅만큼 다 준다 하여도
더하지 못한 나머지
가슴 절이는 순간이 애석하다.
좋아도 그만 못해도 그만이건만
어찌 놓지 못하고 길을 터이니
용솟음이 날로 칠음보다 더한데
그 또한 애비 마음이더라.

IV. 겨울꽃

어디선가, 꿈결에선가 저만치 하얀 말이 안드레이 아내의 텃밭을 가로지르며 달렸고 함박눈이 펄펄 내렸다. 아내가 목숨처럼 귀하게 여긴 텃밭의 우거진 갈대숲에 치렁치렁 엮인 담장의 아름다운 겨울꽃이 아스라이 떠올랐다.

겨울꽃

조선에서 사할린까지

김 안드레이 니콜라이비치는 청년시절부터 술과 노름을 좋아했다. 그가 일하는 직장은 일본시대부터 어업기지로 유명한 사할린 홈스크 항이다. 홈스크 항은 사할린에서 꼬르사코프 항과 사할린 자원보고의 종착점에 해당하는 항구이다.

안드레이에게는 사할린이 낯선 곳이 아니다. 일전 조선에서부터 활약하는 사무라이와 밀거래를 하면서 이미 일본을 한차례 찾은 바 있었고, 사할린도 일시 방문한 적이 있었다.

1937년 일본 후쿠오카를 거쳐 오사카에서 잠시 유랑생활을 하였으며, 홋카이도 와카나이를 통해 사할린에 일시 머물렀다가 다시 조선으로 들어갔다. 그리고는 1947년 청진항을 출발해 또 사할린을 찾았다.

해방이 되고도 홈스크 항에는 수산물뿐 아니라 석탄과 목재 등 자원의 대부분을 이곳에서 본토로 또는 일본으로 운반되곤 했다. 사할린 각지에서 실어온 석탄과 목재는 산기슭에서 언덕을 가르고 도로변까지 타고 와서 차량과 바다로 흘러들어 항구로 이동되었다.

어업기지로 소문난 홈스크 항에는 돈을 벌기 위해 한인들이 몰려들었다. 러시아인을 비롯해 소련 대륙에서도, 귀국하지 못하고 남은 재일동포 홀아비부터 사할린 한인과 북한 파견근로자까지 문전성시를 이루었다.

함바(숙소)에는 50명 단위로 노동자들이 가족들과 부대끼며 살았고, 더러는 일본인의 개인집을 할당 받아 개인사택에서 출근하기도 했다. 그렇게 홈스크 항에는 항상 사람들로 붐볐다.

어업기지로 유명하다보니 소련정부는 한인노동력이 당연히 필요했다. 이 가운데는 사할린 한인 역사에 빛나는 대륙권 출신의 한인여성 한수라에게 근로 노력영웅 훈장을 수여하기도 했다. 청어와 연송어 목표달성을 이룬 성과였다. 이는 북한 파견근로자의 노동력 덕택이었다.

홈스크를 조금 지나면 네벨스크 항이 나온다. 이곳이 북한 파견근로자의 최초의 입항지다. 예전에는 일본연락선도 들어왔고 가족을 찾기 위한 일본 밀항선이 수시로 닿았던 곳이다. 한인들의 발자취는 여기서도 시작되었다.

식민지시대 강제징용으로 모집된 조선인 말고도 자유모집 또는 개인으로 일본을 거쳐 1930년대부터 한반도의 가난한 사람들이 몰려들기 시작했다. 말 그대로 해외취업을 결심했던 것이다.

광업과 어업, 목재업이 활발한 사할린 섬은 꿈을 이루려는 사람들로 북적였다. 조선의 문맹자를 비롯해 학식이 있는 선비까지 일본에 있는 인텔리부터 사할린은 먹고살기 위해 돈을 버는 곳의 최적으로 손꼽혔다. 심지어 중국에서 소식을 듣고 온 조선인과 강제징용을 피해온 사람이 역으로 되돌아오기도 했다.

부두에서 벗어나고 안쪽 검문소 옆의 선술집에 사람들이 웅성거렸다. 북한에서 오는 파견근로자들이 오는 날이다. 외항에서 본선이 도착하면 바지선이나 작은 배로 옮겨 타서 네벨스크 내항에 도착했다.

당시 1946년과 1948년 사이의 네벨스크 항은 모집 노동자들로 넘쳐났다. 가장 많은 인원이 송출된 북한 파견근로자들로 네벨스크 거리는 하루가 멀다 하고 사람 찾는 소리로 소란스러웠다.

저만치에서 바바리에 깔끔하게 차려입은 사나이가 선술집으로 걸어오기 시작했다. 이를 지켜보던 김 안드레이가 선술집에서 남은 술잔을 비우고 자리를 박차고 일어섰다. 안드레이를 알아본 사나이는 덥석 손을 맞잡고 흔들었다.

그는 복장이 단정하고 어깨가 건장한 중절모자의 평양신사였다. 김철구라고 하는 평양신사는 다시 안드레이와 선술집으로 향했다. 선술집은 나무로 지어진 허름한 일본식 카페였다. 선술집에 마주앉은 두 사나이는 술을 주문하고 무언가 귓속말로 속삭였다. 그러자 김철구가 술잔을 들며

"수령 동지를 위하여!"라며 호탕하게 외쳤다.

주위에 있는 사람들도 함께 잔을 들며 크게 따라했다. 김철구와 안드레이가 나서자 밖에는 소련산 질(ЗИЛ) 자동차가 대기하고 있었다. 지프차는 네벨스크 관청을 지나 해안선을 타고 지나다 홈스크로 가는 비포장도로를 내달렸다.

안드레이는 울창한 숲속 길을 헤치고 가는 도중에도 김철구에게 한참이나 말을 건네었고 김철구는 시종일관 그의 말을 귀담아 듣고 있었다. 이윽고 홈스크 부두 건너편의 관리사무실에 도착한 그들은 왼쪽 창가에서 사무를 보고 있는 소련군 군인에게로 다가갔다. 장교로 보이는 군인은 김철구가 내민 서류를 보자 반갑게 맞이하며 담배를 건넸다.

김철구는 노어가 유창했다. 아마 북한에서 노어를 전공했거나 국경 근처에서 소련군인과 근무한 적이 있었던 것 같았다. 아니나 다를까 김철구는 이번 파견근로자들의 인솔책임자의 부서담당자였다. 공화국 정부를 대신하는 위임장과 파견근로자들의 명단, 근로계약서 등 기밀서류를 가지고 있었다.

그는 또한 북한 인민무력부부장의 친서를 지니고 있는 핵심 요원이었던 것이다. 김철구는 사무실에서 소련군 장교와 진지하게

대화를 나누었고 서류에 무엇을 작성하는 듯 분주하게 움직였다. 해가 기울기 시작한 저녁 무렵, 분주하게 움직이는 사람들의 소리가 들려왔고 사무실은 더욱 혼잡해졌다.

일을 끝내고 귀가하는 사람들로 홈스크 소비에트가 거리는 하나둘 불빛이 켜지기 시작했다. 부둣가의 크레인 아래로 비치는 불빛이 아름다웠다. 그 야경을 김철구는 틈틈이 주시하고 있었다.

홈스크 항의 불빛이 안드레이가 사는 청진항과 비슷했고 조국에 와 있는 느낌이 들었기 때문일 것이다.

소련군 장교는 바다가 훤히 내려다보이는 선착장 근처 호텔로 김철구와 안드레이를 안내했다. 일종의 카페 같았는데 군인들도 보였고 테이블의 바텐더 뒤로는 네온불빛이 반짝이고 있었다.

소련 장교는 하얀 옷을 입은 금발의 여성 종업원에게 무언가를 지시하는 듯했다.

조금 있자 술과 안주가 들어왔고 곧바로 소련 여자로 보이는 늘씬한 여성들이 자리에 앉았다. 소련군 장교와 김철구는 노어로 인사를 하며 안드레이를 소개했다. 그날 그들은 밤늦도록 술과 여자와 시간을 보냈다.

아침 호텔에서 일어난 안드레이는 창밖 홈스크 항을 바라보며 담배를 물고 깊은 상념에 잠겼다. 김철구에게 건네주기로 한 정보가 혹시나 잘못되어서 가족들에게까지 화를 미치지 않을까 망설이고 있었다. 하지만 안드레이라는 인간은 가족은 전혀 안중에 없고 자기밖에 모르는 방탕한 인간에 불과했다. 사할린 정보를 건네주고 그것으로 그는 사리사욕에 젖을 인간이었다. 안드레이는 원래 남한이 고향이었다.

남한에서 어릴 때부터 주먹 세계에 발을 들여놓았고 해방 전 장사꾼들의 노름판에 어울리기 위해 북한으로 간 경우였다. 그래서 청진에 오게 되었는데 자연히 장사꾼들과 어울리다보니 사업하는 사람으로 인식되었다. 그 수완이 하도 좋아서 사람들은 그를 사업하는 사람으로 믿었고 그 와중에 이름난 기름장수 부잣집 딸과 혼인하게 되었고 남북이 갈라진 통에 북에 남게 되었다.

안드레이의 담배가 다 타들어갈 쯤 노크소리가 들렸다. 김철구가 문을 열며,

"박동무, 좋은 아침입네다. 잠은 어떻쑤?"하며 물었다.

안드레이가 대답했다.

"아 네, 잘 잤수다. 부대장 동지께서는 사할린 첫날밤이 어땠습니까?"라고 되물었다.

둘은 밤새 있었던 재미난 일과 잡담을 늘어놓았다. 안드레이와 김철구는 정오쯤 호텔을 빠져나와 북한 근로자 함바 근처에 있는 북한주재국 임시 거처에 들렀고 거기서 지역사무관을 데리고 홈스크 시내를 돌아다녔다. 소위 김철구의 사할린동향과 지리파악

이 시작되었다.

　이튿날부터 시작된 김철구의 사할린조사는 홈스크에서 유즈노
사할린스크로 꼬르사코브 항까지 시내 소련 군사시설까지 한 달
간이나 이루어졌다. 김철구의 동행에는 안드레이가 처음부터 수
발을 들며 한시도 떨어지지 않고 붙어 다녔다. 그리고 1949년 3
월 홈스크 비밀 아지트에서 안드레이는 1년 가량 수집해온 실태
조사를 조심스레 건네주었다.

　김철구는 홈스크에서 약 3개월 가량을 보내고 나홋트카를 거쳐
블라디보스톡을 통해 북한으로 갔다. 나홋트카에는 극동지구 북
한주재 조선 총령부가 있었다. 지금의 총영사관급에 해당된다.
　김철구가 가면서 안드레이에게 대가성으로 지불한 돈은 당시 자
동차를 살 수 있는 거액이었다.
　그 돈을 가진 안드레이는 어업기지에 있는 색시에게는 한 푼도
주지 않고 노름판에 뛰어들었다. 원정도박도 마다하지 않았다.
　한인들이 모이는 곳이면 다 갔고 노름판을 만들었다. 그렇게 안
드레이는 사할린에서 그나마 자유롭게 활동하며 조선팔도에서
누비던 노름기질을 이곳에서도 발휘하며 속절없이 세월을 보내
고 있었다.
　본국의 지시가 내려질 때면 간간이 북한주재소에 들르기도 하였
고 수시로 연락을 취하며 홈스크 주변의 술집과 노름판을 휘어잡

고 다녔다.

발길질의 달인, 사할린 주먹세계를 다스리다

일찍이 일본인과 어울리며 배운 안드레이의 노름기질은 조선에서도 알아주었다. 청진에서는 큰판만 골라서 노름판에 다녔다. 돈을 잃으면 사채업자에게 빌렸고 사채업자는 조직의 똘마니라고 불리는 조직폭력배와 연관이 되어있었다. 당시에도 조직폭력배의 돈줄은 거의가 시내 요소마다 장악하고 있었다.

부두의 공장에서 극장까지 점령하고 있었기 때문에 안드레이는 쉽게 돈을 빌릴 수 있었다. 청진의 조직폭력배는 안거리파가 유명했다. 부두를 거점으로 청진 시내를 휩쓸고 있는 안거리파는 일제 때부터 자생해왔고 안거리파와는 해방 전까지 거래를 해왔다. 안드레이는 거액을 안거리파에게 빌렸고 기일을 넘기자 돈을 갚을 형편이 못되어 잠시 신의주로 도주했다가 해방 후 청진으로 잠입해 어린색시를 데리고 사할린 모집에 결행했다.

김철구와는 신의주 도피 중에 알았다. 우연히 시내 식당에서 조선패와 중국패가 난동을 부리자 안드레이가 중재 역할을 하던 도중 김철구 눈에 띄게 되었다, 중국 패를 단숨에 요리하는 모습이 김철구를 사로잡게 되었고 10개월 정도 함께 지내며 의형제처럼 지냈다.

청진으로 돌아올 수 있었던 것도 김철구의 힘이 컸으며 사할린 잠입도 가능할 수가 있었다. 더욱이 그는 특혜를 받은 몇 되지 않은 북조선의 특수비밀 연락책 요원으로 발탁되었던 것이다.

 사할린에 발을 딛고서도 안드레이는 어업기지에 등록만 하고선 일은 하지 않았다. 어린색시만 함바에 남겨두고 그는 노름판이나 술판에 다녔다. 이것이 안드레이가 김철구에게 받은 특명이었다. 사할린 오기 전 안드레이는 김철구로부터 이러한 특명을 받았고 청진 당위원회의 지시로 1년 가량 사할린 실태조사를 비밀리에 해왔다. 근 1년 가까이 안드레이는 사할린 중요지역을 물색하던 중 사할린에 일본조직폭력배가 남아있다는 것을 알았다.

 사할린에 남은 일본조직은 대부분 철수하였지만 조직의 똘마니 들이 귀국하지 못하고 있는 탓에 그 잔재는 시내 요소마다 남아 있었다. 일본시대에서 소련시대로 사할린의 체제가 바뀌자 사무 라이들은 칼 대신 목검을 사용할 수밖에 없었다.

 그들은 부두의 어업권이나 술집 허가권을 갈취하다 뜻대로 되지 않으면 소련감시원의 눈을 피해 봉둥이와 목검을 들고 공포를 조성하며 요란을 피웠다. 창문을 깨고 박살내는 과정은 예전의 칼 부리가 휘날리며 피가 치솟는 섬뜩한 광경을 자주 목격하였던 탓에 많은 이들은 일본사무라이의 무서운 행동을 익히 알고 있었다. 그 과정 속에서 한번은 홈스크 부두 근처 소비에트 거리에 있는 일본식 룸바가 있었다. 룸바에는 쫄 바지에 군화를 착용하고 게다(나막신)를 신은 건장한 일본 청년들이 들이 닥쳤다.

일본 청년들은 바 가운데 핸섬하게 보이는 40대 한인으로 보이는 사람 쪽으로 다가갔다. 40대 한인은 대륙권에서 건너온 카레이스키(고려인)로 홈스크에서는 제법 알려진 재력가에 속했다. 이름이 황보청해라 하여서 사람들은 곧잘 바다에 군림하는 장보고라고 했다.

황보청해는 일본 청년들과 몇 마디 나누었는데 갑작스레 머리카락을 번들하게 제키고 종지를 묶은 기생오라비같이 생긴 청년이 황보의 테이블을 걷어찼다. 그리곤 여러 명이 황보의 멱살을 잡고 두 팔을 일으켜 세워 밖으로 끌고 갔다.

밖으로 내동댕이쳐진 황보가 일어서자 일본 청년들이 목검과 발길질로 그를 때리고 짓밟았다. 이들은 배가 승선하려는 어업권에 일본인을 빼고 한인들을 승선시킨 것이 발단이었는데, 고기를 잡으러 나가는 고깃배에 일본이 패망했고 이제는 왜놈들을 합승할 수 없다며 그 자리에 한인들을 승선시켰다는 것이다.

이를 전해들은 일본 똘마니들이 황보청해를 불렀고 버릇을 고치겠다는 의도였다. 마침 술을 마시고 있던 안드레이가 이 광경을 지켜보고 있었고, 안드레이는 한인이라 개입하게 되었다.

처음에는 좋게 말을 하고 말리려고 하였으나 난데없이 뒷전에서 목검으로 안드레이 머리통을 내리치는 바람에 안드레이는 바닥에 주저앉았고 곧바로 그들에게 대들었다.

목검과 몽둥이로 무장된 일본똘마니들은 도합 일곱 명이었는데 그들이 휩쓴 목검이 하나같이 쪽도 못쓰고 안드레이의 허공을 가르는 발길질에 추풍낙엽처럼 쓰러졌다.

사람들은 놀랐다. 아직까지 한인 중에 그런 사람이 없었는데 몇 달 전부터 러시아 이름을 가진 주먹잡이가 있다는 이야기는 들어보았지만 이처럼 살쾡이처럼 날쌔고 빠른, 정확히 표적을 맞추어 한방에 날려 보내버리는 괴력의 사나이를 한 번도 보지 못했기 때문이다.

그가 바로 북조선 청진에서 건너온 안드레이다. 홈스크 한인들은 안드레이가 북한 파견근로자로 온 줄은 거의가 잘 모르고 있었다. 그저 대륙에서 온 사람인줄 알고 있을 뿐이었다. 장보고는 옷에 묻은 먼지를 털고 터벅터벅 걸어오며 안드레이에게 손을 내밀고 감사하다며 몇 번이나 고개를 숙였다. 이윽고 사람들도 안드레이에게 박수를 치며 그를 환호했다.

수십 년이나 갇혀 맥도 쓰지 못하며 울분에 쌓였던 순간이 한꺼번에 풀리는 듯해 기분이 너무 좋았던 것이다. 그도 벌건 대낮에 일본인을 혼내주고 일곱 명의 폭력배를 한인이 제압했다는 것이 뿌듯하기만 했다.

장보고와 안드레이가 바로 들어가자 모여 있던 한인들도 안드레이 곁으로 와서 술을 내어주고 반갑게 인사를 했다. 그날 바는 한인들의 잔치분위기로 떠들썩했다.

그날 황보는 안드레이를 홈스크 사무실로 모셨고 또 한 차례 건사하게 대접하며 종종 도와줄 것을 제의했다. 무엇보다 어장을 보호하기 위해서는 안드레이 같은 든든한 사람이 지키고 있어야 했던 것이다. 하지만 안드레이는 황보의 청탁을 그대로 받아들이지 못하는 신세였다.

딱히 황보의 직속이 되기보다는 그저 도와주는 선에서만 머물고 있어야 했다. 이런 사연을 일일이 다 이야기하지 못하고 그렇다고 황보의 부탁을 매몰차게 거절할 수가 없었다. 동족의 정은 이래서 있는 것 같았다.

서로 돕고 보호해야 하기 때문이다. 왜정시절 많은 조선인들이 이곳에 끌려왔을 때도 언젠가는 조국광복의 날을 기대하며 뭉쳐야 한다는 것을 알았다. 아마도 초창기 암울한 시기에도 선대들 중에는 이곳에서도 숨어서 독립운동을 하였을 거라는 짐작이 없지는 않을 것으로 여겨졌다.

왜냐하면 황보와 같은 지식인이 있었고 물불을 가리지 않고 용맹스런 사람도 있었기에 민족의 혼은 여기서도 가능했을 것이다.

조선인이라면 분명 지하에서 조국광복을 기다리고 있었기 때문이다. 그 조선인은 오늘의 한인의 후손이며 사할린동포들이다.

한편 안드레이의 주먹실력이 홈스크에서부터 점차 사할린에 퍼지기 시작했다. 그 소문은 사할린 전역을 타고 흘렀다.

　그로부터 북쪽지방 우글레고르스크, 삭쵸르스크 등 탄광 밀접지역에 있는 한인 건달들이 먼 길을 마다하고 안드레이에게 인사를 하고 갔다. 그런데 안드레이는 보스기질은 없다. 보스는 부하를 챙겨주고 적에게서 가족을 보호하는 데 자기의 몸을 희생할 수 있어야 한다.

　안드레이의 단점은 안사람과 가족을 생각지 않는다는 것이다. 다른 여자에게는 호의를 베풀고 정을 주지만은 정작 집안의 가족들은 돌보지 못한다는 것이다. 아무리 방랑벽이 심해도 집안의 가족들을 챙겨놓고 돌아다녀야 하는데 결혼하고 가정만 있다뿐이지 애당초 가정은 뒷전이었다.

　사람들은 의리가 강하고 불의를 보면 참지 못하는 호걸의 남아로 보고 있지만 노름판에 미치면 아무런 생각이 없는 사람이다. 더욱이 그는 술만 먹으면 기세등등해져 호령하기를 좋아한다.

　술이 깨고 나면 술 취한 기억도 없는 사람이다. 그가 집에 오면 아이들은 군대식으로 도열해 있다. 조금 먹은 술기에 정신은 있는지 아이들 줄 음식은 꼭 챙겨와 나누어주었다.

　배고픈 시절 아버지의 귀가는 아이들의 희망이었다. 조금 사는 집안에서는 하얀 빵에 마가린을 얹어 먹곤 하지만 그렇지 못한 가정은 꺼먼 빵에 설탕가루를 뿌려 먹는지라 가끔씩 오는 아버지의 등장은 이들에게 희망과 같은 것이다.

그런 아버지였기에 군대식 도열이 되어도 좋고 큰소리로 호령을 해도 반갑기만 했다. 하지만 아버지의 술주정과 도벽을 알고는 아이들은 아버지가 너무나 무서운 존재로만 기억됐다.

훗날 아이들이 장성하고 초로의 어머니에게 물었다. '마마는 어떻게 그런 아버지와 살았느냐'고 회상했다. 또 엄마는 아버지가 나타나면 아무런 잘못도 없는데 잔소리를 들어야하고 맞기만 했기에 이들에게 아버지는 오지 않는 것이 더 나았다. 그러나 아버지는 그나마 아이들을 좋아하는지 언제나 "내 새끼들"이라고 하며 머리를 쓰다주고 안아주었고 작지만 꼭 먹을 것을 사왔다.

그마저 없었다면 아이들에게 아버지는 공포의 대상이 되었고 그리움도 없을 것이다. 부자의 정이 이런 건가 싶지만 안드레이가 가정을 등한시하며 여자를 구타하는 것은 분명 보스기질과는 거리가 멀다는 것을 입증하고 있었다.

사할린동포 북한 모국방문기

1945년 소련군이 북한을 접수하고 1946년 북한 임시정부가 들어섰다. 임시정부는 소련과의 유대강화 목적과 인민공화국 재건을 위하고 공산주의 주체사상을 내걸며 발 빠르게 사할린 섬으로 파견근로자들을 투입시켰다.

1946~48년까지 수많은 북한 파견근로자들이 천혜의 자원보고인 사할린 섬으로 몰려들었다. 이 소식은 중앙아시아 고려인들에게 알려져 물밀듯 모이게 되었다. 강제징용 한인을 비롯해 해방 이후 고국가기를 학수고대했던 현재의 1세 한인들도 홈스크 항으로 몰려들었다. 혹시나 남조선을 갈 기회가 있을지 모른다는 생각에 사할린 전역의 한인들이 홈스크로 몰렸다.

한창 어업과 목재산업이 번성했던 시기라 더욱이 일자리를 찾아오기도 하였고 고향소식을 듣는다며 사람들이 하나둘 모이기 시작했다. 한해 건너 북한정부의 파견근로자들이 들어왔다.

운반선을 타고 온 북조선 파견근로자들은 네벨스크 외항에 풀었고 목선과 어선에 나누어 타고 부두에 도착했다. 항차마다 150명~210명 정도의 운반선으로 왔는데, 중대, 소대별로 이들은 홈스크와 쿠릴열도로 배치되었다. 중대는 30여 명 정도이고 소대는 10명 단위에 속하지 않는 부류로 나누어졌다.

항차의 운반선에는 대대장이 인솔책임자이고 중대장과 소대장이 있었으며 조별에 떨어져나간 분대에도 감시요원이 따랐다. 그렇게 3년간 2600여 명의 파견근로자들이 사할린에 배치되었다. 첫 항차에는 대부분 어업권에 근무하였으나 인원이 늘어나자 목재 벌목과 산업시설에도 부분적으로 나누어졌다.

청진항에서 동해를 가로질러 3일간을 항해해서 사할린에 도착하였을 때 많은 근로자들이 서글픈 마음만 가득했다. 낯선 땅, 동토의 땅이라 불리는 추운 사할린 섬에서 남겨진 느낌에 바다를 쳐다보며 고향하늘을 그리워했다.

기지에 도착하니 지체할 수 없을 정도로 많은 고기들과 비린내 나는 공동작업장은 청어들로 산더미를 이루었다. 부산의 자갈치 공동어시장은 규모면이나 비교할 수 없을 정도로 어마어마했다. 발길만 옮겨도 청어가 짓밟혔다.

하루 종일 어판에서 일을 마치고 함바로 들어오면 먹을 것이 없어 배를 주려야 했다. 급식이라곤 러시아 빵(흘레브)에 감자와 스프가 전부이었고 작업도중에도 배가 고파서 몸을 제대로 움직일 수도 없는 일이 다반사였다. 그래도 바다에는 먹을 것이 많았다. 해안가로 가면 곰보, 다시마, 미역 등 해산물이 널려있어서 그것을 주워다가 허기를 채웠다.

함바 아줌마가 해주는 보리쌀과 다시마를 갈아 만든 죽은 간식용으로는 최고였다. 그렇지만 고향을 등지고 낯선 이국땅에 돈을 벌러왔지만 고향의 부모와 형제들이 그립기는 마찬가지였다. 저녁놀이 질 때면 더욱 고향생각이 많이 났다.

붉게 물든 저녁놀은 아름답기만 한데 지는 해에 저 몸이 빨려드는 듯 그렇게 서글플 수가 없었다.

저 바다를 건너면 고향이건만 무엇 때문에 나는 이곳에 남아있는가 스스로 자문한들 소용이 없었다. 눈물이 얼굴을 타고 가슴

팍으로 흘러내렸다. 하염없이 흐르는 눈물 속에 고향의 모습이
저녁놀에 아른거렸다. 젊은 각시가 언덕 위에서 구슬피 울고 있
었다. 어린색시는 꺼이꺼이 울며 고향생각에 잠겼는데 같은 운반
선을 타고 온 아낙이 다가오며 위로했다.

"새댁이, 울어본들 무슨 소용이 있겠슴메……."
"어서 마음이나 추려서 함바나 가시라요."

 색시는 그때서야 마음을 가다듬고 해지는 언덕길을 뒤로하고 함
바로 향했다. 돌아오는 길 색시는 자꾸만 언덕길을 되돌아봤다.
언덕길 넘어 바다 수평선이 아쉬웠는지 또 되돌아보곤 했다.
 함바에는 50명 단위로 가족과 근로자들이 살았다. 가족이 있는
사람은 흰 광목지로 칸을 가로막고 지냈다. 모두가 한 가족처럼
탄광의 사택처럼 이루어졌는데 그보다는 조금 열악했다.
 처음에는 출신지별로 나누어져 배치되었다. 청진사람은 네벨스
크에, 문산 사람들은 홈스크 어장으로 갈라져 일을 하였지만 홈
스크 행정구역의 통보 이후로는 한곳에 모여 일을 했다. 일부는
쿠릴열도로도 갔다. 어장이 날로 성행하자 함바에 있던 인원이
벌목장인 산판으로 이동하기도 했다.

 1946년부터 이루어진 제1차 파견근로자들은 1959년도에야 북

한 정부로부터 복귀통보를 받았다. 파견근로자들은 고향생각에 밤잠을 설쳤다. 이제 고향을 가겠다는 생각에 하루에도 수백 명의 근로자들이 네벨스크와 홈스크로 몰렸다.

북송선은 네벨스크 항에서 출발해서 블라디보스톡을 거쳐 우스리스크, 하산을 지나서 두만강을 건너 고향에 닿았다. 하지만 귀국을 포기하고 남은 사람들이 많았다.

뿔뿔이 헤어져 각지에서 일을 하던 사람들이 그 통보를 제때 받지 못했거나 이미 자식들이 생기고 정착해서 안정을 되찾은 경우가 많았다. 그래서 남은 실향민을 위해 북한정부는 1960년도 중반부터 사할린동포 모국방문을 결행했다.

어린색시도 1980년 10월 평양에 모국방문단으로 참가했다. 어린색시 나이 쉰둘, 33년 만에 그리운 고향땅을 밟았다.

러시아항공의 비행기는 사할린에서 출발해 하바로브스크에서 도착했다. 그곳에서 하룻밤 지내고 오비르(내무서)에서 검사를 받았다. 그리고 평양 순안공항에 도착했다. 귀국할 때는 북한 항공기로 똑같은 경로를 거쳐 사할린에 도착했다.

33년 만에 본 북조선 땅도 조국 땅이었다. 감회가 새로워 연신 창밖을 쳐다보았다. 이제 오빠와 형제들을 만날 수 있다는 생각에 가슴이 터질 것만 같았다. 비행기 트랙에서 내리니 한복을 곱게 차려입은 아동들이 인공기를 흔들며 열렬히 환영했다. 군복을 입은 간부들이 조국 방문을 환영한다며 반갑게 맞이했다.

처음은 거창하고 대단하게 환영하는 것 같았다. 어린색시는 평양에서 호텔로 가 이산가족상봉 신청서를 재점검하고, 만수대 김일성동상에 꽃다발을 증정하고 박물관만 둘러보는 데 3일간이 걸렸다. 특히 김일성 장군의 찬양과 업적 등 각국의 선물 및 귀중품이 나열된 박물관에서의 설명이 주를 이루었다.

다음날 개성에서 이틀 밤 자고 3.8선 견학 후에는 금강산관광, 묘향산관광을 마치면 방문 열흘 정도 남겨두고 가족상봉이 이루어졌다. 색시가 간 해만 해도 직접 가정방문을 하였고 한 가족 당 3~4일씩 지내게 하였다.

가족이 있는 사람들은 가정방문이 허용되었지만 연고가 없고 관광차 온 사람들은 일행이 올 때까지 여관에서 기다려야 했다. 그 뒤로는 현재의 이산가족상봉처럼, 주체사상교육과 김일성 관련 유적지를 둘러보고 시내와 유명사적지를 관광한 다음 여관에서 만나 가족과 하루 정도 상봉하는 시간을 주었다.

처음에는 형제들의 선물보따리만 해도 한 짐이었다. 두 번 정도 다녀온 이후로는 달러화로 돈을 주고 오는 경향이 늘었다. 맨 마지막해인 1988년도에 들른 북조선의 모습은 예전과 같이 요란스런 환대는 없었고 시내관광과 김일성 찬양이 태반이었다. 그리고 명승지를 탐방하거나 중요한 시기가 되면 조국 찬양가 등의 노래를 시켰는데, 그 중 가장 많이 불렀던 '노래하는 금강산'을 옮겼다.

아침 해가 뜨는 나라 산 좋고 물 좋아
금강산이 솟았으니 천하의 절승일세
로동당의 밝은 햇빛 이 강산에 넘치이네
일만 이천 농이마다 무지개가 빛겼네
아아 아아 아름다운 금강산아 천련만년
전해가라 은혜로운 그 이름을

당시만 해도 한국과 국교수교가 이루어지지 않아 많은 사할린 한인들이 북한을 방문했다. 그들이 둘러본 평양관광은 사할린에서는 볼 수 없는 꿈의 지상으로 만들어냈다. 하지만 열차를 통해 시내를 벗어난 흔적에서 빈곤한 북한의 실상을 조금씩 이해하게 되었다. 먼저 가족형제들의 선물과 필요한 생필품이 턱없이 모자란 데서 발견되었다.

많은 한인들이 아직도 북한기행을 잊지 못하는 것은 사람의 손길로는 도무지 미치지 못하는 부분을 신격화 또는 우상화로 만들어 보여준 까닭이다.

정교하고 웅장한 모습도 모습이지만 관광지의 잘 정돈된 시내 거리와 가식의 풍요로움이 눈길에 비쳤기 때문이다. 이를 계기로 사할린 한인들과 북한과 교류가 활발해졌고 비즈니스도 간간이 이루어졌다. 캄차카에서 온 한인들은 십시일반 돈을 모아 현지에다 아예 공장을 차려 갈 때마다 VIP대우를 받곤 했다.

단적인 예이지만 사할린한글 신문으로 거듭난 '새고려신문'도 북한 지식인에 의해 하바에서 탄생했고 공산주의를 활성화하기 위한 정치적 신문으로 무장되어 로동자에서 다음해 한인이 많은 사할린으로 옮겨와 '레닌의 길'로 이어지다 오늘에 이르렀다. 또 사할린에 조선어와 북한 전통무용이 사라지지 않고 근대까지 이어져왔던 것도 순전히 북한정부의 노력이다. 이런 점에 있어서 한인들에게 기여한 공로로는 크게 평가할 부분이다.

새고려신문도 그렇고 에트노스 예술학교의 한국적 조선무용과 전통음악에 대한 문화적 가치는 2005년도까지 꾸준히 공훈예술가를 파견하였기에 가능하였고 민족의 혼이 지금까지 살아 있을 수 있었던 것이다.

최근 들어 3년간에 걸쳐 한국예술위원회의 국악 파견강사에 국악과 전통음악이 광범위하게 보급되어 한국문화의 척도가 되었다. 이북출신이 아니라도 거의가 북한을 방문한 적이 있고 북한과 관련 있는 일을 하면서 비즈니스 영역을 확장해 나가기도 했다. 지금도 북한과 꾸준히 교류하고 있는 사업가들도 많다.

세상이 좋아지고 한국과 수교가 되자 양쪽을 왕래하며 여가를 보내는 사람도 있다. 영주귀국 문제로 강제 추방되고 북한행을 결심한 가족들의 생사를 몰라도 두 나라를 조국으로 여기며 여전히 남북한 교류가 공존하는 것도 사할린이다.

노름판의 모태가 된 한인마피아 세계

예전부터 상권이 오고가는 곳에는 주먹세계의 룰이 있었다. 그 대표적인 것이 마피아와 카지노이다. 한때 사할린의 카지노는 대부분 마피아가 점령했다. 일찍이 부두가 들어서고 사람들이 몰린 곳에는 주먹세계가 존재했다.

사할린에도 이때부터 마피아가 자생하기 시작했다. 한인들은 해방이후 고국 갈 길이 막히자 스스로 살아남기를 작정하고 닥치는 대로 일을 했다. 그 와중에 러시아인 인종차별도 더러 있었고 뭉쳐야 산다는 것을 알았다.

지금의 2세들은 부모세대의 마음고생을 다 보며 자랐다. 사할린에 끌려와서 일만 했고 해방이 되자 러시아 말도 모르면서 자식들을 위해 억척스럽게 고생하며 공부를 시켰다. 이 가운데 50~60대의 중년에 접어든 한인들 중에는 당시 주먹질로 이름을 날린 사람들도 다수 있었다.

1980년대 후반부터 본격적인 활동에 들어간 러시아마피아는 1990년 초반에 가장 왕성한 활동을 했다. 유럽과 미국을 비롯해 동남아시아와 한국, 일본, 중국까지 마피아세력은 확장되고 있었다. 이맘때 국내의 조직폭력배의 무기반입도 마피아로 통해서였고 주로 부산항 거점으로 이루어졌다.

이런 가운데 한인들의 생활권도 안정권에 접어들었고 주요 상권을 서서히 장악하기 시작했다. 당연히 부두에는 마피아의 손길이 필요했다. 러시아마피아는 대륙권과 연계하며 이탈리아마피아와 악명을 떨쳤다.

그들은 소수민족 여성을 납치하며 인신매매에도 가담했고 부두의 세관원과도 짜고 수출입 물동량에서 상업 전반까지 돈 되는 사업이라면 무조건 손을 댔다.

거친 바다가 접한 곳에는 항상 터를 장악하는 조직이 있었다. 마찬가지로 사할린의 항구에도 이름난 마피아가 있었다. 마피아 중간 보스에서 행동대장까지 도시의 여러 파 중에는 한인 보스들이 더러 있었다. 한인 보스들은 주먹질이 남달랐다.

재력에만 좌우하는 토종 마피아에 비해 한인 보스들은 운동신경이 뛰어나고 기술이 대단했다. 지금이야 푸틴 대통령 재임 시 마피아와의 전쟁으로 거의 소멸한 상태이지만 간간이 마피아는 자생하고 있다.

사할린 마피아 역시 부두를 거점으로 많이 활약하고 있었다. 이들은 대부분 세관원과 짜고 밀거래뿐 아니라 하역물량의 관세까지 개입했다. 1990년대 고르바초프의 민주화 바람은 이들에게 최고의 선물이 되었다. 외국에서 물건이 도착하면 기일을 넘기는 일은 다반사였다. 외항 포트에 도착하고 이틀 만에 부두에 접안할 선적물품이 외항에서 일주일가량 묶여 있었다.

발을 동동거려도 소용이 없었다. 세관원을 달래도 무응답이었고 결국 마피아를 통하니 그 다음날 곧바로 물건을 찾을 수 있었다. 이처럼 부두를 비롯해 시내 주변의 상권과 심지어 시장 난판까지 접수하는 최대의 절정기를 맞게 되었고 규모 큰 레스토랑과 클럽의 카지노까지 점령했다. 호텔마다 암거래가 성행했고 유흥가마저 잠식해나갔다.

이때부터 사할린카지노는 새로운 시대를 열며 활기를 띠기 시작했다. 도시에서 사람들이 구경 왔고 더러는 미국 영화에서나 볼 수 있는 멋지게 보이는 카지노의 슬롯머신과 룰이 신기하기만 했다. 빠른 속도로 번져갔다.

유즈노사할린스크에서나 볼 수 있는 카지노 오락장이 서서히 홈스크, 꼬르사코프로 확대되었다. 간간이 북쪽 지방에서도 소규모로 운영되기도 했다. 당연히 마피아는 확장되어 갔으며 여기저기서 이권개입이 성행하기 시작했다. 애초에 큰 놀이문화가 없다보니 사할린을 찾은 외국인들도 자주 드나들었다.

주 고객은 일본인과 한국인이었지만 사할린 카지노에는 미국인, 유럽인, 동양인까지 폭넓은 지하경제 시장으로 발돋움했다.

한국의 조직폭력배가 발을 디딘 것도 이 시기라 짐작되었다. 그러나 워낙에 까다로운 법안과 아직도 공산 잔재가 남아 있는 곳이라 쉽게 동남아처럼 세력을 확장하기는 어려웠다. 또한 러시아 마피아를 상대하기는 수적이나 권력 면으로나 그 세력이 턱없이 부족했다. 그래서 국내조직은 러시아에 발을 들여 놓을 수 없었던 것이다.

우선 러시아마피아는 총기류 등 무기가 수반되어서 이를 상대하다가는 하루아침에 사라질 것이고 목숨까지 쉽게 내놓아야 하기 때문이다. 이에 힘입어 수산물 시장에 일본 조직폭력배들도 다녀갔다. 이런 가운데 한인마피아도 시내 상업권에 진입해서 조금씩 활로를 모색해나갔다.

타 민족보다 머리회전이 빠른 한인마피아는 다양한 분야에서 활약상을 보이며 인정을 받았다. 세력확장이 남달랐던 이유가 여기에 있었던 것이다. 그래서 쉽게 인력을 규합할 수 있었고 자본시장의 선두에 도달할 수 있었다.

본토인에게 밀리는 것은 당연했으나 그런 면에서는 타협을 해나갔고 서로 동조하는 재치를 발휘해 대륙의 보스들도 한인조직 보스에게 칭찬을 아끼지 않았다. 그렇게 90년도 들어 그 전성기가 하늘을 찌르며 왕성하게 활동할 시기에는 이권개입 등으로 공공연히 총기 사고가 일어나기도 했다. 한창 때에는 중국의 소그룹 삼협회가 진입해 중국 상권을 차지하려 하였지만 여의치 않아 국내조직처럼 물러선 적도 있었다.

한인들의 화투

 사할린 한인들의 화투놀이는 거의가 일제 때 터득하고 배운 것으로 짐작되었다. 노름이 성행했던 시기는 해방 전보다 해방 후가 더 활발했다. 해방 전에는 일제의 강압에 시달리며 일하기 바빴고 해 뜨고 해 떨어지면 잠자기도 모자란 하루였다.

 어둔 갱 안에서 허리도 제대로 펴지 못하고 종일 일만 하여 배는 또 얼마나 고프던지 노름이란 단어를 아예 생각할 수 없었다. 그러다 해방 후 일본이 떠나고 사할린에 나름의 자유가 찾아온 뒤로 잔칫집에서 혹은 끼리 모여 일본식 화투를 심심풀이로 하는 경우가 종종 있었다. 더러는 마작을 하는 이도 있었고 돈 놓고 돈 먹기의 판이 점점 성행하게 되었다.

 가장 유행했던 노름으로는 '모이쬬 요시요시', '하쬬마끼'인데 아따, 지꾸탕, 아마야꾸 등이 성행했다. 여기서 화투의 한국판이 없다보니 부득이 일본식 이름으로 기재했는데 또 화투는 저자에 있어 문외한이기에 양해해주길 바란다.

화투의 도사이고 사할린 폭력세계를 주름잡았던 김 안드레이 니콜라이비치는 소위 이 바닥에 지라이(전문가)로 알려졌다. 나름대로 자리를 잡고 그나마 밥 먹고 좀 사는 사람이 노름에 가지,

없는 사람은 근처에 얼씬거리지도 못했다.

'요시요시'는 받는 사람이 1장씩 4장을 깔고, 자기도 1장을 가진다. 각 4장에 돈을 부치면 1장씩 더 나누어준다. 나누어준 패로 수가 맞지 않은 사람은 1장을 더 부칠 수 있다. 즉 2장으로도 같은 패가 나올수록 유리하다. 2장을 받았는데 그 수가 10이 넘거나 20이 넘고 작은 수가 되면 1장을 더 받을 수 있다. 같은 패를 제외하고 많은 수가 이기는 것이고 룰은 3장을 벗어날 수 없다. 다만 비, 똥은 사용할 수 없다.

'하죠마끼'는 패를 돌리는 사람이 정해졌다. 패를 돌리는 사람이 소위 '고리낑'인데 화투 패는 고리낑 외는 손을 댈 수 없다. 고리낑이 두 판에 4장씩 주어지고, 각판에 3장을 뒤집어서 놓고 1장은 공개한다. 공개된 1장의 화투 패에 재수를 감안하고 여러 사람이 좋은 수라고 생각한 곳에 돈을 얹는다.

4장에서 전체 10수와 20수가 나오면 먹통이고, 그 수를 제외하고 많이 나오는 수가 이긴다. 따라서 4장에서 10과 20을 제외하고 남는 수로 승부를 좌우하는 것이다.

당연히 깔린 패가 2장(판)이다보니 많은 사람이 한꺼번에 걸게 되므로 판돈 역시 엄청 크다. 판돈에서 적은 수가 있으면 많은 수의 판돈을 통(아도)을 건 사람이 보충해주어야 한다. 반면 이기면 아도(통) 친 사람은 딴 돈을 건 사람에게 나누어주고 나머진 자기가 가지게 된다. 또 하죠마끼는 비, 똥을 사용할 수 있으나 비, 똥은 수로 포함되지 않고 제외된다. 패를 돌려주는 고리낑은 딴 돈에서 판마다 조금의 수수료를 받는다.

 이렇게 일본식 화투로 시간을 보내다보면 하루 종일 노름판에서 기거할 수밖에 없었다. 돼지 판 돈, 농사지은 돈, 한 다발의 돈을 준비하고 노름판으로 출근하게 되었다.

 돈을 가지고 나간 꾼은 보통 일주일 만에 집에 오기도 하지만 서 너 달 걸려서 집으로 오기도 한다. 큰판에서는 많을 때는 50명 정도 모이고 작은 판에는 20명 안팎으로 움직인다. 그 많은 인원 이 처음엔 5패로 나누어지지만 잃은 사람이 속출하다 보니 2~3 패가 남아 주로 노름판을 움직였다. 한 동네 노름판이 개소되면 멀리서도 원정 오는 것은 다반사였다.

 지라이로 불리는 안드레이는 조선에서부터 화투기술을 익혀 타 의 꾼들을 능가했다. 유독 일본어가 유창하다보니 식민시절 일본 인들과도 자주 어울렸고 그들에게서 기본을 터득한지라 가히 따 를 자가 없었다.

 사할린에 노름이 나돌기 시작한 시기는 대략 1940년도 초반으 로 추측된다. 한인을 비롯해 재일동포, 북한파견근로자들이 앞 다투어 모여들었다. 특히 터를 잡은 한인과 대륙권 한인들은 다 른 한인들보다 좀 나은 편에 속해 돈이 궁하지는 않았다.

 그들이 모이면 노름판은 큰판이 되고 룰도 엄해져 없는 사람들은 주위만 어슬렁거리고 잔일을 거들어주는 형편이었다. 여기에 항상 화투가 있기 마련이다.

타짜들은 타의 사람들보다 특출한 데가 많다. 운동신경이 남다르거나 외국어가 능통하고 학식이 있어 한문을 잘 알아 한인들의 대소사 때 훌륭한 서체의 대필을 과시하기도 했다.

여기에는 일본의 학식자도 있었고 조선 팔도에서 한 가닥 하였던 인물이 다수 있었다. 그 가운데 재일동포 유학파와 안드레이가 있어 노름판과 폭력세계를 두루 휘어잡았다.

공산국가 속에서도 노름판은 공공연히 있었다. 오히려 휴가일 때는 급수에 따라 지급 되는 연금과 똑같은 방식으로 일차도 한 달 가량 주어지는 경우가 있었다. 그래서 쉬는 날에는 영락없이 노름판을 찾았고 퇴근 후에도 재미를 붙여 집안에 있지를 못했다. 1980년 들어서 1세 한인들의 자취가 점차 사라지자 말경에 거의 없어지고 카드와 카지노가 새로운 시대를 맞았다.

이때부터가 세대교체가 이루어지는 시기였다. 물론 그 전부터 체스(유럽장기)와 카드는 있었지만 극히 드물었다. 반면 시대가 변하자 카드는 급속도로 번져 아이들에서 어른까지 대소사에 꼭 등장했다.

1980년도 말까지가 카드시대라면 90년도 초반부터 2000년도는 카지노시대였다. 경제가 발전하고 생활이 윤택해지자 사람들은 새로운 놀이문화를 찾게 되는 것이 순리인데 한인들은 이미

경제적으로 부유한 층에 속했다.

2000년도 사할린에는 인구에 비해 카지노장이 늘어나있었다. 가는 곳마다 카지노는 있었고 규모 큰 레스토랑은 으레 카지노를 갖추고 있었다. 해외문물을 조금 먹은 러시아인들도 카지노를 찾았고 사업이든 관광이든 한국, 일본인들도 자주 왕래하였으며 젊은 층에서 중년까지 남녀노소 가리지 않고 유행했다.

특히 러시아인보다 한인들이 많은 이유는 원년세대의 노름의 틀이 후대까지 전해졌고 먹고 살만해 놀이가 필요했던 것이다. 여기에 카지노는 새로운 신천지와 같은 게임이었고 있는 자의 특권문화로 자리 잡았다. 그래서인지 복권을 노린 듯 손쉽게 다가가고 남녀를 불문하고 유혹에 빠지게 되었다. 특히 사할린 카지노에는 먹고 살만한 한인들이 몰렸다.

카지노 고객의 90%가 한인들이었다.

젊은이들은 당구에서 쉽게 카지노로 전향했다. 건전 오락장에 있을 젊은 20대층이 대거 카지노로 자리를 바꾸었다. 카지노에는 젊은 여성들이 심심치 않게 드나들었고 가정파탄에서 집을 잃거나 목숨까지 저버리는 사태까지 오기도 했다.

어떤 집은 엄마에서 딸과 사위까지 카지노의 유혹에 물들었고 돈벌이가 좋다하는 한인여성들이 일터에서 카지노로 오는 경향이 점점 늘어났다.

2008년 극동지역 AFEC 개최와 소치 동계올림픽이 선정되자 전성기의 아성이 무너지고 하나둘 자취를 감추게 된 사할린카지노장은 2009년도 완전히 문을 닫았다. 하지만 지금까지 지하 카지노장은 자생하고 있다. 지하 카지노장은 유즈노사할린스크, 홈스크 아지트에서 비밀리에 영업을 하다가 적발되어 두 차례 러시아 전역 국영방송을 타기도 했다.

최근까지만 해도 사할린스카야 거리에 있는 '아마미' 레스토랑에서 지하 카지노장을 개설하다 단속에 걸려 폐쇄되기도 했다. 특수보안대의 무장경찰과 합동단속에 걸려 연일 톱뉴스로 보도되었는데 암암리에 지하 카지노가 아직도 있다고 하니 사할린 노름판은 극한 상황 속에서도 자리할 수 있었던 것처럼 질긴 역사를 가지고 있는 듯하였다.

남남북녀의 로맨스

안드레이는 김철구가 돌아간 후 1949년도 10월 하순 나홋트카 북한총령부와 연락을 받고 홈스크 아지트에서 12월 중순경 미모의 여성공작원을 만났다. 이목구비가 수려하고 얼굴이 조금 둥근 전형적인 한국형 미인이었다.

안혜련으로 알려진 여성공작원은 평양보통학교를 졸업하고 해외유학을 마친 갓 서른을 넘겼지만 스물 초반으로 밖에 보이지 않았다. 머리를 올린 듯 반절 회색 털모자와 회색코트를 착용했고 무릎까지 차오른 회색부츠에 온통 회색바람을 일으키며 다가왔다.

안드레이는 가슴이 두근거렸다. 사할린에서 좀체 보기 드문 미인이었고 러시아 여성과 견주어도 손색이 없을 정도로 아리따운 여성이었기 때문이다. 그날 저녁 안드레이는 안혜련이 안내하는 곳으로 따라나섰다. 아지트에서 15분 거리에 있는 새로 지은 아파트였다. 안드레이 역시 아파트를 방문하기는 처음이었다.

문을 열고 들어가자 정면에 주방이 보였고 화장실 건너편에는 거실 겸 주방이, 사할린에서 간부들이 사는 최신식 두 칸짜리 아파트였다. 윗옷을 벗고 테이블에 앉은 안혜련은 "마음 편히 가지시라요."라며 안드레이에게 손 씻을 곳을 안내했다.

안드레이가 화장실로 간 사이 안혜련은 분주히 주방에서 토닥거리며 음식을 장만했다. 곧이어 보드카와 햄이 날아왔고 과일 접시와 채소가루가 뿌려진 스프를 가져왔다.

흔한 청어도 맛있게 구워져 있었다. 안혜련과 마주앉은 안드레이는 꽝꽝거리는 가슴을 움켜잡았다. 삼십대 중반의 안드레이 역시 피가 펄펄 끓는 한창의 젊은이였다.

해가 진 홈스크 항의 저녁놀을 뒤로하고 그것도 최고의 미인에 속하는 민족끼리 여성과 단둘이 앉은 안드레이는 심장이 멈출 것 같은 느낌이었다. 안혜련은 그 낌새를 알았는지 안드레이에게 먼저 술을 권했다. 안혜련이 따르고 안드레이가 안혜련의 술잔을 따랐다. 무색의 보드카 따르는 소리가 너무 또렷했고 오늘은 길게만 느껴졌다. 둘은 첫잔을 가볍게 비웠다.

안혜련의 술 실력은 보통이 아니었다. 젊은 조선여성이 독한 보드카를 첫잔에 비우는 것은 여간 유흥을 즐겨본 실력이 아니기 때문이다. 당시로는 상상하기 힘든 시기이었고 인텔리풍이 물씬 풍기는 여성이 홀로 사할린에 파견되었다는 것도 감히 상상할 수가 없었다. 안드레이는 흰 블라우스 사이로 비친 그녀의 가슴골에서 눈을 뗄 수가 없었다.

그녀가 한참이나 말을 건네고 있었지만 안드레이는 술잔만 비웠다. 차마 고개를 들 수가 없었다. 그렇게 밤은 깊었고 안혜련도 어느 정도 취기가 돌았다. 안드레이는 갈 것을 염려하고 술을 자제하기도 했지만 이미 비운 술병은 보드카가 두 병이나 되었다. 안드레이도 취했다. 어떻게 쓰러져 잔 줄도 모르고 눈을 뜨자 안혜련이 옆에서 속옷 차림으로 자고 있었다.

안드레이는 일어나지 못했다. 이불을 당겨 그녀에게로 덮어주자 그녀가 안드레이 몸을 안았다. 그녀의 백옥 같은 손길이 안드레이의 가슴팍을 휩쓸고 아래로 내려갔다.

안드레이는 더 이상 참을 수 없었고 그녀를 받아들였다. 그녀의 가슴은 단단했다. 크지도 작지도 않은 그녀의 가슴은 안드레이의 손가락 사이에서 맴돌았고 안드레이의 손길에 그녀의 가쁜 숨소리가 귀가에 가느다랗게 들려왔다.

떠오르는 태양을 맞이하면서 안드레이와 그녀는 12월 사할린의 추위를 몰아내는 열기를 토해냈고 아침나절 황홀한 시간을 보냈다. 그날 이후 안드레이의 생활이 뒤바뀌어갔다. 산판에 있는 시간보다는 거의 홈스크에 살다시피 했다. 홈스크에 있으면서 낮에는 어업기지 감시반장일을 북한 내무요원과 같이하였고 저녁에는 안혜련의 침실 방을 넘나들었다.

하루는 안혜련이 조국에서 근로자들 소모품이 온다며 부두에 가서 선적 배송을 도와주라고 부탁하였기에 부두로 나갔다. 부두 옆 카페 스탈린 동상 맞은편에 덩치 큰 한인계로 보이는 젊은이들이 어슬렁거리고 있었다. 검문소를 10미터 남겨두고 한인 젊은이들이 노어로 안드레이를 불렀다.

안드레이는 안혜련에게 검문소 입구에 가있으라고 말하고 젊은이들에게로 다가갔다. 3명이던 젊은이는 어느새 5명으로 불어났고 순식간에 두 놈은 재빠르게 안드레이의 팔짱을 낚아채며 지프차에 밀어 넣었다. 3명도 안드레이의 주변을 감싸며 에워쌌다. 5명이 안드레이를 포위했다.

그를 지켜본 안혜련이 달려왔으나 지프는 시동을 걸고 내달리기 시작했다. 러시아보안대에 연락을 취하려 하였지만 부두 북한주재 사무실에 연락만 하고 부두선착장으로 향했다. 발을 동동거리며 안드레이를 기다렸다.

한편 홈스크에서 끌려간 안드레이는 네벨스크 근처 한적한 숲속에 도착했다. 2대의 차량에는 젊은 남자 5명과 모자를 쓴 사나이가 보였다. 사나이는 안드레이 쪽으로 걸어와 지금 하고 있는 일을 그만두고 무조건 홈스크를 벗어나라고 협박했다.

 안드레이는 조금도 동요하지 않고 조국을 위한 일인데 당신네들이 상관할 일은 아니라고 단호히 말했다. 그러자 사나이가 손을 올리고 내리는 찰나에 5명의 남자들이 달려들었다. 순간 안드레이는 몸을 날려 넓은 공터로 두 바퀴 회전하며 날았다.

 첫 번째 달려든 두 사내는 주먹도 날려보지 못하고 안드레이의 쏜살같은 발길질에 나가 떨어졌다. 그리고 3명은 어정거리며 달려들었다. 왼쪽으로 재빨리 이동해 팔을 낚아채며 면상을 때렸고 주먹을 맞받아 한방에 날렸다. 그러자 두 사내가 나가 떨어졌고, 남은 사내가 뒤로 물러서자 사나이는 손짓을 내리며 그때서야 포기할 것을 지시했다.

 사나이는 차로 이동해 곧바로 홈스크로 출발했다. 부두 사무실 도로변 앞에서 기다리던 안혜련이 걱정된 듯 황급히 달려왔다.

"박 동무, 괜찮습네까?"
"야, 문제없시다."

안드레이는 멀쩡했다. 실지 청진에서도 발길질 하나는 알아주었다. 또한 안드레이는 살쾡이처럼 민첩한 소유자다. 평소에도 사람 키를 훌쩍 넘어 널빤지를 박살내는 실력을 갖추고 있다. 그의 발길질에 안 넘어간 사람이 없을 정도이다. 하지만 이번 네 놈을 물리치지 못하고 주저앉았다면 안드레이는 반병신이 되어 다시는 걸어 다니지 못했을 것이다.

천만 다행으로 살아온 안드레이가 안혜련은 신기하기만 했다. 안혜련은 사람들이 지켜보는데도 아랑곳하지 않고 안드레이 품에 안겼다. 얼른 안드레이는 안혜련을 밀치며,

"문제 없데도요……"

주변을 둘러보며 쑥스러워했다. 지프차로 안드레이를 실어다 준 사나이는 오는 도중 한 마디도 없다가 안드레이가 내리는 도로변에서 다음에 보자며 악수를 청하며 떠났다. 이번 일이 발생하고 안혜련과 안드레이는 더욱 가까워졌다.

안혜련이 안드레이를 찾는 시간이 부쩍 늘어났다. 전혀 관련 없는 일인 것 같았는데 안혜련은 부두관리며 어장 수확량 심지어 작업일지 등도 도와달라며 함께 있기를 원했다. 하지만 남의 이목을 신경 쓰지 않을 수 없었다. 때가 때인 만큼 남녀가 매일 붙어 다니는 것이 남들 입김에 오르내리기 마련이고 경계의 대상이 되기에 안드레이는 여간 불편한 게 아니었다.

물론 안혜련은 평소 부두나 주재사무실에 들를 때는 머리를 올려 모자를 썼고, 군복 비슷한 제복 같은 것을 입어 멀리서 보면

여자라고 분간하기 힘든 복장 차림이었다. 그래도 안드레이는 불안했다. 자꾸만 시선이 자기에게로 오는 것 같고 유독 여성동무와 함께 있는 것이 꺼림칙했다.

가끔씩 쳐다보는 북한 요원의 눈치가 거슬렸다. 더욱이 시내는 안드레이가 등장하면 웬만한 사람들이 다 알아보기 때문이다.

홈스크 최고의 대장부로 소문이 나있었다.

안드레이와 안혜련의 시간은 솜사탕처럼 녹아갔다. 아침 일찍 남의 눈을 피해 안드레이가 먼저 나오면 30분 뒤쯤 안혜련이 사무실로 출근했다. 그렇게 한 달이 금방 지나가버렸다.

어느 날 토요일 오후, 안혜련이 네벨스크 등대에 놀러가자고 했다. 홈스크에서 네벨스크로 돌아 나와서 아깡끼(중간 마을이름)를 지나야 갈 수 있다. 아니면 홈스크에서 열차를 이용해야 한다.

자동차는 빌릴 수 없었고 열차로 갈 수밖에 없었다.

안드레이도 모자를 눌러 썼고 군화를 동여맸다. 표는 각자가 끊고 열차 칸에서 만나기로 약속한 뒤 안드레이가 먼저 열차에 올라탔다. 뒤이어 안혜련이 열차에 탑승했고 둘은 네벨스크로 출발했다. 네벨스크에 당도하니 함박눈이 내리기 시작했다. 둘은 역전 근처 카페로 가서 홍차를 시켜놓고 몸을 녹였다.

둘은 군용우의를 가방에서 건넸다. 우의를 걸쳐 입고 밖으로 나왔다. 밖은 눈과 바람이 앞을 가로막을만치 바람이 세차게 불어왔다. 안혜련이 살며시 안드레이 손을 잡았다. 머리를 살짝 기울였다. 안드레이도 안혜련의 허리를 감쌌다.

해안가의 파도가 집어 삼킬 듯 높은 파고를 이뤘다. 방파제에 부딪친 파고는 해안가까지 날아들었다. 해안가는 아무도 없었다. 눈 발자국을 남기며 해안가 모래밭 눈길을 거닐었다. 기분이 묘했다. 안드레이는 안혜련의 허리를 감싸고 있는 손을 풀고 걸음을 멈추었다. 안혜련이 올려다보았다.

촉촉이 젖은 안혜련의 눈망울에 하얀 눈이 내려앉았다. 두 손을 조심스레 안혜련의 볼에다 대었다. 안혜련이 살며시 눈을 감았다. 안드레이가 얼굴을 내리며 안혜련의 입술에 입을 맞추었다.

가느다란 안혜련의 호흡소리가 귓전을 맴돌았고, 안드레이는 안혜련의 입 속에 혀를 내밀며 더욱 강력하게 포옹했다.

안드레이가 안혜련을 안으며 눈밭에 눕혔다. 둘은 격렬하게 키스하며 눈밭을 뒹굴었다. 그렇게 한참 격정의 시간을 보내며 뒹굴고 안드레이 가슴에 안긴 안혜련은 처음으로 사랑한다고 말했다.

"안드레이 동무, 나 정말 당신 사랑해요"하며 얼굴을 묻었다.

안드레이는 아무 말 없이 그녀를 힘껏 끌어안았다. 해안가는 사물을 분간하기 어려울 정도로 많은 눈이 내렸다. 둘이 뒹군 자리에도 금방 눈이 메워졌고 안드레이 등에도 눈이 수북이 쌓였다.

안혜련은 너무너무 행복했다. 블라디보스토크 어학 생활에서도 이처럼 행복한 시간이 없었다.

실제 남자와 손을 맞잡거나 키스는 해보았지만 섹스는 안드레이가 첫 남자였다. 이성 남자에게서 사랑한다는 말도 서른 살에 처음으로 뱉은 말이었다. 세찬 바닷바람도 눈보라도 이들에겐 소용이 없었다.

사할린 한인실태조사 특명

안혜련이 사할린에 파견된 주목적은 파견근로자 동정과 감시가 아니라 사할린에 거주하는 한인들을 파악해 극동주재 조선총령부 문서를 작성하고 공화국인민무력부에 제출하는 특수임무를 띠고 있었다.

물론 안드레이의 도움이 절대적으로 필요했다. 안드레이와의 연결망은 순전히 김철구의 권력과 소개로 이루어졌다. 기왕이면 특수요원이라도 여성동무를 알선해 주는 것이 안드레이를 위하는 것이라고 판단했고, 그래서 소련부대에서 차출된 소좌출신의 남자요원을 뿌리치고 노어가 가능하고 총명하며 운동신경이 뛰어난 안혜련을 선택하였던 것이다.

안혜련은 평양보통학교에서도 우수한 성적으로 졸업했다. 학교에서 검도유단자로 뽑혀 진작부터 일본 유학생으로 차출되었던 그녀였다.

일찍이 부모의 좌파계열로 러시아문화와 역사에 관심이 많았고 1939년 보통과정을 졸업하고 블라디보스토크 친척집에서 통학하면서 현지 극동국립대노어를 전공했다.

1946년 부모의 설득으로 평양특수학교에서 대외공작 국제외교관 교육을 받고 비밀요원이 되었다. 특히 미모가 뛰어나 특수학교의 총애를 한 몸에 받아서 모스크바 지령을 담당하는 부서로 배정 받았으나 김철구의 간곡한 부탁에 일시 사할린에 파견되었다. 사할린실태조사는 광범위했다.

일전 김철구는 한인관련 군부대 출신자를 색출해 주요 군사시설을 파악하는 것이고 가라후토(일본식 사할린명) 지역에 있는 일본내부의 정보망을 얻고자했던 것이다. 그리고 그 임무의 두 번째 전략으로 전체 한인들의 동향과 생활상을 파악해 기밀로 만드는 과정의 매우 섬세하고 도안식 프로젝트였다.

그 임무를 평양에서 지시하였고 근로파견자를 틈타 손쉽게 접근한다는 지령과 지역출신자의 성분을 가려내는 것이었다. 여기에 김철구는 안드레이만큼 민첩한 행동으로 도울 자가 없었고 그에게는 그에 따른 대가만 주어지면 그의 방랑벽에도 금상첨화로 남고 친구의 우정을 최대한 배려한 결과가 되는 것이기도 했다.

그렇게 안혜련은 안드레이를 만났고 접선 이틀 만에 정사를 가졌다.

안드레이는 사랑보다는 김철구의 배려로만 생각했고 반면 안혜련은 애국심이 우러난 결단력이 앞선 가운데 마음을 연 사랑까지 쟁취한 것이었다. 이는 안드레이가 기혼자라는 사실도 깜빡 잊을 정도로 안드레이의 매력에 흠뻑 빠져버렸던 것이다. 시간이 지나고 안드레이 역시 안혜련을 진심으로 사랑하게 되었다.

 추위와 눈의 천국 사할린에 12월이 저물어 가고 있었다. 거리마다 불빛과 색색의 깃발이 휘날렸고 이오시프 스탈린의 기치 아래 소련공산당의 움직임이 날로 활발해졌다.

 거리에서 만나는 사람들은 "스노우 고돔!" 새해인사로 바빴다. 한해를 일주일 남겨두고 안혜련과 안드레이는 아침부터 도요하라(일본식지명, 유즈노사할린스크)로 가기 위해 바삐 서둘렀다. 도요하라는 사할린 경제중심지였다. 거리는 일본이 관할했던 총독건물, 건축회사, 은행건물, 공장 등 일본식 개인목조집이 그대로 남아있었다. 도로도 비교적 깨끗했다.

 시내는 일본의 잔재가 고스란히 묻어났으나 큰 건물에서는 붉은 깃발이 휘날리고 도로변 가로수에도 신년을 알리는 휘황찬란한 각양각색의 깃발이 나부끼고 있었다.

 점점 소련시대의 물을 먹기 시작하고 있었다. 이맘때 한인들도 지방에서 행정도시인 도요하라로 옮기기 시작했던 때라서 한인들이 적지 않게 눈에 띄었다.

 가장 먼저 내무서가 있는 관청을 찾아 일본시대의 서류를 열람

하였고 내무서 직원과 진지하게 대화하며 현재까지 접수된 소련 당국의 지역분포를 세밀하게 관찰했다. 당시 4만 명에서 5만 명 안팎으로 파악된 한인은 탄광지역과 생산시설이 있는 소도시를 비롯해 부두 중심으로 가장 많이 분포되어 있었다.

지금까지 안혜련이 수집한 한인(대륙권 포함)인구조사는 사할린에서 가장 큰 도시에 속하는 도요하라와 콜사프, 홈름스크는 이미 접수된 상태였다.

다음으로 강제징용이나 모집으로 온 지역구였는데 아마도 일본시대 때 왕성한 공업시설과 탄광지역일 것으로 사료되었다. 이 지역들은 죄다 해안가 철도로 연결된 도시에 이어지고 있었다. 또 군속으로 징집되었거나 군사시설 건설인력에 투입된 쿠릴 섬까지 포함되고 있었다.

안혜련의 업무능력과 화술은 상당히 뛰어났다. 가는 곳마다 소련 군인들이 반갑게 맞아주었고 안혜련의 작업을 성심껏 협조하는 듯했다. 안혜련이 일을 보고 일어서자 그들은 문 밖까지 나와 전송하는 예의를 갖추기도 했다.

점심도 거른 그들은 오후 늦은 시간 역전 근처 소련 식당에서 흘렙(빵)과 베르메니(만두), 수쁘(스프)로 간단하게 해결했다. 식사를 마치고 안혜련은 내일 일을 보려면 자고 가야 한다는 이야기를 그제야 했다. 할 수 없이 둘은 가스찌니차(호텔)에서 자기로 하고 보드카 300그람을 주문했다.

식당 창 너머에는 마거진(상점)이라고 작은 글씨가 희미하게 보이는 가게 앞에서 20미터 가량 줄을 선 사람들을 볼 수가 있었다. 혹독한 한파 속에서도 줄을 선 모습이 신기했다.

아마도 빵 상점이거나 제과점으로 보였다. 둘은 이런 이국의 풍경이 처음은 아니지만 또 다른 도요하라에서의 모습은 왠지 낯설게만 느껴졌다. 식당에는 저녁이 되자 손님들로 붐볐다. 군가인지 모르겠으나 경쾌한 음악이 절도 있게 흘러나왔다. 안드레이가 안혜련의 잔에 술을 한잔 따르고 자기 잔도 채웠다. 안혜련이 먼저 건배제의를 했다.

"안드레이 동무, 오늘 힘든데 수고 많았습네다."
"나보다야 혜련 동무가 더 힘들지 않았습니까?"
둘은 잔을 높이 들었다. 안혜련이 귀엽게 외쳤다.
"위대한 조국과 수령 동지를 위해 건배!"

식당 2층에는 호텔이 있었다. 안혜련은 음식 값을 지불하고 2층 데스크로 올라갔다. 데스크 로비에는 무장군인이 보였고 여자안내원이 대기하고 있었다.

동양인 둘이가 걸어오자 이들은 잔뜩 경계하는 눈초리였다. 안혜련은 외교관 공무중 신분 서류와 안드레이의 계약서류를 말없이 내밀었다. 안내원은 한참이나 서류를 뚫어지게 보더니 전화기를 들고 어디엔가 다이얼을 돌렸다.

안내원은 전화기를 돌리면서 연신 둘의 아래 위를 훔쳐보았다. 10분 정도가 지나자 안혜련에게 무엇을 물었고 알았다는 시늉을 하며 안내원이 내민 서류에 기재를 하고 사인을 했다. 안드레이에게도 사인을 하라고 했다. 방을 두 개를 예약하는 듯 했다.

305호와 307호 열쇠를 받아들고 계단을 올랐다. 무장군인이 안내했다. 조금 살벌한 느낌이었으나 안혜련은 아무런 동요 없이 그저 웃기만 했다. 안드레이에게 열쇠를 건네주고 안혜련은 안드레이 방에서 그 다음 방으로 갔다.

방문을 열고 문이 닫히는 소리를 듣고서야 무장군인이 내려갔다. 안드레이는 모자와 외투를 벗고 의자에 앉자 노크소리가 들려왔다. 안혜련이었다. 안드레이는 안혜련 방으로 재빨리 이동했다. 둘은 창가 가까이서 밖을 내다봤다. 3층에서 내려다본 역전은 분명 이국의 풍경이 물씬 풍겨왔다.

어둠이 깔린 역전 마당에는 기차를 타려는 사람들과 가로수 불빛과 나무들이 아기자기하게 늘어져 있었다. 이젠 아무도 없는 공간에 둘만 남았다. 안드레이가 안혜련의 회색코트를 받아 옷걸이에 걸었다. 그리고 안드레이는 안혜련을 끌어당겼다. 안혜련이 자석처럼 따라 붙었고 둘은 격렬하게 입을 맞추었다.

안드레이의 손놀림이 빨라졌다. 머플러와 블라우스를 젖히고 안혜련의 치마를 단숨에 벗겨 던졌다. 그러자 안혜련의 숨소리도 가빠지게 시작했다. 안혜련은 가쁜 숨을 몰아쉬며 안드레이의 넓은 가슴에 안겼다. 이윽고 안혜련이 신음소리가 절정에 달했고 고요한 밤의 정적을 깨뜨렸다.

다음날 오전 둘은 사할린 출입국 관리를 통솔하고 있는 이민국 건물을 찾았다. 그곳에서 안혜련은 일본시대의 탄광과 생산시설 인력명부와 배치현황이 있는 극비에 해당하는 문서를 복사했다. 지금 생각하면 당시 화태행정 청사에는 일본시대에 사용했던 한인관련 서류가 그대로 남아있었던 것으로 기억되었다.

오후 4시, 안드레이와 안혜련은 도요하라 일을 마무리하고 역전에서 따끈한 홍차를 마시고 홈스크로 가는 열차에 몸을 실었다.

훗날 김철구와 안혜련이 사할린에서 수집한 특수임무는 1959년 재일동포 북송선 선전책동과 사할린한인 '대학진학과 생활보장, 지상천국'이라고 선전한 북한이주에 따른 사전조사의 모태가 되었다.

이는 국제 사건인데도 쉬이 묻어버린 북한정부와 소련당국의 합작품인 '도만상일가의 북한강제추방'에 기인한 것을 단적으로 드러내고 있었다. 남한으로 영주귀국 운동을 하였다하여 반동분자로 몰아 도만상 일가 외 40인의 가족들이 북한으로 강제 추방되어 아직도 그 생사를 모르고 있는 예다.

이별

1949년이 을씨년스럽게 지나가고 1950년 새해가 밝았다. 사할린에서 맞은 연말분위기는 요란했다. 각 민족별 거리행진이 줄을 이었고 울리짜(거리) 시행정부 광장에는 붉은 깃발로 물결쳤다. 한인들도 한복을 입고 소련기와 붉은 깃발을 앞세우고 행렬에 가담했다.

홈스크시에도 예외는 아니었다. 시청 앞 광장에는 축하공연과 군대행진에 인민들이 구름처럼 몰려들었다. 거리는 온통 노동달성을 찬양하는 깃발이 나부끼고 있었다.

한편 안혜련과 안드레이는 시청 건너편 호텔 룸 창문에서 이 광경을 바라보고 있었다. 자정을 기해 둘은 샴페인으로 건강을 기원하는 축배를 들었다. 만나는 사람들마다 건강과 행운을 기원하는 '스노우 고돔!' 인사를 했다. '새해 복 많이 받으세요!'라는 소련 말이다.

소련 때나 지금이나 신년행사는 요란하였고 볼만했다. 12월 말부터 열흘 정도 휴일 기간으로 정해져 노동자들도 모처럼 휴식에 들어가고 가족들과 단란한 시간을 보냈다.

이날은 멀리 있는 가족과 친지들을 찾고 이웃을 방문하기도 했다. 하지만 안혜련은 공수해온 타자기로 틈만 나면 무언가를 작

성하기 시작했다. 때로는 안드레이가 일손을 돕기도 하지만 거의
가 혼자 작성하는 날이 더 많았다.

 어느덧 안혜련이 사할린에 온 지도 3개월째 접어들고 있었다.
오는 2~5월 안에는 하바를 거쳐 북한총령부로 복귀하여야 한다.
현재로서는 안혜련이 어느 날에 가는지는 아무도 모른다.
 총령부에 들를지 모스크바로 바로 갈지, 그렇지 않으면 극동을
거쳐 북한으로 들어갈지 모르는 일이다. 안드레이도 초조하기는
마찬가지이다. 안혜련 또한 이 말은 기밀이라 묵묵부답이었고 물
어볼 수도 없는 사정이었다.
 신년연휴가 끝나고 안혜련은 지방도표를 만드는 데 많은 시
간을 할애했다. 주로 안드레이는 안혜련이 부탁하면 현지상황을
파악해 전달해주고 사소한 일거리를 도와주는 정도였다. 그렇게
12월이 지나고 1월이 다가온 3일째 접어드는 날, 안혜련은 진지
한 표정으로 내일은 우리에게 아주 기분 좋은 날이라며 거나하게
술 한잔 하자면서 애교가 넘치게 말했다. 그리곤 난데없이 정말
당신을 사랑한다며 안드레이 품에 한참 동안이나 안겨 떨어질 줄
몰랐다.
 안드레이는 갑작스런 안혜련의 행동이 이상했다. 좋은 일도 좋
은 일겠지만 무언가 심각한 기류가 흐르고 있는 듯하였다. 혹시
안동무의 생일이라서 고향생각이 나서 그러나 싶기도 하였지만

안혜련의 행동은 예사롭지 않았기에 궁금하기만 했다.

 다음날 안혜련은 주재사무실도 들렀고 네벨스크, 홈스크 어장에
도 들렀다. 홈스크 시청사에도 잠시 방문했고 여느 때에 비해 분
주하게 움직였다. 늦은 오후에는 어장 관리사무소를 찾아 처음
만났던 소련장교를 만나기도 했다.
 공적인 업무야 안드레이도 직접 동행을 하지 않지만 바삐 움직
이는 안혜련의 표정은 썩 밝지만은 않았다.
 이들은 이날 저녁 8시쯤 되어서야 호텔로 들어올 수 있었다. 언
제 준비하였는지 안혜련의 보따리에서 과일, 술, 여러 음식물이
나왔다. 안혜련은 안드레이에게 다가와 안으며 귓속말로 샤워하
고 쉬고 있으면 부르겠다고 하면서 따뜻한 물이 나오는지 확인까
지 했다.
 당시에는 화력발전소 공급 열량이 순조롭지 않아서 시간대에 맞
추어야 더운물을 제공 받을 수 있었다. 근데 9시 이후에는 더운
물이 공급될 시간이 아닌데 따뜻한 물이 나왔다. 샤워를 끝내고
방으로 가는데 주방에서 안혜련의 목소리가 들려왔다.
"물통에 더운 물 좀 받아 두시라요."
"……"
 안드레이는 창가 쪽으로 가 홈스크 바다를 쳐다보았다. 늘 저 바
다를 쳐다보면 고향생각이 나곤했었다. 홈스크 항에서 얼마 떨어

지지 않은 네벨스크 항으로 그가 왔던 것이다. 감회가 새롭기도 하지만 언제까지 사할린에서 살아야할지 걱정이 되었다. 하지만 이젠 안드레이도 벌써 아이의 아비가 되었다.

첫돌이 지난 아이와 아내를 잠시 생각했다. 골몰히 생각에 잠기는 순간 주방에서 안혜련의 소리가 들렸다.

"어서 오시라요."

안혜련은 금방 샤워를 끝냈는지 머리에는 물기가 촉촉이 흐르고 있었다. 잠옷을 갈아 입은 안혜련의 모습이 아름답게 비쳐졌다. 주방의 식탁에는 양쪽으로 양초가 있었고 술을 비롯해 물고기, 닭고기, 과일, 소시지 등이 푸짐하게 차려져 있었다.

성냥을 켜고 양초에 불을 붙였다. 그리고 보드카를 땄다. 안혜련은 안드레이에게 조심스럽게 술을 따랐다. 안혜련의 잔에도 채웠다. 안혜련이 다정스럽게 건넸다.

"오늘이 우리가 만난 지 두 달이 조금 지난 날입네다."
"100일이면 더 좋았을걸……" 혼자말로 중얼거렸다.
"알고나 있었습네까?"

안드레이는 당연히 모른다는 표정으로 고개를 흔들었다. 안혜련은 고개를 숙이며 잠시 생각에 잠기는 듯했다.

"나...... 정말 당신 만나 행복했습네다."
"사랑해요......"

안혜련의 입술이 가느다랗게 속삭였다. 안드레이는 이런 안혜련의 고백에 묘함 감정으로 매료되었고 한편으로는 당황스럽고 쑥스러웠다. 안혜련이 건배하자며 잔을 들었고 귀여운 미소를 지으며 말했다.

그날 밤 둘은 평상시 없는 말과 애정을 표현하며 서로를 탐닉했다. 안혜련은 전에 없는 섹시함으로 접근해왔고 안드레이도 술기에도 불구하고 엔도르핀이 넘쳐나는 것 같았다.

어디선가 갑자기 음악이 흐르고 있었다. 소련음악가의 전주곡이 라디오를 통해 인민들에게 전파되었다.

역전 마이크에서 들려오는 정기프로에 내보내는 음악이었다. 안드레이는 안혜련을 살며시 일으켜 세우며 끌어안고 손을 올렸다. 음악에 따라 둘은 주방에서 거실로 오고가며 생에 최고의 기쁨을 누리는 춤을 추고 있었다.

둘은 자정까지 보드카를 몇 병씩이나 비웠는지 모를 만큼 취했고, 안드레이가 테이블에서 일어나 안혜련을 끌어안으며 음식물을 제치고 테이블에다 눕혔다. 안드레이의 손길이 바쁘게 움직였다. 잠옷을 벗기자 안혜련의 백옥 같은 살결이 그대로 드러났다. 아담한 안혜련의 젖무덤이 보석처럼 빛났다.

 안드레이는 숨을 몰아쉬며 안혜련의 젖가슴을 훑어 내려갔고 천천히 아래로 이동해갔다. 안혜련의 신음소리가 가빠졌고 테이블의 모서리를 힘껏 쥐었다. 이윽고 안드레의 저돌적인 공격이 시작됐다.

 창밖은 하염없이 눈이 내리고 있고, 창가에 부딪치는 함박눈이 유리창의 모서리를 다 에워쌌다. 그날 밤 세상에 없는 둘만의 희열을 만끽하였고, 한겨울밤의 정사는 강추위를 달궜을 만큼 용광로처럼 격렬했다.

 안드레이는 곯아떨어졌다. 술도 어지간히 취하였고 세상없는 환상의 밤을 보내느라 진이 다 빠진 듯 코를 골고 있었다. 이를 한 치도 빠트리지 않고 안혜련이 내려다보고 있었다.

 안혜련은 창가로 걸어가 밖을 쳐다보았고 희미한 역전의 가로수 불빛은 흔들리고 있었다. 창가에 쌓이는 함박눈을 바라보는데 어느새 그녀의 눈에 눈물이 흐르고 있었다. 손으로 입을 가로막았다. 안혜련이 서럽게 울어댔다.

 아침햇살이 창 사이로 강하게 내비치고 있었다. 안드레이는 심한 통증으로 눈을 떴다. 주방 수돗가로 가 물을 벌컥벌컥 숨도 쉬지 않고 마셨다. 그리고 물을 틀어 세수를 했다. 두 팔을 벌리고 정신을 차리고서는 안혜련의 이름을 불렀다. 한 번, 두 번, 안혜

련은 대답이 없었다. 예감이 이상해 안드레이는 잘(거실) 쪽으로
갔고 화장실 문도 열어보았다.

 안혜련이 보이지 않았다. 오늘은 볼 일도 없고 쉬는 날이다. 옷
장에 있을 안혜련의 옷가지가 보이지 않았다. 안드레이는 담배를
꺼내 물었다. 그리고 거울 앞으로 천천히 다가갔다. 경대엔 한 장
의 편지가 보였다. 안혜련의 필체이었고 안드레이에게 쓴 글이었
다. 안드레이는 심장이 멎는 듯 떨리는 손으로 편지를 집어 들었
다. 편지에는 눈물자국이 그대로 남아서 드러났다.

사랑하는 당신에게.

조국의 부름으로 사할린에 와서 처음으로 남성을 내 품에 안았습
니다. 첫 이성이요, 저의 첫 남자로 당신은 내 곁에 왔습니다.

학교 다닐 때나 유학시절에도 학습에 전념하느라 남자를 몰랐습
니다. 그리고 조국의 부름에 이 한 몸 김일성수령님을 위해 충성
을 다하기로 하였습니다. 하지만 내 몸에는 수령님보다도 당신이
먼저였습니다.

 당신 때문에 무사히 임무를 완수할 수 있었기에 하나뿐인 생의
행복을 배로 건질 수 있었고, 혜련이의 희망과 삶의 기쁨을 더불
어 간직하게 되었습니다.

미안해요, 이렇게 빠른 이별이 올 줄 저도 몰랐습니다.

조국의 명이었기에 당신에게 차마 말을 할 수가 없었습니다.

위대한 수령님의 부름이었기에 거절하지 못했습니다.

평생 당신을 잊지 못할 겁니다.

사랑해요.

정말 사랑해요…….

새벽, 당신의 안혜련이가.

 그렇게 안혜련은 사할린을 떠났다. 언젠가는 떠날 줄 알았지만 이렇게 일찍 오리라곤 미처 생각지 못했다. 안드레이는 창가로 다가가 함박눈이 내리는 역전 모습을 묵묵히 바라보았다. 안드레이 볼에서도 눈물이 타고 흘렀다.

최후

 새해 연휴가 끝나고 홈스크 어장은 더욱 활기찼다. 어장에는 각국의 사람들이 부대끼며 살았다. 고함소리, 쉼 없이 오고가는 자동차소리, 여기저기 넘쳐나는 고기들, 부두에 오고가는 사람까지 홈스크 어장은 생명의 젖줄이 흐르는 역동의 도시로 변해갔다.
 당시 소련정부는 전쟁 시 폐허가 되었던 경제복건과 생산량 목표달성을 위해 전 인민의 노동력 생산에 총력을 기울인 때였다.

사할린은 일본이 군수물자를 조달하기 위해 총체적 국가적 과업을 이루었던 군수 생산시설이 그대로 남아 있었다.

소련은 수산업과 목재업, 특히 제지업에 전력을 다 쏟아 부었다. 그렇기 때문에는 사할린은 천혜의 보고이었고 인민들이 절대적으로 필요했다. 여기에 한인들이 반드시 있어야했고 적소하리마치 중추적 역할을 다하는 보충인력의 자리를 메우고 있었다.

소련사람이 지니지 못하는 부지런함과 근면성이 국가경제복구사업에는 안성맞춤이었던 것이다. 더욱이 일본시절 사할린의 구석구석에서 노동력으로 전과를 올렸고 목표달성을 창달하기 위해서는 한인들만큼 따라올 민족이 없었기 때문이었다.

안혜련이 떠나고, 안드레이는 다시 그와 거닐었던 네벨스크 해안가를 찾았다. 1월의 바닷바람은 살을 에워쌌다. 안혜련이 거닐었던 바닷가 모래사장에는 눈이 수북이 쌓여있었다.

아무도 없는 그 곳, 저 바다의 수평선을 지나면 고향이 있고 안혜련도 있을 것이다. 혜련의 곱디고운 살결이 바닷바람에 실려 피부에 닿는 듯 했다.

그는 담배를 호주머니에서 꺼내 물었다. 성냥불을 켜자 이내 꺼지고 말았다. 뒤돌아서서 다시 불을 켰다. 하지만 바닷바람은 그의 성냥불을 허용하지 않았다. 입에 물었던 담배를 내동댕이치고 고개를 들었다. 억세게 휘날리던 눈발이 얼굴을 때리고 있었다.

하염없이 퍼부어대는 눈발 속에 어렴풋이 보이는 수평선을 유심히 바라보고 있었다.

 이제 홀로 남았다는 생각이 그의 뇌리를 스쳐갔다. 결코 혼자가 아닌데도 외로움을 떨쳐 버릴 수 없었다. 그러자 그의 입에서 그도 모르게 속삭인 듯 말이 흘러나왔다.

"정말, 혜련이를 사랑하고 있었구나." 그가 중얼거렸다.

 안드레이는 둘이 걷던 길을 걸으며 네벨스크 부두로 향했다. 부두에는 삼삼오오 무리를 지어 난롯가에 앉아 불을 쬐고 있었다. 그리 크지 않은 대기실에 담배연기가 자욱했다.

 대기실 한쪽 구석에서 한인들로 보이는 이들이 노름을 하고 있었다. 어디선가 가져온 막걸리 주전자도 보였다. 담배연기와 사람들 소리로 대기실은 도깨비 시장처럼 시끌벅적했다. 문을 열고 들어서자 구석 편에서 헤진 국방색 작업복을 입고 있던 사내가 벌떡 일어서며 안드레이에게 다가왔다.

"김 동무, 왜 혼자 왔습네까?"

"여성동무는......"

"벌써 복귀하였지."

"아 그렇습네까, 죄송하게 되었습네다."

"아니야......"

"그런데 구역 전과보고 날이 언제지?"

"다음 주 화요일에 무수리 소대대원들이 산판으로 간다고 하였습네다."

안드레이는 잠시 무슨 생각을 하더니 호주머니에서 담배를 꺼내며 소대 책임자 동무가 어느 출신이냐고 물었다. 사내는

"아마 청진에서 왔을 것으로 압네다."

안드레이는 담배에 성냥을 붙이고 길게 연기를 내뿜었다. 사내는 차라도 한잔 하시라며 난롯가로 갔다. 사내는 김이 모락모락 나는 그릇 잔을 내밀며 안드레이에게 눈이 동그랗게 뜨고선 다소 긴장된 목소리로 작게 말을 건넸다.

"요 며칠 전부터 남조선아새끼들로 보이는 놈들이 김 동무를 찾고 있었쑤다."

"그래, 누구 똘마니인줄 모르고?"

사내는 모르겠다고 고개를 저으며 저편으로 가자면서 손을 이끌었다. 안드레이는 다음에 또 들르겠다며 밖으로 나갔다.

아무래도 예감이 이상했다. 황보청해의 어업권을 차지하려는 대륙권 아이들이 아닌지 그는 곧장 장보고의 선착장이 있는 홈스크로 내달렸다. 홈스크 부두 역전에 내린 안드레이는 고깃배가 있는 선착장 2층 건물로 향했다. 1층 장보고의 사무실에는 남자 둘

과 소련여자가 보였다.

안드레이는 남자에게 다가가 장보고의 거처를 물었다. 남자는 조금 전에 손님들과 카페로 갔다고 했다. 안드레이는 부두 근처 야시장 건너편에 있는 '쏘냐'라는 카페에 들렀다. 카페는 서너 사람이 앉아 있었고 장보고는 보이지 않았다.

안드레이는 안내원에게 장보고의 인상착의를 설명하자 안으로 안내했다. 거기에는 장보고와 두 사람이 더 있었다. 그들은 벌써부터 술을 한잔하고 있었다.

발자국 소리에 장보고가 안드레이를 알아보고 일어나 걸어와 반갑게 힘차게 안았다. 장보고의 포옹이 억셌다. 무척 반갑다는 신호다. 안드레이가 자리에 앉자 장보고는 두 사람에게 다른 쪽 자리를 권했다. 두 사람이 자리를 옮기자 장보고는 요즘 부쩍 우수리스크 패거리들이 설치고 있다고 했다.

장보고의 어선들이 계속 만선을 보고하자 이들이 장보고의 영해권과 어선을 빼앗으려는 시도인 것 같다며 상부에 보고해도 소용이 없으니 우수리스크 패거리의 볼낙과 타협을 하는 것이 좋겠다고 했다. 볼낙은 고려인 1세로 블라디보스토크 기반으로 무역과 상업으로 부를 쌓았고 극동지구에서도 알아주는 재력가인데다 연해주를 주름잡는 주먹에 속하는 인물이었다.

한국명은 최명주, 쉰한 살에 노어, 중국어, 일본어 등 4개국 언어가 가능했다. 그는 일찍이 중국 하얼빈까지 오고가며 아무르 강

주변에서 터를 잡았고 연해주에서도 이름난 조직 보스에 속했다. 사할린이 어업과 목재업이 성행하자 발 빠른 대륙의 사업가들이 몰리기 시작한 때, 볼낙은 사할린 지사를 차렸다.

그는 연해주를 활동하던 폭력배 한파를 사할린에 투입시켜 사업을 확장해나갔다. 그런 볼낙을 장보고가 이긴다는 것은 감히 상상할 수가 없었다. 장보고는 사업에만 기질이 있을 뿐, 주먹세계는 그리 밝지 않는 인물이다. 그나마 하바롭스크에서 소련학교를 다녀 노어가 유창했고 소련군 진입 후 1946년에 두 척의 어선으로 시작해 지금의 10여 척 어선에 이를 정도로 수완이 좋았다.

그가 볼낙을 상대한다는 것은 바로 목숨을 내놓고 그와 담판을 지어야한다는 결론이다. 그렇다고 이대로 어업권을 포기할 수 없다는 것이 장보고의 해석이었다.

장보고는 고민에 빠졌고 안드레이가 이를 해결하기를 바라고 있는 듯했다. 하지만 안드레이는 다른 조직과는 견줄 정도로 주변이 든든하지도 않고 비약하다. 단지 안드레이의 주먹과 발길질이 유명할 뿐 그가 가지고 있는 조직은 딱히 없는 실정이다.

무조건 장보고와 합쳐 이 난관을 헤쳐나간다고 해도 새로 규합할 인원들이 필요한데 이 바닥에 그리 쓸 만한 주먹이 없기 때문에 고민이었다. 일단 안드레이는 조금 더 지켜보고 며칠간 여유를 달라며 오늘은 모처럼 편하게 술을 마시자고 했다. 자리를 옮긴 일행과 안드레이는 그날의 우울한 심정을 달랬고 술로 안혜련을 잊으려 애썼다.

다음날 안드레이는 '포자르스코예'로 가는 트럭을 타고 목재업이 활발한 산판에 갔다. 어장 함바에서 산판으로 옮긴 아내에게 들르고 산판 노름판과 현지 상황을 알아보기 위해서다.

산판에는 재일동포와 한인들이 함께 일했다. 그는 노름판에 머물고 있는 재일동포 출신의 사나이이게 술 한잔하자고 했다. 일본에서 건너온 허장식은 조선에서 일본으로 공부를 하기 위해 온 유학파이다. 이미 어장에서도 안면을 가졌지만 깊게 이야기 할 일은 별로 없었다.

그날 저녁 둘은 산판 합숙소 중간 방에서 진지하게 의논하고 허장식에게 일본에 있는 조선인 조직을 불러올 수 없는지를 물었다. 네벨스크 외항 독수리 해안으로 들어오는 접선 밀항선은 안드레이가 준비하고 그에 따른 돈은 얼마든지 보내겠다고 했다. 소위 일본에 조직을 신청해 원조를 해달라는 지략이었다.

물론 그 대가는 일본조직이 원하는 대로 지급하고 극진히 모시겠다는 것이고, 볼낙의 패거리를 물리칠 사무라이 2명과 주먹에 능한 3~5명의 사나이가 필요했던 것이다. 그 정도도 없으면 볼낙의 우수리스크 패를 제거하지 못한다는 생각이 지배적이었다.

여기에 어장과 산판에서 싸움질이나 운동을 하는 자들로 새 구성원을 형성해 장보고의 조직을 규합하고 계속 가동시킨다는 것이었다. 일단 한순간만 제거한다면 일본 놈의 재주꾼은 단시일에

귀국시킨다고 생각하고 있었다.

 이는 우수리스크파의 인원들이 80여 명이나 이르고 안드레이 혼자 상대하기는 오랜 시간이 걸리고, 자칫하면 어장과 장보고와 안드레이의 목숨까지 잃을 수 있기 때문이다.

 산판 숙소에서 갓 아이를 낳고 노무자들의 허드렛 일을 도맡으며 생계를 이어가는 아내에게로 갔다. 아내는 반가운 기색보다 원망스런 눈빛으로 바라보며,

"어짠 일로 뎅겨 왔능기요?"하며 툭 쏘았다.

그래도 양심은 있는지 안드레이는 미안함을 표현하며,

"조만간 마을로 간다고 들었는데…… 돈은 있는지……"

머뭇거리며 한마디 뱉었다.

 아내는 어린나이에도 불구하고 어장에서도 일벌레로 소문났고 돈 되는 일에는 마다하지 않았다. 산판에 와서도 노무자들에게 막걸리와 담배를 팔았고, 잔심부름으로 어느 정도 돈을 모은 상태였다.

 이참에 아래 마을로 내려가 허름한 일본집이라도 사서 농사를 지을 참이었다. 그래서 가족들과 오순도순 살며 우리만의 보금자리를 마련하고자 했다. 안드레이는 한참 방청소를 하고 있는 아내를 쳐다보며 있자 노무자 한 명이 불쑥 들어와 막걸리 한 사발을 주문했다. 노무자 사내는 안드레이를 알아보자 얼른 다가와,

"아이고 형님, 어쩐 일 입네까?"

손을 잡고 흔들었다.

안드레이는 산판에 있는 형수 잘 보살펴주고 내가 없더라도 혹 마을로 이사 가게 되면 아이들과 이삿짐 나르는 것을 돕고 잔일 참참이 봐줄 것을 당부하며 밖으로 나왔다. 그리고 아내를 불렀다. 밖으로 나온 아내는 원망스런 남편의 얼굴을 멀뚱히 쳐다보기만 했다. 그러자 안드레이는 아내의 손을 댕겨 고무줄로 묶은 돈 다발을 쥐어주었다.

"미안허이, 집 장만할 때 필요할 것 같은데……"

뒤돌아서며 그는 산판 언덕길을 내려갔다.

안드레이가 내려가는 모습을 아내는 산판 중간 숲 돌아서는 길목까지 나와 마냥 바라보고 있었다. 안드레이가 저 만치에서 손을 흔들었다. 그리고 열흘 뒤 아내가 마을로 이사를 했다는 전갈을 산판노무자에게 들었고 안드레이는 간혹 한 번씩 잊힐 만 하면 집을 찾았다. 그 와중에 아이들은 속속 늘어났다.

이상하게도 다녀가기만 하면 아이가 생겼다. 그 사이 일본에서 오기로 하였던 거물들이 오지 않았고 장보고는 볼낙의 기습을 받아 어선 두 척을 빼앗겼다. 우수리스크 파는 안드레이를 처치하지 않고도 손쉽게 어업권을 장악할 수 있었고 자기들의 소원을 쟁취해 날로 떵떵거렸다.

세월은 덧없이 흘러갔다. 1959년 북한정부는 사할린에 사는 북한근로자를 비롯해 한인들에게 인민의 낙원으로 오라며 대학과

집을 제공하겠다고 선동했다. 많은 이들이 북행을 결심했다. 하지만 아내는 북행을 포기하고 이곳에서 살 것을 고집했다.

 할 수없이 안드레이도 남았고, 어느덧 세월은 1960년대로 접어들었다. 소련정부는 재차 전후경제복원 시기를 내걸던 때라 시대는 그 어느 때보다 어수선했다. 이 틈을 이용해 볼낙의 전성기가 사할린 하늘을 찌르고 있었다.

스탈린에서 흐루시초프시대로 접어들면서 상황은 뒤바뀌었다. 세상이 변했다. 하나둘 자본주의가 무너지기 시작했다. 하지만 조직은 여전히 활기를 치고 있었다. 노름판에서 전전하며 세월을 보내던 안드레이는 그 사이 노름빚으로 빼앗은 16살 처녀를 집에다 데려다 아내에게 넘겼다. 16살 처녀는 그로부터 안드레이 집에서 3년간을 살며 한 식구가 되기도 했다. 당시는 부인이 둘이면 감옥에 간다고 했는데 안드레이는 멀쩡했다.

 노름판에서 빚진 자의 대납으로 받아들었고 돈을 가져올 때까지 그의 아내를 일시 보관할 뿐이었기에 누구도 입에 오르내리지 못했다. 하지만 아녀자들이 모이기만하면 쑥덕거리긴 예사였다.

 홈스크와 산판을 오고가며 안드레이의 노름기질이 여전하고 있을 때, 장보고의 연락을 받고 안드레이는 급히 장보고의 사무실을 찾았다. 소련개혁기로 어업권과 어선을 정리해야 한다면서 안드레이의 힘이 요구된다며 마지막 일을 하자고 했다.

 안드레이는 밀거래로 이윤이 주어지자 사력을 다해 힘을 보태기로 결정했다. 안드레이가 본격적으로 시내에 머물면서 장보고의 오른손으로 사무 일을 보며 부두에 서서히 얼굴을 드러냈다.

하루는 볼낙의 패거리들이 부두에서 난동을 부리자 안드레이가 개입했고, 안드레이의 공격에 맥도 못 추고 물러섰던 일은 이미 잘 알려진 이야기로 전해지고 있었다. 그러나 그의 힘은 오래가지 못했다.

악랄한 볼낙이 가만히 있을 리 만무했다. 볼낙은 패거리들을 시켜 장보고의 사무실을 기습했다. 안드레이와 장보고의 패는 20여 명의 패거리들을 제압하고 간신히 사무실을 건졌다. 하지만 그 이튿날 볼낙의 패거리들이 안드레이 집을 기습했다. 안드레이의 집은 만신창이 되었다. 다행히 아내와 아이들은 무사했지만 집안은 쑥대밭이 되었다.

부두 사무실에서 그 전갈을 받은 안드레이는 장보고의 트럭을 타고 집으로 달렸다. 외곽으로 나가는 철길을 지나고 홈스크의 굽이 타는 언덕길에 두 대의 차량이 가로막고 있었다. 안드레이의 차가 경적을 울리자 차들은 그래도 꼼짝하지 않았다.

예감이 이상했지만 안드레이는 차에서 내려 차량 쪽으로 걸어갔다. 그제야 건장한 사내들이 차에서 내렸고 언덕 숲에 숨어있던 족히 10명이 넘는 사내들이 몽둥이와 쇠파이프로 무장한 채 다가왔다. 안드레이가 재빨리 돌아서 차량으로 달려갔지만 벌써 사내들이 에워쌌다. 홈스크의 바다가 내려다보이고 절세가 뛰어난 언덕길의 배경은 장관이었다. 놈들은 안드레이 주위를 어슬렁거렸고 일제히 공격해왔다.

안드레이의 민첩한 동작이 허공을 가르자 놈들이 하나둘 맥없이 쓰러졌다. 하지만 이도 잠시 안드레이의 허벅지에 총알이 날아왔다. 안드레이는 주저앉았고 일어서려 애를 썼지만 또 한방의 총알이 왼쪽 허벅지를 관통했다. 안드레이는 바닥에 늘어졌다.

놈들이 다가와 안드레이를 걷어찼고 면상을 몽둥이로 때렸다. 피가 철철 흐르는 안드레이는 놈들의 차에 실려 홈스크로 다시 내달려졌다. 정신을 잃은 안드레이가 겨우 눈을 뜨자, 볼낙이 회심의 미소를 지으며 눈앞에 들어왔다. 소비에트가 근방에 있는 자재창고 건물인 것 같았다.

그러자 두 놈이 안드레이를 일으켜 세웠고 탁자로 데려갔다. 질질 끌어다 앉힌 안드레이 두 팔이 탁자 위에 놓였다. 놈들이 안드레이의 팔을 단단히 잡고 있었고 눈앞에는 시퍼런 회칼이 놓여있었다. 두 팔을 잡은 놈들은 안드레이의 손을 탁자위에 올려놓았다. 놈들은 볼낙의 눈치를 보다가 칼을 들어 안드레이의 손가락을 모조리 절단했다.

안드레이의 비명소리가 창고 안에 울려 퍼졌다. 이들은 정신을 잃은 안드레이를 외진 방파제 숲에다 버리고 달아났다. 피가 범벅이 된 안드레이의 흉측한 모습은 차마 볼 수가 없었다. 피를 많이 흘린 안드레이는 정신을 차렸지만 자꾸만 졸려오는 눈꺼풀에

힘을 쓸 수가 없었다.

 아이들이 생각났고 고생만 시킨 아내의 모습이 주마등처럼 떠올랐다. 점점 눈이 잠겨오는데 안혜련과의 마지막 춤이 아련히 떠올렸다. 사할린블루스는 여기서 끝이 나는가, 그 품에 안긴 안혜련이 활짝 웃고 있었다.

 따뜻한 온기가 가득한 안혜련의 품에서 그는 주체할 수 없는 무거운 고통을 느끼며 서서히 눈을 감았다. 어디선가 꿈결에선가 저만치 하얀 말이 안드레이 아내의 텃밭을 가로지르며 달렸고 함박눈이 펄펄 내렸다.

 아내가 목숨처럼 귀하게 여긴 텃밭의 우거진 갈대숲에 치렁치렁 얽인 담장의 아름다운 겨울꽃이 아스라이 떠올랐다. 그렇게 고울 수 없었던 온 세상천지에 하얗게 내려앉았던 눈꽃... 그리고 아내가 구슬피 불러주던 노래가 희미하게 흘러나왔다.

[과정전개의 소재론]

어린색시의 사할린 생활

어린색시는 노름꾼 남편을 기다리며 함바에서 일을 끝내고 저녁이면 근로자들 심부름과 허드렛일 하며 돈을 모았다.

동토의 땅에 몰아치는 추위는 살을 에워 쌌다. 속옷이 없는 핫바지 차림에 바다에서 불어오는 매서운 칼바람은 어린색시가 견디기엔 너무나 힘든 고행이었다.

남편을 기다리다 근로자들 허드렛일까지 지친 몸을 이끌고 잠자리에 들 때면 추위에 잠을 잘 수가 없었고 눈물로 범벅이 된 얼굴로 몸을 구부린 채 홈스크 항을 바라다보며 조선에 있는 형제들을 생각했다. 달빛에 비친 어린색시의 모습은 너무나 처량했고 서러움에 숨죽여 오열했다. 차마 흐느끼는 그 모습이 애처로워 달빛도 고개를 숙였다.

다음날에도 어린색시는 똑같은 일을 반복하며 험난한 세월을 이겨냈다. 그로부터 가끔 한 번씩 들르는 남편과 3년이란 세월에 아이들이 둘이나 생겼다.

근로자들은 4년차 접어든 시기에 어업기지에서 산판으로 발령이 났다. 산판은 근무조건이 더욱 열악했다. 1951년 벌목장인 산판에 들어서고 스물두 살 되던 해에 셋째 아이가 태어났다. 마을 어귀에서 산판까지는 70리를 걸어서 갔다. 중간에서 하룻밤 자고 꼬박 이틀 정도를 걸어야 당도하는 곳이다. 산을 타야하기 때문에 여자 몸으론 쉽지 않았다. 간혹 차로도 가는 경우가 있지만 특별한 경우가 아니면 힘든 상황이었다.

 색시는 그렇게 산판에서 3년을 더 보내고 마을에 정착하게 되었다. 힘겨운 일이라도 마을에서 내 집을 장만하고 가족들과 함께 살 수 있어 더없이 행복했다.

 남편이 없어도 아이들과 텃밭을 일구며 사는 것이 너무 행복했다. 일을 마치고 오면 육남매의 아이들이 기다려주고 아이들은 배고픔도 잊은 채 엄마만 기다리고 있었다. 그런 아이들이 커가고 농사일도 조금씩 자리잡아갈 때 행복이라는 단어가 이렇게 기쁜 줄 알았다. 하지만 하자이(남편)가 올 때면 집안은 긴장감이 돌았다. 아이들은 목소리만 듣고도 소스라쳐 놀라고 나무침대 밑으로 뒷간으로 숨기에 바빴다.

 남편의 주벽과 손찌검이 두렵기 때문이다. 그 흔한 사탕과 초콜릿도 사주지 못해 늘 안쓰러웠는데 배고픔에 지친 아이들에게 남편은 그리움보다는 두려운 대상으로 남아있었다.

 조금 나은 집은 허연 흘레브(빵)를 사 주었지만 우리집 아이들은 매번 까만 빵으로 허기를 채웠다. 빵에 발라주는 마가린도 없이 줄곧 설탕가루를 부치며 먹던 아이들이었기에 그도 줄을 서서 기다리는 아이들 모습이 선한데 남편의 술주정은 밤새 고통스러운 것이다.

남편은 산판에서 기거하며 노름을 한다. 어쩌다 한번 집에 오는 날은 술이 고주망태가 되어 왔다. 그리고 밤새도록 혼자 중얼거리며 술을 깨는 버릇이 있다. 거기다 툭하면 손찌검이다.

어린아이들 역시 고문에 처한 느낌이다. 그래도 애비라고 기다리는 아이들이었다. 아이들이 애처로워 그런 남편이 얄밉기도 하지만 때로는 불쌍하기만 했다.

남편의 도박벽은 죽을 때까지 계속되었다. 심지어 몹시도 춥고 눈이 많이 내린 겨울날, 술에 취한 남편은 말을 타고 산판으로 가다 말에서 떨어져 의식을 잃고 눈 속에 파묻혔다. 술이 깬 남편은 겨우 집으로 올 수 있었고 그 길로 병원으로 가게 되었다.

병원에서는 팔뚝만큼 부어오른 손가락을 잘라야 한다는 선고가 내려졌고 오른쪽 엄지와 중지만 남겨둔 채 여덟개의 손가락을 잘라내었다. 그 두 손가락으로 살아있는 날까지 노름을 했다. 그러다 남편은 35세 젊은 나이로 암을 안고 세상을 등졌다.

남편 없이도 억척스럽게 부자는 아니라도 남은 아이들 대학도 보내고 나름의 기반으로 오늘에 이르렀다. 이젠 할머니가 된 그녀의 삶은 남편의 개떡 같은 세상살이도 험난한 세월도 이겨내며 교훈으로 남았다.

 그 어린색시가 이제 팔순을 넘겼다. 60년을 넘게 살아온 사할린이지만 북쪽 형제들이 꿈에서도 그립고 남쪽 하늘이 보고파졌다. 어린색시가 홈스크 바다를 바라다보며 북쪽에 있는 형제와 가족이 그리웠던 것처럼, 남쪽하늘도 북쪽소식을 보고 들을수 있다면… 팔순을 넘긴 색시의 소원이 이루어지기를 손꼽아 기다린다. 겨울밤 석탄 타는 소리가 더욱 요란스럽게 들려온다.

V. 섬전쟁

머리에 피를 흘린 상도는 두 눈을 부릅뜨며 명후를 올려다 보았다. 명후는 일본말로 무언가 내뱉다 한국말로 또렷이 전했다. "상도. 그러고도 제 명을 다하리라고 생각했나. 내가 빅토르 박의 아들이다."

섬전쟁

나오는 사람:

빅토르 박(박종철), 톨랴 리(리상도), 박명후(야마구찌), 최명철, 민수정, 가네무라(보스), 기무라(일본경시청), 유태균(검찰청 부장검사), 장호일(수사관), 장팔용 외 친구들

러시아사할린 네벨스크

독일산 아우디 차량 하나가 네벨스크 항 끝자락에 살며시 미끄러져 닿았다. 뒤따르는 자동차도 보였다. 항구에는 고철꾸러미가 보이고 목재, 석탄이 여기저기 흩어져있었다.

낡은 크레인 서너 대가 고작인 부두에는 작은 선창의 모습을 재현하고 있었다. 불과 몇 미터를 두고 파도소리가 포효하는 듯 출

렁이고 있었다. 자동차는 불어오는 바람을 등지고 선창가에 멈췄다. 차가 멈추자 재빠르게 젊은 사내들이 신속하게 차에서 내렸고 자동차 뒤 칸으로 돌아간 사내들이 문을 열자 콧수염을 기른 사내가 검은 바바리코트와 러시아산 털모자를 걸친 채 차에서 육중하게 내렸다.

곧이어 항구 쪽으로 빨려드는 듯이 검은 벤츠 차량이 나타났다. 콧수염의 사내는 이내 차가 멈추자 부동자세에서 깍듯이 고개를 숙였다. 이윽고 벤츠 차량을 뒤따르던 차량에서 또 다른 사내들이 차에서 내려 양편으로 갈라섰다.

잡다한 물건이 산적해 있는 야적장 뒤에서 그림자가 보이는 찰나 순식간에 총소리가 빗발쳤다. 무차별 총알은 양편에서 수십 발이 쏟아졌고 타이어가 내려앉은 소리와 유리 파편소리가 허공을 때리며 작렬했다. 갑작스레 퍼부은 총탄에 벤츠의 사내들이 맥없이 쓰러졌고 자동차는 포탄 맞은 몰골로 형편이 없었다.

기관총을 든 사내들이 쏜살같이 자동차 쪽으로 달려갔다. 깨어진 차창 안으로 중년의 사내가 머리에 피를 흘리며 노려보고 있었다.

"너... 너... 이놈의 자식."

덩치가 산만한 러시아 사내들 뒤로 콧수염의 사내가 회심의 미소를 짓고 있었다. 다시 총소리가 들려왔다. 자동차 안의 중년 사내에게도 수십 발의 총알이 난사되었다. 콧수염의 사내는 숨을 꺼덕이는 중년의 사내 머리맡에 총구를 바짝 대고 다시 총알을 당겼다. 이마를 관통한 사내의 머리는 처참하기 이를 데 없었다.

주변은 파편과 쓰러진 사내들의 시체가 뒤엉켰고 불어온 바닷바람에 소름이 다 돋았다. 사내들은 분주하게 움직이며 자동차에 기름을 부었고 불을 질렀다. 활활 타오르는 화염을 바라보며 자동차는 쏜살같이 부두를 떠났다.

러시아사할린 홈스크

바다는 얼어있었다. 바위에 부딪치는 물살이 파편처럼 튕겨져나가고 흐르는 물은 그 자리에서 얼어버렸다. 겹겹이 쌓인 바위 얼음판은 윤기가 철철 넘쳐났다. 그리고 묘한 소리가 났다. 파도가 바위에 부딪칠 때마다 웅~웅~거려 스산한 느낌마저 들었다.

털모자를 동여매었지만 불어오는 차가운 바람에 콧물이 고드름이 되어버렸다. 이윽고 발아래 경련이 일더니 발가락이 시려왔다. 추워도 이리도 추웠던 기억이 없다. 사할린 날씨를 실감할 것 같았다.

2002년 홈스크 항구에서 바다를 바라보며 언덕으로 둘러앉은 도시가 폐허마냥 을씨년스럽다. 마치 회색이거나 우중충한 건물이 성냥갑마냥 서있다. 산이 보이는 언덕 아래로 5층 건물이 기다랗게 이어져있었다. 도시는 병풍처럼 바다를 감싸고 있었다. 중간쯤에는 안개인지 운무인지 구름이 지나가고 가파른 언덕 위 백설 속의 도시는 추위에 지쳐 적막감마저 감돌았다.

그렇게 먼 바다를 바라다보다 멍하니 도시 풍경에 사로잡혀 깊은 상념에 잠겼을 때, 자동차의 경적이 우렁차게 울렸다. 빅토르 박은 자동차가 접근하는 수변 공원 쪽으로 고개를 돌렸다. 자동차는 공원 눈밭을 박차고 부두 쪽까지 내달려서 급정차했다.

눈 가루를 휘날리며 미끄러지는 자동차 바퀴의 흔적이 확연하게 드러났다.

하얀 눈밭에 검은 세단이 조화를 이룬 듯, 위용을 드러내며 문이 열렸다. 건장한 사내 둘이 내렸다. 두 사내는 빅토르 박이 있는 쪽으로 이동하며 정중하게 문을 열었다. 문이 열리고 사내들이 고개를 숙이자 콧수염의 중년 사내가 번쩍거리는 구둣발을 눈밭에 디뎠다. 구둣발 위로 검정 양복이 보였고 검은 장갑 위로는 콧수염과 중절모가 눈에 들어왔다.

콧수염의 사내는 빅토르 박에게로 다가와 인사를 건넸고 고개를 숙이는 행동을 취했다. 그가 예전 '세프' 집단의 행동대장을 하였던 톨랴 리였다. 톨랴의 본명은 리상도로 통했다. 톨랴 리는 10년 전, 하늘처럼 모셨던 보스를 살해하고 홈스크 마피아를 평정하며 지금의 '세프(쇠사슬)'의 우두머리에 올라앉은 인물이다.

사할린 한인 마피아 계열은 지방 쪽이 더 세력화가 되어있다. 한 인인구 밀집지역이 탄광을 위주로 편성되어 있고 탄광이 있는 지역은 바다를 끼고 있는 게 특징이었다. 그러한 부두 주변으로는 일본시대 때부터 폭력이 난무했다.

 사할린 한인 마피아의 본거지는 주로 부두 쪽에서 자생되었고 유즈노사할린스크 수반에는 러시아 마피아가 존재했다면 홈스크, 네벨스크, 코르사코프 등 부두가 있는 곳에는 한인마피아가 활개를 치고 있었다. 북쪽의 우글레고르스크에서 홈스크까지 한인마피아는 기생충처럼 확산되어 행정수반의 도시보다 자생력이 더 컸던 것이다.

 거의가 부두를 끼고 있는 터라 어릴 때부터 러시아인들과 싸움질하기를 좋아했다. 그래서인지 주먹쟁이는 사할린 해안가 주변에 많이 포진되어 있는 편이다. 하지만 이 중 코르사코프도 예외는 아니지만 행정도시인 유즈노사할린스크 주변으로는 홈스크의 한인들이 치고받기에는 더 뛰어났었다.

 또한 홈스크는 일제 때부터 일본 조직 폭력배가 확대되어 그 명성이 대단했다. 톨랴 리는 어릴 때부터 학교가기를 싫어했고 동네에서도 유별난 아이로 자랐다. 그런 그가 어른 되고나서 인종차별을 극복하기 위해서는 지식과는 동떨어진 싸움질을 선택한 이유였고 천하의 단검 명수가 되었던 것이다.

1940년대 해방 이후에도 소비에트 정권이 들어섰지만 먹고살기는 예전보다 더 어려웠었다. 아이들은 주로 방과 후 땔감이나 석탄을 줍기 위해 산을 수시로 타고 올랐고 탄광촌 주변을 서성이기를 일과처럼 지냈던 시절이다. 또한 나무를 캐기 위해서는 도끼와 칼을 자연스레 접하였고 그 도구로 인해 심심풀이 장난기도 발동했다.

  상도는 일본인이 사용하던 단검을 애지중지하며 허리춤에다 달고 다녔다. 원래는 아버지가 가져와서 부엌일이며 집안의 용도로 아주 요긴하게 쓰였던 것이었다.

단검은 예사로운 칼이 아니었던 것 같았다. 손잡이에는 옥과 같은 단단한 재질이 섞여있었고 금박의 용이 있는데다 후미 끝자락에는 선명하게 '皇國臣民'이라고 적혀있었다.

  아마도 일본인 장교가 천황에게 하사받은 것으로 생각됐다. 자칫하면 집안에 있을 단순한 칼로 사용되었지만 상도는 그 칼을 보자마자 갈고 닦기를 반복했다. 또 소가죽을 정성껏 다듬어 세상에서 하나 밖에 없을 칼집을 만들었다. 매듭도 한 올 한 올 엮어서 누가보아도 탐이 날 어엿한 칼집이 되었다.

  그 칼을 친구들과 놀 때도 땔감을 하러 갈 때도 항상 소지하고 다녔다. 심지어 잠 잘 때에도 머리맡에다 두고 잠을 청할 정도였다. 반듯한 칼날은 광채를 발했다. 틈만 나면 목적물에다 표시를 하고 던졌다. 심심풀이가 되었던 칼 던지기는 상도의 유일한 취

미가 되어있었다. 이젠 눈을 감고도 전방의 목적지를 맞출 정도
가 되었다.

한번은 나뭇가지 위에 노니는 까마귀 한 마리가 상도가 던진 단
검에 맞아 떨어졌다. 그래서 날아가는 새도 떨어트리는 名手명수
상도라는 소문이 자자했다. 거기에다 상도는 어릴 때부터 다른
아이들보다 체격이 다소 좋아보였고 지는 것을 싫어했다. 매사에
나무를 타고 뛰어내리고 손과 발을 늘상 놀려댔다.

러시아사할린 네벨스크

톨랴 리는 사할린 한인 마피아 서열 2위에 오른 악명 높은 건달
로 성장했다. 그는 측근 똘마니 50여 명을 대기하고 일본 밀항선
이 온다는 허위보고를 보스에게 전했다. 보스는 늘 그랬듯이 똘
마니 둘을 대동하고 네벨스크 해안가로 갔다.

보스는 톨랴가 세프파의 중책을 도맡고 있는 터라 의심 없이 그
가 보고한 대로 곧장 네벨스크로 내달렸다. 이번 밀항선은 세프
의 자금줄에 원동력이 되는 중요한 거래였다.

이윽고 해안가에는 조직원 여럿 명과 톨랴가 마중 나와 있었다.
보스의 자동차가 도착하자 보스 측근의 사나이들은 재빠르게 보
스를 모시기 위해 문 쪽으로 다가갔다. 그러자 총소리가 난무했

다. 수십 발의 총탄에 사내들이 순식간에 맥없이 쓰러졌고 자동차에는 파편이 셀 수 없이 박혀버렸다.

곧 바로 톨랴의 부하들이 보스가 앉은 운전대로 다가가 문을 잽싸게 당겼고 놀란 보스에게도 소나기 같은 방아쇠를 당겼다. 그렇게 세프의 보스는 가장 믿었던 심복 톨랴에게 살해되었다. 톨랴의 지시에 의해 보스는 재차 확인 사살된 것을 확인하고, 톨랴는 부하에게 수신호를 보냈다.

일사천리로 진행된 보스의 사살은 홈스크 아지트로 전달되어 대기하고 있던 톨랴의 조직원들에게 세프의 본부를 점령하게 되었다. 그리곤 톨랴는 홈스크 세프파를 차지하게 되었다.

이 소식은 불과 며칠 만에 사할린 전역에 다 알려졌다. 소문은 유즈노사할린스크 러시아마피아에도 전달되었고 한인마피아의 절대강자의 소문이 자자했다. 하지만 천하의 상도라 할지라도 쉽게 다루지 못하는 인물이 있었다. 바로 빅토르 박이었다.

빅토르와는 어릴 때부터 함께 자랐고 상도가 친형 못지않게 여겼던 동네 형님 벌이었다. 비록 나이 차이는 많지는 않지만 상도가 가장 무서워하고 좋아했던 형이었다. 상도는 근 십년 만에 만난 빅토르에게 예의를 다하며 맞이했다. 똘마니들도 따라서 고개를 숙였다.

상도가 말했다.

"형님, 날씨가 춥습니다.., 안으로 가시죠?"

"...그러자."

똘마니들이 재빠르게 문을 열었다. 빅토르가 차안으로 들어가고 상도는 반대편으로 가 앉았다. 바닷바람이 세차게 불어오는데도 똘마니 둘은 꼼짝 않고 부동자세로 서있었다.

빅토르가 무겁게 말을 건넸다.

"자네 말이다. 내 긴 말은 하지 않겠네만 보스 왜 그랬어?"

"형님 이젠 시대가 변하고 있습니다. 무언가 특단의 대책이 없으면 살아남지 못합니다."

"상도... 보스는 나와 둘도 없는 친구일세. 다른 조직이었다면 모르겠지만 상도에게 당했다는 것이 믿기질 않아."

"형님, 죄송합니다..."

"..................."

입을 굳게 다문 빅토르는 살며시 눈을 감고 의자 뒤로 머리를 젖혔다. 상도도 빅토르도 한동안 말이 없었다.

몇 분이 흐른 뒤 빅토르가 말을 건넸다.

"장례는 차질 없도록 잘 치르고 가족들 잘 보살펴주게나."

상도는 앉은 자세로 복창했다.

"알겠습니다. 형님 분부대로 차질 없도록 진행하겠습니다."

"시내까지 모셔다 드리겠습니다."

"아닐세, 옛일도 생각할 겸 근처 선술집에 들러 술이나 한잔하고 갈 걸세..."

"알겠습니다. 형님, 그럼 저는 물러가겠습니다."

빅토르는 먼발치 언덕 위를 바라보며 잠시 생각에 잠겼다. 상도가 타고 온 자동차가 떠나가고서야 그제야 발길을 돌렸다.

러시아사할린 홈스크

아침부터 홈스크 시내가 요란했다. '세스파' 보스의 장례식이 진행되고 있었다. 러시아 경찰 차량이 호위를 하며 선발대로 앞섰고 그 뒤로 악단이 구슬프게 연주를 하며 뒤따랐다.

검은 양복의 사내들의 행렬이 수없이 이어졌고 수 십대의 차량들이 뒤를 따랐다. 차량 선두에는 상도가 보였고 옆으로는 빅토르 박도 보였다. 시민들도 웅성거리며 하나둘 모여 들었다. 장례행렬은 느린 행렬로 시내를 한 바퀴 돌며 장지로 향했다. 길게 이어진 장례행렬은 장관을 이루었다.

유독 눈물을 훔치는 여인이 눈에 들어왔다. 여인의 뒤로는 소녀 티를 갓 벗어난 듯 어엿한 숙녀 모습을 한 두 여자가 보였다. 여인은 하염없이 눈물을 흘렸고 두 여자도 울음을 삼키는 소리가 역력했다.

빅토르는 여인과 두 여자를 번갈아 바라보며 치미는 분노를 억누르고 슬픔을 감내했다. 빅토르가 여인에게 다가가 여인의 어깨를 다독이며 두 여자에게 손을 내밀었다. 아버지의 가장 친한 친구가 일본에서 왔던 것을 알고 있었다.

1993년 빅토르는 사할린을 떠났다. 당시 소련은 개방물결을 타고 서구화 바람이 물밀듯 들어올 때이다. 외삼촌이 일찍이 일본 여자와 결혼해 일본에 정착하는데 별 어려움이 없었고 남들보다 쉽게 일본에서 터를 장만하였고 재일민단계의 일을 보기도 하였다. 한 때는 일본의 야쿠자 세계에 발을 들여놓은 적도 있었으나 조직과 담을 쌓은지 오래되었다.

아이들도 커가고 외삼촌의 간곡한 부탁에 아버지의 평생소원을 염원하여 조직에 발을 떼기로 하였던 것이다. 빅토르의 명성은 사할린을 거쳐 일본에까지 알려질 정도로 대단했다. 오사카의 야쿠자 세력이 한국진입을 위해 우선순위로 빅토르 박을 영입하려고 하였기 때문이다. 사할린에서도 둘째 가라고 하여도 모자랄 빅토르의 잽에는 누구도 당할 자가 없었다.

남달리 주먹질이 뛰어난 빅토르는 사할린 대부와 같은 칭호가 붙어 다녔다. 일찍이 한인마피아를 평정하는 데 일조하였고 세프의 보스에게는 둘도 없는 친구로 남아 세프를 건재하기까지 그의 역할이 있었기에 가능했다. 그런 그가 갑작스레 아버지의 죽음 앞에서 일본으로 떠나기를 결심했다.

아이들이 초등학교 시절 때인가, 그는 아버지의 유언을 따라 가족과 함께 사할린을 떠났다. 그 후로 큰애는 일본에서 고등학교를 마치고 서울에서 공부를 하고 있다. 작은애 역시 민단과 관련한 아르바이트를 하며 조금씩 한국을 익혀가고 있다.

러시아사할린 유즈노사할린스크

빅토르 박은 보스의 장례식에 참석하고 시내 아무르스카야 친척집에 머물고 있었다. 사할린은 하루가 다르게 변하고 있었다. 석유와 가스의 프로젝트 사업으로 일본기업이 대거 들어왔고 세계 각지의 메이저 기업인들이 제집처럼 들락날락거렸다.

시내의 상점은 외국기업 물건으로 장사진을 이루었고 생필품 구하기에 다들 혈안이 되었다. 이에 따라서 경쟁도 심하였고 매점매석이 판을 치고 있었다.

시내 한복판이었던 돔따브리 광장은 맨날 장사용 군용트럭이 진을 쳤고 상인과 물건을 구입하려는 시민들로 북적였다. 여기에도 마피아는 존재했다. 사할린마피아는 부두와 카지노, 클럽을 장악하고 지하경제의 판권을 죄다 거머쥐고 있었다. 시장의 좌판까지 돈이 되는 거래는 거의 장악하고 있을 정도였다.

빅토르는 시내를 구경하며 여기저기를 기웃거렸다. 아버지와 어머니가 한국에서 건너와 낯설고 물 설은 이곳에서 온전히 고생하였을 것을 생각을 하면 이제야 아버지의 뜻을 알 것 같아 때늦은 후회가 밀려왔다. 하지만 늦게라도 아버지의 유언을 따라 한국에서 뿌리를 내려야한다는 것에 동의하였고 급기야 큰애를 한국에 유학을 보냈던 것이다. 큰애는 벌써 성인이 되어 어엿한 청년으로 성장했다. 한국 이름은 박명후다.

할아버지가 반드시 한국에서 살라고 러시아 이름도 못 짓게 하였다. 명후는 사할린에서 태어나 유아기를 보내고 일본에서 고등부를 다녔다. 러시아어는 기본이었고 한국어, 일본어, 영어까지 능통했다. 그런 명후을 집사람의 반대에도 무릅쓰고 한국으로 유학을 보냈다. 그것은 아버지의 유언이고 반드시 지켜가야 할 약속이기 때문이었다.

벌써 사할린에 있은지 열흘째, 빅토르는 아침 운동 삼아 조카와 고르까바 거리에서 산으로 오르는 산책길에 나섰다. 사할린에 있으면서도 좀처럼 겪어보지 못한 편한 기분이었다. 눈 덮인 사할린은 가히 매력적이었다. 빙판이 된 눈밭 사이로 냇가의 맑은 물소리가 얼음 사이를 비좁고 선명하게 들려왔다.

이따금 산새소리도 눈 가지에 앉아서 지저귀이고 있었다. 나뭇가지에 앉은 참새만 한 것이 지저귀면 한 놈이 달려들어 나란히 노래를 불렀다. 사할린은 아직도 사람 손길이 묻지 않은 천연의 모습을 그대로 유지하고 있는 곳이 많았다. 울창한 숲속마다 억

겹의 세월을 안고 있는 미지의 땅이다. 일제강점기 강제 동원되었던 동토의 땅에서 이제는 사할린프로젝트로 문이 열리기 시작해 점점 희망의 땅으로 변하기 시작했다.

"이 땅에도 곧 봄은 오겠지."

빅토르는 혼잣말로 중얼거리며 산을 내려왔다. 친척집에서 아침상을 받고 있는 찰나 전화벨 소리가 들려왔다. 조카의 안사람이 전화기를 건네주며 '장팔용'이라고 했다. 그제 만났던 조선학교를 함께 다닌 동창이었다. 오늘 저녁, 동기 친구들과 만나기로 하였으니 카페로 나오라고 하였다. 오랫동안 보지 못했던 고치 친구들이었다.

빅토르는 어릴 적 친구들 하나하나를 기억해봤다. 안만석, 정팔용, 김영구, 안젤라 등등 많은 친구들이 떠올랐다. 과연 몇 명이나 살아 있을까하는 설레는 마음이 가슴팍으로 밀려왔다. 그렇다. 일본 가기 전에 이 친구들도 만나보고 보스의 집도 둘러보고 어쩌면 마지막이 될지도 모른다는 생각에 설레는 마음을 감추지 못했다.

저녁나절 빅토르는 캐주얼 정장차림으로 단장하고 레닌광장이 있는 사쿠라 카페로 갔다. 거리에는 솜털 같은 눈이 휘날리고 있었다. 저 멀리 레닌광장 머리 위에도 눈이 소복이 쌓였다. 전기 사정이 안 좋은지 광장 가로등이 깜박이고 있었다. 희미한 가로등에 비친 눈이 솜털처럼 휘날렸다. 손바닥에 살며시 내려앉은 눈이 앙증스럽도록 고왔다. 모든 게 낙후되었지만 거리의 풍경은 운치 있어 보였다.

 사쿠라 카페에는 미리 친구들이 와있었다. 친구들은 빅토르가 의리가 있고 남자다운 기백이 있어 예전부터 어렵지 않게 상대했다. 자주 만나지 않았어도 만나면 어릴 적 고치친구들 마냥 허물없이 지냈다. 친구들은 일제히 일어서 손뼉을 치며 빅토르를 맞이했다. 개중에는 여자 친구도 보였다. 잠바를 벗어두고 친구들 손잡기에 바빴다. 그리고는 진한 포옹으로 일일이 답례했다.
 어느 친구는 빅토르 손을 부여잡고 함박웃음을 지으며 반겼다.
"야 이게 몇 년 만이야. 빅토르, 정말 잘 왔어."
 팔용은 장례식 때 만났다. 팔용은 빅토르의 마음을 아는지 더 그를 챙겼다. 그는 보스와는 같은 반은 아니지만 한 학교에 같이 다닌 친구였다. 친구들 대부분 보스의 내막을 알고 있었다. 어쨌든 오늘은 언제 또 볼지 모를 빅토르를 위해 마련한 것인 만큼 지난 회포나 마음껏 풀자고 떠들었다.
 잔이 오고가고 취기가 오르자 분위기는 더욱 친구애가 깊어져 갔다. 팔용이는 끝내 울음을 참지 못하고 보스와의 지냈던 추억을 되새기며 울먹였다. 빅토르는 그런 분위기를 전환하고자 홀이 떠나갈 듯 큰 목소리로
"자자. 오늘은 우리만의 시간이다. 마시고 재미나게 지내자."며

팔용이를 다독거렸다.

"자, 잔을 들어라! 우리를 위해 우랴!"하고 크게 외쳤다.

"우랴!"

친구들도 따라 외쳤다. 카페에는 이들의 건배 목소리로 울렁거렸다. 그날 카페에는 밤늦도록 친구이야기로 시간을 보냈다. 빅토르도 술기운이 다소 차올랐다. 그렇게 하나둘 친구들을 보내고 빅토르는 팔용이와 사거리에서 헤어졌다.

밤이 되니 눈발이 강해졌다. 함박눈이 내렸다. 터벅터벅 눈 밟는 소리를 삼아 조카 집으로 향했다. 거리는 온통 적막감이 나돌았다. 가로등은 있으나 전기가 없는 곳이 많았다.

어두운 거리를 헤치고 조카 집에 다다랐다. 아파트 입구에도 어둡긴 마찬가지였다. 근데 발자국 소리가 들려왔다. 가지에 쌓인 눈들이 퍼드덕 떨어지더니 건장한 사내들이 이내 들이닥쳤다.

족히 열댓 명은 될 성싶었다. 빅토르는 술기운에도 불구하고 재빠르게 공터로 이동했다. 이어서 쇠파이프가 날아들었고 몽둥이 세례가 빗발쳤다. 빅토르는 몸을 피해 쇠파이프를 감아쥐고 상대편을 주먹으로 날렸다.

주먹이 날고 돌아서 발차기로 두 명의 사내를 한순간에 넘어뜨렸다. 한꺼번에 서너 명이 쓰러지자 어둔 차량 속에서 또 다른 놈들이 몰려들었다.

빅토르는 침착하게 움직이며 이 자리에서 나갈 구멍은 없다고 생각했다. 오직 이놈들을 처치하는 길밖에 없다는 것을. 눈밭에서 쓰러지고 쇠파이프 소리가 청각을 울리고 눈 파편이 허공을 치솟고 있었다. 바람과 눈이 가르는 승부였다. 한참을 치고받다 한 놈을 허공으로 번쩍 들어 내팽겨친 찰나 무언가 어깨 쪽지가 무거워지는 걸 느꼈다. 피가 솟아올랐다. 하얀 눈에 선명하게 핏자국이 드러났다.

 빅토르는 어깨를 감싸고 한발 뒤로 물러섰다. 그러자 여러 명이 재차 한꺼번에 달려들었다. 한 손으로 이들을 제압하기에는 역부족이었다. 이리 피하고 저리 피하고 눈밭을 헤치며 발을 놓는 순간 피는 더욱 흘러내렸다. 가슴을 파고든 피멍울이 전신을 에워쌌다. 파이프와 몽둥이가 빗발치듯 날아들자 한 손으로 막아냈다. 손목과 손이 저려왔다.
 빅토르가 멈칫하자 목덜미에 파이프가 강타했다. 빅토르가 한쪽으로 기울자 곧이어 옆구리로 칼이 꽂혔다. 빅토르는 주저 앉았다. 일어서려 하였지만 옆구리의 통증이 허락하지 않았다.
 두 다리는 땅바닥에 주저앉았고 옆구리의 통증을 참으며 일어서려 하였지만 옆구리에서도 피가 솟구쳤다.
 '이대로 주저앉아선 안돼.'
 빅토르는 입술을 깨물며 일어서려 안간힘을 다했지만 도저히 일어설 수가 없었다. 또 다시 파이프가 날아들었고 빅토르의 머리통을 일격했다. 빅토르는 온몸에 피를 뒤집어 쓴 채 눈밭에 쓰러졌다.

늦은 시각이라 주변은 쥐죽은 듯 조용했다. 쓰러진 빅토르는 아파트 입구를 향해 있는 힘을 다해 기어갔다. 눈밭에는 핏자국이 흥건하게 고였다. 입구에 미치지 못하고 빅토르는 끝내 의식을 잃었다. 어깨와 옆구리의 부상은 치명적인 부상이었다.

어깨는 목덜미를 타고 내렸고 옆구리는 창자를 도려내는 아픔으로 이어졌다. 결국 빅토르는 한밤 눈 내린 사할린에서 괴한으로부터 기습 당해 눈밭에서 묻혀 죽어가고 있었다.

아침이 되어서야 지나는 사람에 의해 빅토르의 죽음을 확인했다. 사람들이 모여들었고 종일 기다렸던 조카 내외도 빅토르의 시신을 확인하고는 그 자리에 주저앉고 말았다.

빅토르의 부상이 너무 심각하고 비참해서 차마 쳐다볼 수가 없었다. 조카는 끝내 실신해버렸다. 조카내외의 통곡소리가 정적을 깨운 듯 허름한 아파트 마당에는 사람들로 붐볐다. 곧 이어 사이렌 소리가 들려왔고 두 대의 경찰차가 눈길을 박차고 다가왔다. 입구 주변으로 가드라인이 쳐졌다.

빅토르의 부고가 사할린에 알려지자 제일 먼저 팔용이가 달려왔다. 팔용이는 할 말을 잃은 채 눈물만 흘리고 있었다.

"이게 어찌된 일인가. 종철아! 대답이나 하렴."

누구도 예측하지 못한 죽음이었다. 늦은 시각, 아파트 입구에서 저질러진 살인사건은 분명 마피아 소행일 거라 생각되지만 누구도 말 할 수가 없었다.

미궁에 빠진 살인사건. 현지 경찰도 제대로 손을 대지 못하는 모양이었다. 팔용이와 조카내외는 일본에 있는 빅토르 가족에게 알렸고 한국의 아들에게도 전달이 되었다.

빅토르의 죽음이 알려지자 일본 오사카의 거물 야쿠자들이 속속 사할린에 들어왔다. 민단 관계자도 왔고 일본주재 사할린공관원도 사실 확인을 위해 현장을 찾았다.

서울에서는 빅토르의 아들이 들어와 아버지의 시신을 확인했다. 명후는 울음을 삼키며 두 손을 불끈 쥐었다. 아버지의 살인사건은 분명 러시아마피아 소행이라는 것이 판명되었고 얼어붙은 땅 눈 속에서 처참하게 죽음을 당한 것이 믿어지지 않았다. 23살의 명후는 아버지 시신 앞에서 울지도 못했다.

너무 억울하게 돌아가신 아버지의 시체는 아들로서 감당하기에는 힘든 상황이었다. 명후는 다음날 아버지의 유해를 안고 일본으로 봉안했다. 할아버지의 유언대로 아버지의 시신을 한국 땅에 묻을 참이었다.

일본 오사카

명후는 한국에 돌아가지 않았다. 어머니에게 학업을 당분간 포기하고 싶다고 밝혔다. 그길로 명후는 어머니 몰래 아버지 지인의 소개를 받아 오사카 야쿠자에 가입했다. 물론 집안 어른들에게도 이 사실을 알리지 않았다.

명후는 오사카 야쿠자에 가입한 뒤 깊은 산사로 들어갔다. 절에 머물면서 무술과 운동, 갖가지 기술을 연마하는데 정성을 다했다. 그렇게 야쿠자 세계와 무술과 운동에 전념한 지 어언 3년이 흘렀다. 명후가 확실히 달라졌다. 공부만 하던 명후가 아닌 장성한 청년이 되었고 야쿠자 세계에서도 탐이 날 정도로 근육질의 무술인이며 명석한 두뇌의 주먹쟁이로 통했다.

대한민국 서울

명후는 2008년도 말 한국의 명동에 잠입하게 되었다. 근 8년 만에 보는 서울의 거리는 많이 변해 있었다.

명동 근처의 롯데호텔에 여장을 풀고 대학시절 만났던 민수정에게 전화를 걸었다. 전화는 한참이나 신호가 갔지만 대답이 없었다. 명후는 전화를 내려놓고 샤워실로 들어갔다. 알몸의 명후는 복근을 비롯 팔과 다리의 근육질로 다듬어져 마치 조각품과 같았다.

뜨거운 물이 명후의 머리를 타고 흘러내릴 때 물줄기 사이로 명후의 인상이 굳어지며 다시금 아버지의 억울한 죽음을 밝혀내고 구천에 떠도는 아버지의 한을 기필코 풀어 주리라는 각오를 다시금 다짐했다.

샤워를 끝내고 거실로 들어서자 전화벨 소리가 울렸다. 프런트 직원의 전갈이다. 어떤 여성에게 전화가 왔다는 것이다. 받아 쓴 전화번호는 민수정이었다. 명후는 길게 심호흡을 한번 하고 전화를 돌렸다. 가을 하늘처럼 맑고 청명한 목소리가 들려왔다.

"여보세요, 누구세요?"

명후는 일순 감전된 듯 경련이 일었다. 쉽게 대답을 하지 못하자 상대편에서 재차 묻고 있다.

"여보세요. 전화를 하였으면 말씀을 하세요."

"수..정이..,민수정, 나야 박명후야."

한동안 말이 없었다. 마음을 가라앉았는지 한참 뒤 수정의 목소리가 들려왔다.

"정말 명후야, 명후 맞어?"

"그래, 나 박명후야. 일본에서 막 귀국했어."

"그동안 소식이 없어서 나를 잊고 있을 줄 알았지 뭐야."

"........."

"안 바쁘면 얼굴이라도 보았으면 해"

"요즘 나 아빠 회사에서 경영 수업하고 있어. 퇴근하고 곧 바로 갈게."

수정의 목소리도 떨리고 있었다.

명후는 지난 수정과의 추억을 잠시 회고해보았다. 수정은 명후를 잘 챙겨주었다. 명후가 유학생이라기보다도 같은 동족이라는 생각에 다른 여학생에 비해 명후를 매우 생각해주었던 편이었다. 그 기억이 새록새록 묻어나 명후는 묘한 미소를 지으며 수정이 처음 만났을 때를 떠올렸다.

수정은 명후가 재일동포인 줄만 알았고 사할린이 고향이라는 것도 몰랐다. 재일동포이기에 일본어에 관심이 많았고 명후의 잘생긴 이목구비가 마음에 들었다. 학과가 끝나면 캠퍼스를 상징하는 전나무가 있는 어귀에서 항상 기다리고 있었다. 과수업이 끝나고 수정이 친구들이 불러내 홍대 앞 클럽에 간 적이 있었다.

그전에 친구들과 포차에 들러 소주 한잔 한 상태에서 클럽으로 향했다. 수정이 친구들이 디스코에 정신을 놓고 있을 때, 기습적으로 명후의 입술을 훔쳤다. 그렇게 딱 한 차례 키스는 어두운 조명 아래에서 벌어졌다. 수정의 미소가 해맑았다. 보석처럼 그녀의 미소가 되살아났다.

명후는 망각의 기억에서 벗어나고 정신을 차렸다. 프런트로 전화를 걸었다. 안내 남자직원의 목소리가 친절하게 들려왔다. 명후는 근사한 호텔 레스토랑을 예약하고 안내를 원했다.

　노크소리가 들려왔다. 명후는 깔끔한 턱시도 정장 차림으로 수정이를 맞았다. 수정은 가슴팍이 드러난 베이지색 드레스를 곱게 차려입고 나타났다. 오늘따라 수정의 모습이 예전보다 더 예뻤다. 대학교에서도 수정이의 미모는 남학생들의 선망이 될 정도로 예뻤지만 오늘따라 더욱 예쁘게 보였다. 학생의 티를 벗어나 완전히 성숙한 여인으로 변해있었다.

　수정이는 몰라보게 변해버린 명후를 보고 놀란 모습으로 인사를 하다 명후의 예의 바른 제스처에 두 사람은 인사대신 포옹을 하게 되었다.

"명후... 오랜 만이야... 정말 많이 변했어."

"훨씬 남자다워졌어..."

수정은 쑥스럽게 가늘게 뱉었으나 더 이상 말문을 열지 못했다.

명후가 재빠르게 말을 이어받았다.

"호텔 레스토랑에 예약해두었어. 어서 내려가자."

　해가 저만치 기우는 저녁 무렵, 수정과 명후는 호텔직원이 안내하는 레스토랑으로 갔다. 호텔 레스토랑은 기품이 있어 보였다. 일본의 호텔보다 디자인이 뛰어나고 시설도 월등했다. 안내 직원이 수정의 자리를 마련해주고 깍듯이 인사를 하고 물러섰다.

　안내 직원이 나서자 이태리산 와인과 칠레산 와인이 주문되어 수정 앞에 놓였다. 수정은 칠레산 와인을 선택했다.

조금은 머쓱한 듯 앞자리에 앉은 명후가 말을 붙였다.

"흔히 이태리산 와인이 다들 좋다고 하는데 산타리테 칠레산 와인이 부드럽고 향료가 뛰어나다고 해, 잘했어."

곧 이어 야채스프와 스테이크 종류의 고기가 나왔고 차례대로 풀 코스의 음식이 하나하나 진열되기 시작했다. 수정은 황홀한 저녁식사에 만감이 교차되는 것을 느꼈다. 명후가 6년 만에 나타나 이렇게 극적인 해후를 할 줄 꿈에도 상상하지 못했고 또한 그가 오리라곤 기대조차 하지도 않았다. 간간이 명후의 차분하고 엘리트다운 모습은 교내 남학생들과는 비교가 되지 않아서 그의 기다림은 문득 떠오르다 사라지곤 하였다.

그런 명후를 만났다. 자신도 모르게 명후를 기다리고 있었던 것이 아닌가 싶었다. 사실 수정은 명후가 한국을 떠나고 남자를 사귀어 본 적이 없었다. 졸업 후 아빠의 회사에서는 남들 눈치 보느라 엄두도 못 내었고 자유롭고 여유로운 시간도 없었던 것이다. 그래서 엄마는 늘 수정에게 너도 남자친구 하나 사귀어서 소개시켜 달라고 달달 볶았을 정도다.

수정은 궁금한 게 많았던지 호기심어린 얼굴로 끊임없는 질문을 던졌다. 학교는 어떻게 졸업하였고 부모님들은 잘 계시는지, 여동생이 있다고 했는데 지금 여동생은 무얼 하는지 등등 한시도 빠트리지 않고 물었다. 명후는 가능한 질문에는 일일이 대답해주었지만 아버지 이야긴 차마 할 수가 없었다.

수정은 예나 지금이나 변한 게 없는 듯했다. 애교 어린 장난이라든지 자유분방한 성격 그대로를 간직하고 있었다. 지금 명후 앞에 있는 수정은 어엿한 숙녀의 모습이었고 여성의 미를 두루 갖춘 지성이 넘치는 여성으로 변신해 있었다.

명후는 보름 정도 서울에서 머물며 일본에서 오는 기업인을 만나고 다시 러시아로 출장을 간다고 했다. 수정은 명후가 비즈니스맨이 된 것이 대견스러웠다. 그렇게 알고 있는 수정에게 야쿠자니 마피아니 하는 말은 차마 꺼낼 수 없었다. 또한 꺼내서도 안될 말이었다.

명후가 창가로 눈을 돌렸다. 레스토랑 창가에 비친 서울의 밤풍경이 아름다웠다. 수정이 불쑥 물었다.

"서울과 오사카 야경 중 어느 곳이 더 좋아?"

"음…, 건물 빌딩으로 보아선 서울이 좀 더 좋은 것 같아."

"가기 전에 시간 내서 둘이서 서울구경 가자. 갈래?"

"그래, 알았어. 너 시간 나면…"

시간은 10시가 다 되어가고 있었다. 명후는 부모님이 걱정하신다면서 수정이 귀가 길을 염려했다.

"내가 데려다 줄까?"

"아니야. 늦으면 아빠 회사 기사아저씨에게 부탁하면 돼."

"하지만 오늘은 명후랑 더 놀다 갈래. 그래도 되지?"

"부모님 걱정하실 텐데…"

"염려하지 마."

식사를 마치고 둘은 객실로 이동했다. 방에 들어오자마자 수정은 와인 몇 잔에 취하는 것 같다며 침대에 누웠다. 명후는 창가쪽 야경을 바라보고 있었다. 서울 시내를 골똘히 보고 있는데 허리를 감싸는 수정의 손길을 느낄 수 있었다. 명후도 수정의 팔을 살짝 감싸주었다.

"명후.., 정말 보고 싶었어. 이렇게 만날 줄 몰랐어."

"나 어떻게 해..."

명후는 수정이를 돌려서 마주보게 했다. 수정의 눈빛이 젖어 있었다.

"안아줘."

그리고 얼굴을 내밀었다. 오히려 수정이가 더 적극적이었다. 살포시 입술을 포개었다. 수정의 젖은 눈빛이 사르륵 감겼다.

일본에서 보스가 오는 날이다. 명후는 서둘러 인천국제공항으로 내달렸다. 인천대교를 지날 무렵 수정에게서 전화가 걸려왔다.

"안녕, 명후. 아침은 먹었어?"

"지금 공항에 나가고 있어. 오늘 손님 오시거든."

"그럼 손님들과 함께 있겠네?"

"아마 오늘 내일은 시간내기가 쉽지 않을 것 같아."

"아~ 아쉽다. 명후랑 어디 가고 싶었는데..."

"어떡해. 일 보고 전화하면 안 될까?"

"그래, 아쉽지만 꼭 전화 해줘."

"알았어. 그럴게."

저만치 전화기 끝에서 수정의 맑은 목소리가 깨알처럼 희미하게 들려왔다.

한편 일본 오사카의 보스가 한국에 들어오는 데는 분명 새로운 밀약이 있으리라 여겨졌다. 이 정도의 세력을 가진 야쿠자라면 한국의 정보기관에도 비상이 걸렸을 텐데 현재까지 별다른 상황은 보이지 않고 있다. 하지만 일본에서 한통의 정보가 날아왔다. 서울 대검찰청 유태균 부장 검사에게 걸려온 전화는 일본 경시청의 기무라 검사였다. 기무라는 원래 재일교포 출신이다. 도쿄 법학부를 나와 수석으로 경시청에 발탁된 인물이다.

그가 담당하는 부서는 외국인을 비롯해 다문화 계통의 민족과 위험요소를 가진 자를 선별하는 부서다. 기무라 검사의 전화 내용은 오사카 제1의 야쿠자 보스가 한국에 잠입하는데 현재까지 별다른 요동은 없으나 암암리에 무엇이 움직이고 있는 것만은 분명한데 출입국 명단에는 그가 없다고 하였다.

단, 위조여권으로도 잠입할 수 있으니 한국 조직과의 연대 등을 예의주시하시라고 일러주었다. 또 부하조직원조차 판명이 되지 않고 있다고 했다.

그 가운데 명후가 중책을 맡았고 한국 정보기관에서는 어린 명후를 지목하리란 상상도 하지 못했다. 나머진 일본 관광객을 통해 들어왔고 마카오와 중국을 거쳐 일부가 들어온 듯했다.

 일본의 경시청에서 보내온 전문에는 오사카 제1보스의 인상착의, 주로 외국을 거점으로 활약해온 마약과 살인 등을 일삼은 주요 인물에 관한 신상 정보였다.

 대검찰청 유태균 부장검사는 즉시 인천국제공항 경찰대로 다이얼을 돌렸다. 오사카 보스의 인상착의를 전문으로 날렸고 실시간 감시체제에 들어가 곧바로 현황실과 모니터링하고 연결망을 갖추길 바란다고 전달했다.

 이날부로 인천국제공항은 공항경찰과 검찰청 직원들이 1층 출입국 로비를 포위했다. 유사시를 대비해 외부의 주차장과 VIP 전용구간 주차장도 감시하게 했다.

 공항에는 수십 명의 한국 정보기관원이 배치되었다. 유태균 검사는 현황실 화상 TV에 대기하고 전원이 대기상태에 돌입했다. 대신 검찰청 강력 형사계 장호일 반장이 공항 주변을 도맡았고 진두지휘했다. 이어서 10시 20분발 나리타 공항발 일본의 JAL기가 인천공항에 도착했다. 입국장 모니터는 곧장 대검찰청 현황실로 연결되어 입국하는 승객의 적나라한 모습까지 비춰졌다. 공항 주변과 검찰청 현황실이 일사분란하게 움직여졌다.

 일사천리로 진행된 요원들은 각기 분장하고 소형 무전기로 실시간 연락망을 갖추고 있었다. 드디어 일본 경시청이 건네준 인물이 포착되었다. 장호일 반장은 요원들에게 경계를 늦추지 말 것을 당부하면서 부하직원과 가장 가까운 자리에서 팻말을 들고 위장했다.

챙이 낮은 중절모에 진하지 않는 선글라스에 회색 콤비차림의 중년사내가 들어왔다. 일행은 보이지 않았다.

몇 사람이 눈치를 보이는 듯 했으나 그냥 지나치고 갔다. 중절모의 사내가 입국장을 나오자 투톤의 콤비차림에 까만 선글라스의 젊은 사내가 접근했다. 사내는 공손히 인사를 하였고 손가방을 받아들었다.

젊은 사내가 주변을 한번 둘러본 뒤 바로 그를 안내했다. 주차장으로 이동하는 듯했다. 수십 명의 요원들이 일제히 움직였다. 장호일 반장이 뒤를 바짝 따라붙었다. 건널목에서 젊은 사내는 중절모의 중년을 에워싸며 손을 내밀며 멈칫거렸다.

뒤따르던 장호일 반장이 고개를 돌리며 담배를 꺼내 무는 시늉을 보였다. 멈췄던 젊은 사내가 신호등이 바뀌자 다시 중년신사를 안내하며 주차장으로 향했다. 곧이어 벤츠 차량이 시동이 걸렸고 공항을 빠져나가자 대기 중이던 한국의 정보원들도 빠르게 그 뒤를 따랐다.

그로부터 롯데호텔 주변에는 한국 정보원들의 감시가 시작되었고 호텔 부서마다 연락망을 갖추고 두 일본인의 일거수일투족을 감시케 했다. 장호일 반장은 호텔 주차장 맞은편에서 호텔 안에서 연락망을 기다리고 있었다. 로비에서는 여자 정보원과 남자 정보원이 손님으로 가장해 철저하게 대기하고 있었다.

다음날 두 명의 일본인이 로비에 나타났다. 한국 정보원들이 분주하게 움직였다. 일본 보스라고 지목된 중년신사는 어제와 똑같은 챙이 달린 중절모를 착용하고 나타났다.

젊은 사내도 동행했다. 벤츠 차량이 호텔을 빠져나오자 장호일 반장이 탄 차량이 뒤를 미행했다. 이들이 간 곳은 명동을 지나 종로 인사동 거리였다. 운전을 하던 장호일 반장의 직속부하 수사관이 대뜸 묻는다.

"반장님, 예외인데요?"

"나들이라 무언가 이상하지 않습니까?"

장호일 반장도 낌새가 영 다른 것이 왠지 수상쩍게 돌아가는 것 같았다.

"조금만 더 지켜보자. 관광일 수도 있고 무얼 사려는지도 모르지 않나."

그들은 인사동 외국인 거리를 잠시 기웃거리더니 한식당 건물이 있는 음식점으로 향했다. 장호일 반장과 수사관도 들어갔다. 그들이 음식을 주문하자 장호일 반장도 음식을 주문했다. 그리고 장호일 반장은 호텔 프런트에서 건네받은 숙박 명부를 펼쳐보았다. 가네무라와 이시하라로 된 일본인 이름이었다. 그들은 입국 때와 마찬가지로 모자와 선글라스를 벗지 않는 채 있었고, 식사를 마친 이들은 다시 인사동 거리를 배회했다.

젊은 사내가 고미술품 상점으로 중년신사를 안내했다. 뒤따르던 장호일 반장과 수사관들은 먼발치에서 노점상 물건을 만지작거리며 고미술품 상점을 지켜보았다.

30분 쯤 지나 그들은 고미술품 상점에서 나왔고 손에는 쇼핑백과 작은 상자하나가 들려져 있었다. 그리곤 주차장으로 이동하였고 이들이 다가오자 벤츠 차량에서 기사가 뛰쳐나와 나와 얼른 물건들을 받아들어 트렁크에 넣었다.

그 사이 호텔 주차장에는 또 다른 중절모자의 중년과 안경 낀 젊은 사내가 SVU용 자동차에 동승하고 있었다. 이들이 오사카의 보스로 알려진 가네무라 일행이었다.

젊은 사내는 공항에 나갔던 자이었고 모자를 쓴 자는 보스였다. 한시 인사동에서 쇼핑한 자들을 빼돌리고 둘 다 감쪽같이 변장을 하여 한국 수사관을 따돌렸던 것이다. 장호일 반장은 호텔에 대기 중인 수사관들에게 연락했다.

"호텔이동"

차량은 곧바로 인사동을 우회하고 마포대교를 지나 호텔로 이동했다. 호텔에 도착하자 직원이 물건을 건네받았고 엘리베이터로 안내해 16층 객실로 배웅했다.

장호일 반장 일행은 다시 호텔 주변 감시체제에 들어갔다. 한편 한국 수사관을 빼돌린 가네무라와 명후는 명동의 이름난 한식요정 건물로 들어갔다. 한국 최고의 조직폭력배「강개파」의 조직과 마주앉았다. 입구부터 강개파의 우두머리인 최명철 보스가 있는 방까지 검은 양복의 사내들이 줄지어 대기하고 있었다.

　사내들은 오사카의 일행이 도착하자 90°허리를 조아리며 절도 있게 복창했다.

"안녕하십니까?"

"어서 오십시오."

　사내들의 구령소리가 들리자 강개파의 보스가 방문을 열고 오사카 일행을 맞았다.

"보스, 먼 길 오시느라 수고하셨습니다."

　명후가 가네무라에게 통역을 했다.

　방으로 들어서자 스물 댓 명의 건장한 사내들이 또 다시 인사를 했다. 사내 둘이 강개파의 보스를 뒤따르며 오사카 일행을 정 가운데로 안내했다. 강개파의 보스와 가네무라가 가운데에 착석되었고 양 편으로 한일 조직원들이 배석했다. 미리 일본 조직원들이 와 있었던 것이다.

　강개파의 최명철 보스가 호탕하게 웃음을 지으며 말문을 열었다.

"과연 대일본국의 기개만큼이나 한국 수사관을 빼돌렸으니 그

명성 그대로입니다."

"직접 보스를 만나게 되어 기쁘기 한량없습니다."

"이제 우리는 마카오와 러시아를 아우르는 가족이 되었습니다."

가네무라도 한국의 조직과 우리가 다시 결맹할 수 있어서 정말로 기쁘다고 답변했다. 곧이어 일본 조직원이 무릎을 꿇고 앉고 최명철에게 서류를 건넸고 한국 조직원 또한 서류를 내밀었다. 양해각서였다. 두 보스는 서류에 각각 사인했다. 박수소리가 쏟아졌다. 그리곤 보스의 선창에 따라 건배 잔을 높이 들고 외쳤다.

"위하여!"

"깐바이!"

두 조직의 결행을 끝내고 호텔에 들어서자 여전히 한국 수사관들로 보이는 사람들이 여기저기서 보였다. 손님을 가장해도 명후 눈은 속일 순 없었다. 보스를 방으로 안내하고 명후는 휴대폰으로 수정에게 전화를 했다. 수정이 반가운 목소리로 명후에게 달려들었다.

"이틀이나 못 보았어?"

"많이 바빴어?"

소나기처럼 쏟아지는 질문에 명후의 입가엔 밝은 미소가 지어졌다. 수정의 깨알처럼 들려오는 목소리가 좋기만 했다.

"응... 그래, 일본에서 손님이 온다고 했잖아."

"통역하고 일 보느라고 전화할 시간도 없었어. 미안해."

"지금 만나면 안 될까?"

한참이나 망설이던 명후가 무겁게 말을 건넨다.

"어떡하지? 손님이 계셔서 말이다."

"그럼, 우리 커피라도 한잔하지 뭐. 어때?"

"알았어. 내가 거기로 갈까?"

"참, 수정아. 커피숍 말고 객실로 바로 올라와줘, 그래도 돼?

"알았어. 나 지금 간다."

명후는 곧장 일본말로 아래층 조직원에게 전화를 걸어 보스의 곁을 떠나지 말 것을 당부하고 조직원이 있는 방으로 내려갔다. 조직원과 방을 바꾸어 수정을 만나기로 했다. 잠시 후 15층 객실의 노크소리가 들려왔다. 문을 열자 수정의 화사한 얼굴이 방안으로 밀려오는 듯했다.

"어서와."

수정이 방안으로 들어서서 명후에게 덥석 안겼다.

"보고 싶었어."

"식사는 했어? 커피 줄까?"

"아니. 그냥 우리 와인 한 잔 하자"

명후는 곧장 호텔 프런트로 전화를 돌려 와인과 스테이크, 야채 과일을 주문했다.

러시아사할린 유즈노사할린스크

이로써 두 조직은 러시아에서의 사업을 확장하고 한일 조직의 러시아 진출의 중추적인 역할을 맡게 되는 총괄 지휘봉을 잡는 계기를 마련하게 되었다. 과연 러시아 시장은 넓었다.

자동차부터 생활용품, 건설업까지 이들이 구상한 사업계획은 이것뿐이 아니었다. 인신매매와 같은 러시아를 포함한 동유럽 진출의 계획이 엄밀히 진행되었고, 해로인 등 마약밀매에도 눈독을 들이고 있었다. 이때부터 한국 조폭들이 일본에 잠입하게 되는 새로운 시대가 열렸다.

이들은 예전 밀수의 아성을 되살려 밀수가 성행하게 되었다. 일본을 거치거나 홍콩에서 들여온 밀수는 암암리에 부산 중앙 부두를 비롯해 감천항까지 뻗어나갔다. 이어 러시아 마피아들도 한국 진입을 하게 되었고 한국 조폭에도 총기 반입이 서서히 이루어지게 되는 시초가 되었다.

어느덧 2008년이 저물어가고 있었다. 사할린 유즈노사할린스크 시내는 연말 분위기가 만연해 곳곳에 네온 조명불로 넘쳐났다. 거리에는 가족단위로 혹은 연인들의 재잘거림과 늘씬한 러시아 여성들이 활보하며 다녔다.

그동안 사할린마피아는 푸틴대통령의 강력한 조직과의 전쟁으로 점차 쇠약해져 가고 있었다. 그러나 여전히 러시아마피아는 상권을 장악하며 명성을 떨치고 있었다. 총기 반입부터 유럽 인신매매의 원조를 담당하며 러시아마피아의 악명은 여전했다.

명후는 사할린에 들어오자마자 팔용이 삼촌을 찾았다. 팔용이는 명후를 보자 눈물부터 흘리며 반겼다.

"명후가 사할린에 다 오고 벌써 이렇게나 컸어?"

"삼촌, 그동안 잘 계셨어요?"

명후의 한국말은 유창했다. 삼촌은 명후를 집 안으로 데리고 들어갔다.

"그래, 명후야. 엄마와 동생은 어떻게 지내나. 어른들도 안녕하시지?"

"예, 그럼요. 삼촌이 건강하니 보기가 정말 좋습니다."

"일단 거실로 가자꾸나."

팔용이 삼촌은 나지막하게 말을 이어갔다.

"아버지 땜에 온 걸 안다. 아버지 일은 잊어라."

명후가 조심스레 말을 이어갔다.

"삼촌, 아버지 일은 좀 더 알고 가야겠어요."

"니 마음 알지만 다시 꺼내서 말을 한들 니 마음만 아프지 않겠나."

"아니요. 꼭 알아야 합니다. 삼촌이 도와주세요."

팔용이는 깊은 생각에 젖으면서 한동안 말이 없었다. 이윽고 팔용이가 말을 건넸다.

"명후야... 아버진 상도에게 당했다고 이곳에서 소문이 자자했다."

예상했던 대로 명후는 고개를 끄덕이며 삼촌 말을 귀담아 듣고 있었다. 근 3시간 동안 팔용이 이야기를 듣고 명후는 샷포로 호텔로 향했다. 호텔에는 일본 야쿠자들이 진을 치고 있었다. 야쿠자 똘마니가 명후에게 다가와 정중히 인사를 건넸다.

명후가 일본 말로 무어라 속삭이자 두 명의 사내가 명후를 안내했다. 명후는 사내들이 안내한 엘리베이터로 향했고 5층에 내렸다. 5층 스위트룸에는 오사카 야쿠자의 보스가 기다리고 있었다.

"어이 야마구찌, 어서 오게나."

명후는 정중히 인사를 건넸다. 보스는 명후에게 앉을 것을 권하고 보스의 손짓에 의해 사내들은 물러갔다. 보스의 이야기는 사할린의 자동차 수입과 수산물에 관한 이야기였다. 보스와 명후는 한참을 밀담하고 지하 바로 향했다. 흩어졌던 똘마니들이 합세하며 보스 뒤를 따랐다. 보스의 앉은 자리를 청하고 똘마니들은 바 입구 문과 호텔 로비를 경계하며 포진했다.

테이블에는 양주병과 보드카가 놓여 있었다. 보스는 양주를 들었다 내려놓고 보드카 얍사루드를 명후에게 권했다. 명후는 두 손으로 고개를 숙이며 잔을 들었다. 이어 명후도 술병을 들고 보스에게 정했다. 보스가 말했다.

"사할린 입성을 환영하고 우리의 목적이 잘 진행되길 위해 건배!"라고 큰소리로 호탕하게 말했다.

명후는 얼른 보스의 말을 받아쳤고,

"はいよくします, 하이. 요쿠시마스."라고 답했다.

술잔이 이어지자 기모노를 곱게 차려입은 여성이 등장했고 러시아 여인이 착석했다. 기모노의 일본여성은 긴급으로 공급하였는지 잔뜩 긴장한 모습이었고 반면 러시아 여상은 덤덤했다.

기모노 여성은 술을 따랐고 러시아 여성들은 보스와 명후 옆에서 시중을 들었다. 간간이 러시아 여성이 묻는 말에 기모노 여성이 일본어로 통역을 했다.

명후는 사할린에 잠입하기 전 사용하지 않았던 러시아 회화를 다시 습득했다. 사할린에서 태어났고 원체 외국어가 능통해 기본 러시아어는 쉽게 터득할 수가 있었다. 또한 만약을 대비해 일본에서 러시아 여성에게 중요 러시아어 개인교습을 받았다.

러시아 여성들이 뱉는 말은 알아들을 수 있을 정도였지만 보스에게는 티를 내지 않았다. 보스는 러시아 여성에게 흠뻑 빠져 내내 얼굴에 웃음꽃이 지워지지 않았다. 보스가 기분 좋으니 명후도 안심이 되었고 덜 긴장하게 되므로 명후는 여간 다행이 아니었다. 어느 정도 술기가 오르자 보스는 러시아 여성을 대동하고 일어섰다. 명후는 얼른 똘마니들을 불렀고 똘마니들이 보스를 부축하고 엘리베이터로 모셨고 방으로 안내했다.

명후도 보스 방까지 안내하곤 보스의 옆방에 들었다. 명후는 따라온 러시아 여성에게 팁을 주고 돌려보냈다. 똘마니들에게 보스방을 잘 지키라고 일러두고 밀려온 피로에 잠을 청했다.

　사할린의 아침은 이전과 다른 풍경을 안고 있었다. 호텔 창문에서 내려다 본 레니나 거리는 몰라보게 변해있었다. 가로등도 전봇대도 새 것으로 교체된 듯 깔끔해보였다. 예전 어릴 적 보던 거리풍경은 찾아볼 수가 없었다. 지나치는 차량도 훨씬 더 많았고 사람들도 활기차보였다. 또한 건물 외벽의 색상도 달라보였다. 화려한 치장에 사람들의 옷차림도 변해있었다.

　인상부터도 모두가 밝은 모습이었다. 밤이면 네온사인도 늘었고 상점가의 불빛도 오란했다. 도로의 전신주로 이어진 휘황찬란한 네온을 감싸 운치를 더해주었다. 이맘때 사할린은 넘쳐나는 지하자원으로 외국기업들이 한창 북적이었을 때였다. 미국, 일본을 비롯하여 네덜란드, 인도, 영국, 베트남 등의 유수의 기업들이 자원보고 사할린에 눈독을 들여 전성기를 누릴 적이었다.

　한국 기업들도 가장 많이 들어와 있을 때는 명태에서 목재, 석탄까지 돈 되는 것이라면 무조건 가져가길 원했다. 수산업와 임업 등이 활기를 띠고 있을 때 그야말로 한국기업들의 해외진출 러시를 이루고 있었다. 심지어 양말 공장 업주까지 수입과 수출에 가장 많이 열을 올리고 있을 무렵이었다.

　시내는 한국 상품들이 불티나게 팔려나갔고 새로운 마트와 24

시 슈퍼마켓이 등장하기도 했다. 극동지역에서는 볼 수 없는 백화점 마트용 에스컬레이터도 처음 등장해 사람들의 이목이 집중되었다. 무엇보다 시내는 고급 레스토랑과 나이트클럽이 우후죽순처럼 불어났다.

생활용품 전문점과 외국브랜드 상점도 탄생했고 이따금 외국인 전용식당도 발견할 수가 있었다. 대형 레스토랑과 더불어 나이트클럽 등의 유흥가가 하나 둘 생겨 밤거리 문화가 활성화되는 시초가 되기도 했다. 아울러 주요 거리마다 레스토랑을 겸한 카지노 바가 주도 외 도시마다 붐처럼 유행해갔다. 곳곳에 사우나가 생겼고 당구장, 볼링장이 신종산업으로 자리 잡았다.

당연히 사람들이 몰렸다. 특히나 카지노는 알짜배기 사업으로 사할린 지하산업의 중추적인 역할을 다했다. 외국인들이 몰려들었고 돈 있는 자들의 전용 공간으로 발전해갔다. 일터에서 바로 카지노로 너도나도 몰려 카지노는 사할린 제1의 문화공간으로 자리했다. 사업가들도 일은 제쳐두고 카지노 바에서 늘씬한 여성들의 시중에 마치 왕이 된 듯 밤낮을 가리지 않고 죽쳤다.

남녀노소 가릴 것 없이 카지노는 신세계의 동경을 안겨주기에 충분했다. 한 다발의 돈을 안고 부지런히 갖다 바쳤다. 돈을 빌리고 갚고 또 돈을 빌리는 현상이 속출했다. 신천지 놀음은 또 다른 재미와 희열을 안겨주기에 안성맞춤이었고 카지노의 유혹에 밤을 꼬박 새우는 날도 비일비재했다. 사할린 카지노는 도시는 물론 전국을 강타할 만큼 그 위력이 대단했다. 여기에 마피아가 움직였다. 카지노, 나이트클럽 등 마피아의 손길은 돈이 되는 곳에는 어김없이 나타나 새로운 유흥가의 대부로 평정했다.

지역 주먹들이 주도에 몰려들었고 도시마다 자회사가 생겨나는 양상이 두드러졌다. 누구보다 명석한 한인 마피아들이 시내 카지노 바를 빠르게 점령했다. 주도뿐만 아니라 지역 도시까지 한인 마피아들이 큰 손 사업가의 손을 빌어 카지노 바를 차렸다.

러시아 카지노는 다목적 레저스포츠의 복합 공간처럼 식당, 커피숍, 당구장, 사우나까지 두루 갖추어 영업을 해왔기에 마치 이곳에 들어오면 최고의 서비스와 안락함을 동시에 누리는 특혜를 지녔다. 이렇듯 카지노의 아성은 제왕적 권위의 VIP가 되므로 암흑의 시대에서는 최고의 장소되었다.

홈스에서 네벨스크까지 확장해 날로 번창한 세스파는 유즈노사할린스크 예멜야노바 거리에 크리스털 카지노를 오픈했다. 이날 사할린이 들썩일 정도로 건장한 사내들이 몰렸다. 블라디보스토크, 하바롭스크 마피아들도 초대됐다. 이들이 탄 차량에는 러시아 미녀를 비롯하여 한인들로 보이는 젊은 여성들도 눈에 띄었다. 하나같이 늘씬하고 미인들이었다.

계단을 오르고 입구 검색대를 지나면 넓은 홀에 식당, 커피숍, 칵테일 바가 호화롭게 장식되었고 정면 입구와 양 사이드로 슬롯머신과 카드 진열대의 미녀들이 정복차림으로 줄지어 서 있었다. 입구를 지나서 화장실 옆으로는 칩을 바꾸는 환전소가 보였다.

홀 중앙에는 기다랗게 흰색보가 늘어진 식탁테이블 양편으로 우람한 러시아인들이 도열해 있었고 간간이 한인조직원들로 보이는 이들이 러시아인들과 함께 벽면 사이로 길게 서 있었다.

이어서 정 가운데의 콧수염을 기른 세스파의 우두머리 상도가 있었다. 오픈 기념식을 할 참이었다. 주변이 쥐 죽은 듯 조용해지자 세스파의 보스 상도가 개업 축하인사를 하고 뒤따라 모두 잔을 들어 축배를 하며 목청이 떠나갈 듯 소리쳤다.

그 사이 카지노 오픈이 시내에 알려지자 돈 꽤나 있는 한인들도 러시아인들도 밖에서 진을 치고 기다리고 있었다. 안에서 개업식이 열리고 밖에서는 손님들이 기다리고 있는 실정이다. 약 30분의 짧은 개업 신고식이 열리고 건장한 사내들의 발길이 분주해지자 드디어 밖의 손님들이 안으로 밀어닥치기 시작했다.

보안 검색대를 통과할때마다 기계음이 줄기차게 들려왔다. 한사람씩 검열을 통과한 자만이 카지노 내부로 들어갈 수 있었다. 소위 총기와 칼 등 무기류 반입을 금지시키고 있었다.

열 명인지 스무 명 정도의 사람들이 들어간 사이 중절모의 낯선 젊은 양복차림 사나이가 검색대에 들어섰다. 워낙에 품위 있는 정장이었고 이목구비가 뚜렷해서 쉽게 눈에 들어왔다. 검색을 하던 건장하고 우람한 러시아인 기도가 젊은이를 한참이나 쳐다보앉으나 그냥 통과시켰다. 젊은이는 입구 왼쪽에서 신분증을 내고 번호표를 챙겼다. 그리고 옷을 보관하는 보관소에서 코트를 맡기고 홀 내부를 찬찬히 둘러보았다.

 모자와 코트를 벗은 젊은이는 명후였다. 환전소에서 달러를 칩으로 바꾸고 명후는 중앙 슬롯머신 자리로 이동했다. 한참 게임에 몰두해 있는 러시아인과 게임을 하고 있는 상도 근처로 다가가 잠시 탐색하다 옆 코너에 있는 카드 게임대에 걸터앉았다. 손짓을 하자 대기하고 있던 여자 종업원이 얼른 다가왔다.

 데킬라 한잔을 주문하고 담배를 입에 물었다. 상도가 러시아인들과 무언가를 주고받으며 호탕하게 웃고 있었다. 명후의 자리까지 상도의 숨소리가 들려올 정도로 아주 근거리였다.

 명후는 테킬라 한잔을 한숨에 들이키고 칩을 걸고 상도의 움직임을 예의주시했다. 칩이 오고가고 한참 지난 뒤 상도가 일어났다. 이어서 상도 주변으로 한인으로 보이는 조직원들이 뒤를 따랐다. 명후는 자리를 지켰다. 상도가 빠져나가자 주변이 부산했다. 카지노를 나서자 러시아인 기도가 무전기로 바쁘게 말을 이어나갔다. 곧 이어 입구에 검은 세단 한 대가 미끄러져 왔고 대기하고 있던 한인 한 명이 차문을 열어 상도를 맞이했다.

 상도 차량은 예멜야노바를 거리를 빠져나가자 10여 미터에서 상도 차량을 망보고 있던 차량도 재빨리 움직였다. 3대의 상도의 차량은 에멜야노바 삼거리를 지나서 고르까바 거리를 내달려 꼼소몰스카야를 지나서 승리의 광장을 우회전하여 산타리조텔 호텔에 당도했다. 상도가 내리자 차량에 같이 타던 조직원이 뒤따랐고 그 뒤로 앞뒤로 조직원 10명이 일제히 상도를 에워쌌다.

한인 조직원이 안내데스크에서 주문을 하는 사이 상도는 푹신한 소파의자에 앉았다.

이윽고 상도 차량을 미행하던 차량에서 러시아여성이 내렸고 이들 쪽으로 바짝 따라 붙었다. 러시아여성은 한눈에 봐도 미인이었다. 어깻죽지를 타고 내려온 금발에다 짧은 치마를 걸쳐서 다리의 긴 기럭지가 눈이 부실 정도였다. 러시아여성은 밖이 내다보이는 창가 쪽으로 가서 주스를 주문하는 듯했다.

상도가 조직원의 안내를 받고 룸 계단을 오르자 밖에서 숨을 죽이고 있던 러시아인과 한인 둘이 러시아여성 쪽으로 다가갔다. 커피가 배달되고 한인이 러시아여성에게 말을 건네며 속삭였다.

이들이 주변을 둘러보는 사이 러시아여성이 프런트 쪽으로 갔다. 러시아여성은 한참이나 안내원과 이야기를 주고받았고 한 다발의 루블을 안내원에게 건네는 것이 보였다.

상도의 호실을 알아내기 위한 수단이었다. 그리고 러시아여성은 유유히 호텔을 빠져나갔다. 러시아여성은 안내원에게 전화를 걸어 상도를 감시해서 일거수일투족을 보고해달라고 당부했다. 러시아여성은 안내원 쏘냐의 집까지 알아내어 쏘냐의 이중성을 차단하는 치밀함까지 보였다. 상도가 장기간 산타호텔에서 머무는 것을 알았다. 틈틈이 유흥가 여성으로 보이는 늘씬한 러시아여성들이 오고갔다. 상도의 일과는 오전에는 조직원의 보고를 받거나 호텔 안에 마련한 사무실을 넘나들었다.

통상 오후에나 한두 번 카지노에 가는 것으로 파악됐다. 현재까지는 홈스크는 가지 않고 주도 유즈노사할린스에서 카지노와 레스토랑 등의 업무사항을 전화로만 보고받는 것으로 알려졌다.

상도의 모든 것을 파악한 명후는 보스 가네무라에게 보고하였고 상도 거사에 허락해줄 것을 간곡히 요청했다. 이는 자칫하면 일본에게도 치명적인 손실을 가져올 수 있고 양국 간 협력관계에도 중대한 오명을 남길 수 있으므로 쉽게 결정을 내릴 수 없었다. 가네무라는 한참이나 망설였다.

명후의 실력을 믿지 못하는 것은 아니지만 일본조직의 명예마저 실추되는 그야말로 국제적인 살인 사건으로 오명을 남기는 것이라 신중하게 행동해야 한다고 생각했다. 그러나 가네무라의 결정은 그리 오래가지 않았다. 일본조직의 개입이 아닌 현지에서의 사고로 처리하는 것으로 거사를 결정했다.

명후는 수십 번 허리를 조아리며 감사인사를 건넸다. 눈물이 얼굴을 타고 흘렀다. 실지 보스도 이 거사만은 반대했다. 지체할 수 없는 눈물이 흥건히 옷섶을 적셨을 때 명후는 하늘을 보면서 아버지를 몇 번이고 되뇌며 숨죽여 불렀다.

아버지는 늘 그랬다. 보고도 보지 말 것이 있지만 남조선의 뿌리
는 절대 잊지 말라고 누누이 일러주었다. 남조선은 대한민국이
다. 그곳이 할아버지의 고향이자 조국이다. 비록 일본에서 살지
라도 한 번도 그 조국을 잊은 적이 없었다. 피는 이국의 생활보다
그들이 뱉은 언어보다 우선이기 때문이다.

'아버지, 아버지······'

벌써 겨울이 올 참인가 보다. 날씨는 빠르게 전해져 왔고 거리의
옷차림은 긴소매로 무장됐다. 희끗희끗 하늘이 뿌옇게 보였다.
호텔 창문의 커튼을 젖히니 하늘은 먹구름이 끼었고 단풍이 물들
고 어느덧 가을이 지나가는 듯했다. 있으면 있는 대로 없으면 없
는 대로 그 삶의 방식이 느린 미학이라는 걸 생각하기에는 그리
오래가지 않았다. 레니나 거리를 한참이나 내다본 듯 명후는 불
현듯 서울로 전화로 돌렸다.

저만치 수정의 맑은 목소리가 들렸다.

"여긴 러시아야."

수정은 저도 모르게 긴 안도의 숨을 내뱉으며 놀란 목소리로 대
뜸

"괜찮아?"하며 숨을 죽였다.

"그럼 괜찮지 않고."

"그냥 안부인사인데 뭘."

수정은 다소 안정을 되찾은 듯,

"러시아 어딘데?" 하며 질문을 던졌다.

"참, 명후야. 나 너 떠나고 나서 외대에서 1년 정도 러시아어 공부했어. 네가 언제인가 돌아오면 멋나게 노어로 인사도 하고 차마 뱉지 못할 말들을 러시아어로 하려고 말이다. 근데 처음 만날 때 너무 긴장되서 노어를 놓치고 말았지 뭐야."

그리곤 수정은 명후에게 러시아 문호 푸시킨의 시를 인용하며 널 기다린다며 느리게 아주 느리게 말을 맺고 전화를 끊었다. 명후는 나직이 혼잣말로 중얼거리며 보고 싶고 여전히 사랑한다고 되새겼다. 그 길이 혼자일지라도 아버지의 원한은 갚아야함이 자식의 도리라고 생각했다. 순간 명후의 눈가에서 눈물이 흘렀다. 어머니와 여동생이 떠오르고 사할린의 어린 시절이 스크린보다 더 선명하게 펼쳐졌다.

호텔에서 조식을 끝내고 명후는 차례대로 조직원들을 불렀다. 일순 스위트룸에는 머리를 밀친 일본인 사내들이 족히 스무 명 정도가 들이 닥쳤다. 사내들은 총기와 단도 등을 가슴팍에 무장하고 명후의 지시대로 5개조 나누어져 각자의 역할에 충성을 다할 것을 맹세했다.

테이블엔 보드카 한 병이 놓여있었고 레몬이 조각난 모습으로 빛을 발하고 있었다. 이윽고 사내 하나가 보드카 병을 들자 명후는 손사래를 치며 직접 보드카 병을 되받았다. 명후가 술잔에다 한잔씩 따랐다. 명후의 선창에 따라 일제히 잔을 높이 쳐들었다. 깐바이! 소리가 방안을 우렁차게 울렸다.

 삿포로 호텔 로비에 일본인들이 오전부터 진을 치고 있었다. 건너편에 일본국 총영사관 건물이 있어 모두들 조심스레 움직이는 것 같았다. 거의가 말쑥한 옷차림에 사업을 하는 사람들로 보였다. 테이블마다 3~4명씩 모여앉아 이야기를 나누기도 하고 더러는 신문을 펼쳐들고 있었고 누구는 여자들과도 대화를 나누고 있었다. 구석진 테이블에서 장발머리를 한 사내가 일어섰다.
 프런트로 걸려 온 전화였다. 장발머리의 사내는 전화를 들고 '하이'를 연거푸 쏟아냈다. 사내는 전화를 끊고 다시 룸 넘버로 전화를 돌렸다. 일순 테이블에 마주 앉아있던 사내들의 표정이 굳어졌다. 야릇한 정적이 감돌고 이내 장발머리의 사내가 손짓을 하자 일사분란하게 움직이며 밖으로 빠져나갔다.
 11월 초 유즈노사할린스크 거리는 한산했고 을씨년스럽다. 신작로 나뭇잎이 아스팔트 위를 나뒹굴고 세찬 바람이 한꺼번에 휘날려갔다. 바람을 등지고 일본산 랜드로바 차량들이 부연 먼지 속에 나타났다.
사내들은 삼삼오오 차량에 나누어 타고 어디론가 내달렸다. 바람에 밀려온 먼지는 사람조차 구별하기 어려웠다. 날씨마저 쌀쌀해 거리는 조용하였고 인적마저 보이지 않았다. 어디선가 역전에서 인지 들려오는 음악소리에 사람 사는 느낌이 들고 간간이 아스팔트 위를 내달리는 자동차 소리에 거리는 살아있었다.

느릿느릿 서서히 해가 기울기 시작했다. 어둠이 깔리자 거리의 전신주와 가로수에 매단 네온이 불을 밝히기 시작했다. 이제야 도시가 되살아났다. 반짝이는 네온 불이 야수처럼 시가지를 머금고 도시는 살아있음을 형형색색으로 보여주었다.

해질녘 명후가 방을 나서고 로비에 도착하자 기다리고 있던 빡빡머리 사내가 뒤따랐다. 로비현관문을 밀고 대기하고 있던 승용차 앞자리 문을 잽싸게 열었다.

명후의 차량이 주차장을 빠져나가자 버스정류장 근처서 대기하고 있던 차량이 명후 차량을 뒤따랐다. 차량은 호텔 신호등에서 좌회전하여 시정부 청사옆 길로 몰았다. 다시 좌회전해서 우회전하여 프로프팩트 거리로 내달렸다. 직진하여 도로 끝 길이 나오는 승리의 광장에 이르러 베트남 무역소재지가 있는 유빌레니 호텔을 지나면 인적이 드문 거리가 나왔다. 공원관리소 공터에 이르자 명후의 승용차가 미끄러진 듯 정차했다. 뒤따랐던 유빌레니 호텔 입구에서 대기했다.

20분이 지나자 호텔입구에서 벤츠 차량이 보이고 일본산 승용차가 뒤따라왔다. 벤츠가 공원관리소를 지나고 산타리조텔로 이어지는 산책길에 다다르자 구석진 한 곁에서 마주오던 랜드로바 한 대가 무섭게 벤츠를 들이박았다. 벤츠는 앞 범퍼가 박살이 날 정도로 부서졌고 곧이어 기사가 내리고 돌아서 벤츠 위를 바람처럼 휘돌아서 운전석 옆자리의 문을 열었다.

뒤따르던 차량의 건장한 러시아 사내와 한인 사내도 놀라 차에서 내려 벤츠 옆자리로 뛰었다. 벤츠를 들이받았던 랜드로바 차량은 미동도 않고 운전석에서 바라보기만 했다. 사고를 당한 사내들 3명이 랜드로바 차량을 감쌌다. 문을 열려고 하자 빡빡머리 일본 사내가 스스로 내렸다.

발이 땅에 닿자 주먹이 날아들었다. 휘청 일본 사내가 뒤로 물러서자 또 한 사내가 멱살을 잡았다. 멱살을 잡힌 사내는 재빠르게 손을 뒤로 제쳐 업어치기로 내려쳤다. 사내들이 달려들었다. 그러자 아래쪽 공원관리소에 있던 명후의 차량에서 사내가 뛰쳐나오고 구석진 공터 차량의 사내들도 일제히 달려들었다.

후발주자의 사내들은 여지없이 벤츠와 흰색 승용차를 주먹으로 내리치고 사내들을 칼로 찔렀다. 사내들이 맥없이 쓰러졌다. 이윽고 랜드로바 차량에서 명후가 나섰다. 일본 사내들은 쏜살같이 벤츠 차량으로 달려가 부상당한 벤츠 차량의 상도를 끄집어냈다.

머리에 피를 흘린 상도는 두 눈을 부릅뜨며 명후를 올려다보았다. 명후는 일본말로 무언가 내뱉다 한국말로 또렷이 전했다.

"상도. 그러고도 제 명을 다하리라고 생각했나. 내가 빅토르 박의 아들이다."

명후는 안주머니에서 소음 총을 내밀어 상도의 머리에 대고 방아쇠를 당겼다. 한발 연달아 두발을 당겼다. 상도는 한마디 말도 하지 못하고 맥없이 쓰러졌다.

쓰러진 사내들과 상도의 차량은 그들의 차량에 실어 일본 사내들이 운전대를 잡아 코르사코프 고속도로로 내달렸다. 차량은 액화천연가스공장이 있는 도로를 휘돌아 부세길 가는 낭떠러지 절벽에 와서 벤츠와 흰색 차량을 바다로 밀어붙였다. 밀려오는 포말에 두 대의 차량이 물살에 휘말려갔다.

다음날 유즈노사할린스크 국제공항에는 일본으로 가는 비행기가 오후발로 떠났다.

해 설

이제 지구는 국가적 이데올로기로 구분되지 않는다. SNS네트워크로 전 지구가 연결되는 시대, 소설 <섬전쟁>은 사할린이 얼마나 가까이에 있었는가를 직시하게 한다.

(소설가 오영이)

여전히 진행 중인 그 "섬"의 전쟁

소설가 오영이

러시아 유일의 섬 사할린, 냉전은 종식된 지 오래지만 그곳의 전쟁은 아직 끝나지 않았다. 아버지에서 아들로, 다시 그 아들로 대물림되고 있는 이 전쟁은 예측할 수 없는 국면으로 치닫고 있다.

소련이 러시아가 되면서 얼어붙은 동토의 땅은 기회의 땅이 되어 있다. 공산국가였던 소련은 한때, 국가 주도적 공업화에 성공하면서 세계 최초로 우주비행을 시도할 만큼 부강했었다. 그러나 소련이 해체되면서 공업화에 앞장섰던 공장들은 구심점을 잃었다.

'눈물'을 '믿지 않았던' '모스크바'는[1] 여전히 믿을 수 있는 것을 그다지 갖지 못한 채 '개방'에 노출되었고, 개방정책 이후 러시아는 갖가지 문화가 유입되면서 가치관이 변하고 인식과 일상이 달라졌다. 전자제품이나 의료 기술에서는 첨단을 달리는가 싶더니 침체되거나 방치된 채로 잊히고 있는 분야도 많은 것이 러시아의 현실이다.

이러한 사회적 변화를 딱히 '발전'이라기보다는 '진화'라 부르

[1] 블라디미르 멘쇼프 감독의 영화(1988년 개봉) 〈모스크바는 눈물을 믿지 않는다〉의 제목과 내용 참조.

는 게 맞을 거라는 생각이 드는 것은, 세계사에서 유일하게 계급투쟁을 거쳐 오늘에 이른 러시아만의 특징일 것이다.

조성길의 소설들은 이러한 소련의 현대사와 맞물리면서 일제강점기의 강제징용으로 시작되어 오늘까지 이어지고 있는 한인디아스포라의 현주소를 적시한다. 개방의 물결을 타고 사할린에 진출한 한국기업이 뿌리를 내려가는 동시에 러시아 보따리상들은 한국으로 몰려오는 지형도까지, 그리고 그 안에서 일어나는 애환과 일상이 정교하게 스케치되어있다.

러시아에 대게를 수입하러 갔다가 얼어붙은 땅에 "한국의 혼을 심"게 되는 인물이 있고, 현지한인을 돕는 일이 첩보로 오인되어 스파이로 몰리는 남자도 있다. 그 와중에도 청춘남녀는 백야(白夜)를 배경으로 애틋하게 사랑을 이어가기도 한다.

주먹세계를 전전하지만 곤경에 처한 동포를 외면하지 못해 결국은 죽음의 길로 들어서게 되는 인물도 적나라하게 묘사된다. 거기에 대를 잇는 복수라는 익숙한 서사를 통해 느와르 식의 낭만을 되살려내기도 하면서 <섬전쟁>은 대륙과 반도의 공시성과 통시성을 함께 풀어내고 있다.

서천 작은 포구에서 저인망 어선 두 척으로 수산업을 하던 어부가 대게를 수입하러 사할린으로 건너가 겪게 되는 실패담 또는 성공담은 단순한 개인사를 넘어 러시아로 진출한 한인 모두의 모습을 형상화하고 있다. 그러나 여기서 주목해야 할 것은 '대게'로 상징되는 러시아에 대한 환상이 종국에는 생필품이자 민족성으로 대표되는 '배추' , 로 전환되면서 작가의 민족의식이 엿보인다는 것이다.(<대지>)

동포라 하더라도 공산국가에서 잔뼈가 굵은 한인 2,3세들은 늘 예민해있고 긴장되어있다. 매사에 과민한 그들의 정서로는 이유 없이 동포를 돕고 있는 한인을 이해할 수 없었다. 결국 스파이로 몰려 서슬 퍼런 안기부에 두 번이나 끌려가 취조를 당한 끝에야 무고를 입증했지만, 스스로 영주권을 반납해버릴 만큼 깊은 배신감이 상흔으로 남기도 한다.(<동토의 땅에 피어난 꿈>)

그럼에도 불구하고 얼어붙은 땅에 피어나는 러브스토리도 있다. 한국어를 가르치는 한인3세 여성과 한국에서 파견된 남성 기자와의 연애라인은 단순한 남녀의 문제를 넘어선다. 전쟁, 분단, 경제개발, 세계화 등의 시대사를 거치는 동안 같은 민족이라도 어디에 정착하느냐에 따라 문화의 간극이 얼마나 커지는가를 보여주는 그들의 사랑이 애틋한 것은 그들의 이야기가 헤어짐으로 마무리되기 때문만은 아닐 것이다.

세계로 퍼져나가는 한류열풍의 시대, 어쩌면 작가는 이 작품을 통해 러시아와의 문화외교 가능성을 조심스럽게 전망하는 것은 아닐까 싶기도 하다.(<엄마의 빈자리>)

사할린을 둘러싼 러시아, 일본, 한국 마피아의 선 굵은 이야기도 독자의 이목을 집중시킨다. 북한을 포함한 조선에서 사할린까지 이어지는 첩보작전과 마피아의 파워게임, 거기에 노름판의 모태가 된 한인마피아의 카르텔을 디테일하게 조명하면서 80년대와 90년대, 2000년대로 진입해가는 동안 노름의 변천사를 보여준다. 화투(일본식 화투), 카드, 카지노로 이어지고 있는 그 과정을 따라가는 동안 독자는 현란한 노름판이라는 프리즘으로 사할린 한인동포의 그 팍팍한 현실에 동참하게 된다.

노름판을 배경으로 한인마피아의 인정을 받던 한 남자가 북에서 파견된 첩보원 여성과 사랑에 빠지게 되는 서사를 통해 이어가는 시대담론은 소설이라기보다는 문화사(文化史)라 할 만하다.(<겨울꽃>)

작가가 히든카드로 내미는 작품 <섬전쟁>은 표제작답게 치밀한 묘사가 압권이다. 권력다툼에 희생된 아버지의 복수라는 익숙한 무협모티프로 출발하지만 독자가 안내되는 곳은 단순한 데자뷰의 세계가 아니다. 사할린의 네벨스크에서 시작해 홈스크, 유즈노사할린스크, 그리고 일본의 오사카, 홍콩의 마카오, 대한민국의 서울까지 광범위한 공간을 배경으로 펼쳐지는 스펙트럼은 오히려 르뽀르타주(reportage)에 가깝다.

파독광부를 위시해 남미의 수수밭농장 인력송출, 아메리칸드림을 안고 떠난 미국이민, 그리고 사할린으로 이어지는 우리 역사의 질곡을 적나라하게 고지하는 것이다. 그리고 그러한 부박한

삶이 어떻게 뿌리를 내리고 안착했는지 그 지난한 과정을 돌아보자는 것이다.(<섬전쟁>)

고르바초프의 개방정책은 많은 것을 개방했지만 더욱 폐쇄되고 배타적인 회로로 작동하기 시작한 사회시스템은 진입장벽을 더욱 굳건히 했다. 이민자가 발을 붙이기에는 서류철 하나도 쉽게 통과시켜주지 않는 그들만의 리그는 동토의 땅 유일의 섬, 사할린에서 그 민낯이 더욱 확연해진다.

늦여름과 가을에는 강우량을 초 단위로 재어야 할 만큼 비가 쏟아지는 곳, 파괴적인 태풍의 방향이 어디를 향할지 몰라 늘 마음을 놓을 수 없는 곳, 일 년 중 겨울이 6개월인 그 곳, 사할린. 그러나 지금 사할린에는 2만 7천 명의 한인이 살고 있다.

<우리말방송> 및 <새고려신문> 등의 한인언론사가 현지에 있고, 한인협회를 비롯한 5개의 사회단체가 자리를 잡아 활발한 활동을 펼치고 있다. 호텔이나 유통업 등에서 성공한 사할린 한인 동포 이야기도 자주 들려온다.

우리에게 있어 사할린은 더 이상 동토의 땅이 아니다. 2014년 한·러 정상회담 이후로는 먼 나라도 아니다. 그럼에도 불구하고 러시아나 사할린의 한인을 전면으로 다룬 소설은 많지 않다. 냉전이 끝난 지는 오래지만 사회주의 또는 민주주의라는 경계 너머

를 기웃거리는 일은 편치 않아서였을 것이다.

　이제 지구는 국가적 이데올로기로 구분되지 않는다. SNS네트워크로 전 지구가 연결되는 시대, 소설 <섬전쟁>은 사할린이 얼마나 가까이에 있었는가를 직시하게 한다.

Epilogue

바람에 휘날리는 낙엽이 될지라도
다시 불어올 바람에 낙엽을 줍는 사람이…

차일피일 미루고 있던 '섬 전쟁' 외 4편의 단편을 한데 묶어 겨우 출간하게 되었습니다. '섬 전쟁'은 사실에 입각하여 묘사한 실화에 가까운 소설로 러시아·일본·한국을 오가면서 아버지의 한을 푸는 일종의 복수극이며 실제 삼국의 조직폭력배가 연관된 아들의 절규와 같습니다.

'대지'는 한국에서 건너온 무역업자의 정착과정에서 온갖 시련을 겪으며 비로소 농업을 선택하여 비록 성공신화는 아닐지라도 흙을 소재로 평범한 삶을 일구어 가는 한 농부의 이야기이며, '동토의 땅에 피어난 꿈' 역시 이민개척자의 삶이 역경의 드라마로 전개되기까지, 녹록치 않는 세상이 이민자를 옭아맬 때 시련들을 몸소 안고 희망봉의 끈을 놓지 않는 가슴서린 그들의 일상을 담았습니다. 그리고 '엄마의 빈자리'는 현지 교포여성과 한국인의 애틋한 사랑을 갈망하면서 자녀의 소원을 결국에는 뿌리치며 떠나는 남자의 아픔을 비유해서 짤막하게 그렸습니다.

하나같이 꿈과 희망을 기반으로 하였으나 예기치 않은 세상사에 좌절하기도 하지만 어려움을 이겨내고 다시 일어서려는 이야기를 담았으며, 또 '겨울꽃'은 소련이 북한정부의 동맹국으로 건국과 더불어 북한 파견근로자를 받아들이면서 정착한 조선인의 이야기입니다. 강제징용의 후손과 사할린 한인으로 살아가는 남한 출신 남자의 파란만장한 슬픈 이야기와 그의 아내의 질곡 같은 삶을 다듬었습니다.

여기에 러시아 한인역사의 축을 대변한 1905-2019년까지의 그들의 삶의 흔적을 한데 묶은 한인연표를 특별 부록으로 실었으므로 참고가 되었으면 좋겠습니다.

책은 읽을거리에 재미가 더해지면 더할 나위 없겠지만 나름 손을 내민 만큼 일으켜 세워주는 따뜻한 손길의 심정을 담았습니다. 그리고는 독자에게 조심스레 다가가 광활한 대지를 달리는 야생마의 질주를 묘사하듯 감추어진 삶을 바깥으로 인도하며 햇살의 빛줄기를 찾아 바구니에 담으며 써 내려갔습니다.

끝내는 뛰어난 문장력과 화려한 수식어도 뒤로 한 채 그저 살아가는 현실의 벽 안에서 우리가 지내온 일상의 이야기를 스스럼없이 펼쳐 공감이 가도록 하였던 것이 오히려 역효과가 아니었는지도 모르겠습니다. 하지만 창조하듯 어울렸고 내면을 낱낱이 고발했습니다. 설령 그러한 것들이 바람에 휘날리는 낙엽이 될지라도 다시 불어올 바람에 낙엽을 줍는 사람이 되고 싶습니다. 진짜 빛을 주는 사람은 꿈은 아니겠지요……

『그들의 섬 전쟁이 시작된다. 한국·일본·러시아의 섬들에서 피를 부르는 사내들이 모였다. 진실보다 진한 그들의 삶 속에 사랑도 피어나고 우정을 배신한 복수의 칼날이 용암처럼 솟아오른다. 아들이 아버지가 남긴 흔적을 찾아 기어코 삼국의 섬을 헤치고 恨을 피로 물들이는 아들의 절규이다.

 독일산 아우디 차량 하나가 네벨스크 항 끝자락에 살며시 미끄러져 닿았다. 뒤따르는 자동차도 보였다. 항구에는 고철꾸러미가 보이고 목재, 석탄이 여기저기 흩어져있었다.
 낡은 크레인 서너 대가 고작인 부두에는 작은 선창의 모습을 재현하고 있었다. 불과 몇 미터를 두고 파도소리가 포효한 듯 철렁이고 있었다. 자동차는 불어오는 바람을 등지고 선창가에 멈췄다. 차가 멈추자 재빠르게 젊은 사내들이 신속하게 차에서 내렸고 자동차 뒤 칸으로 돌아간 사내들이 문을 열자 콧수염을 기른 사내가 검은 바바리코트와 러시아산 털모자를 걸친 채 차에서 육중하게 내렸다.
 곧이어 항구 쪽으로 빨려드는 듯이 검은 벤츠 차량이 나타났다. 콧수염의 사내는 이내 차가 멈추자 부동자세에서 깍듯이 고개를 숙였다.
 이윽고 벤츠 차량을 뒤따르던 차량에서 또 다른 사내들이 차에서 내려 양편으로 갈라섰다. 잡다한 물건이 산적해 있는 야적장 뒤에서 그림자가 보이는 찰나 순식간에 총소리가 빗발쳤다. 무차별 총알은 양편에서 수십 발이 쏟아졌고 타이어가 내려앉은 소리와 유리 파편소리가 허공을 때리며 작렬했다.

갑작스레 퍼부은 총탄에 벤츠의 사내들이 맥없이 쓰러졌고 자동차는 포탄 맞은 몰골로 형편이 없었다. 기관총을 든 사내들이 쏜살같이 자동차 쪽으로 달려갔다. 깨어진 차창 안으로 중년의 사내가 머리에 피를 흘리며 노려보고 있었다.

"너... 너... 이놈의 자식."

덩치가 산만한 러시아 사내들 뒤로 콧수염의 사내가 회심의 미소를 짓고 있었다. 다시 총소리가 들려왔다. 자동차 안의 중년 사내에게도 수십 발의 총알이 난사되었다.

콧수염의 사내는 숨을 헐떡이는 중년의 사내 머리맡에 총구를 바짝 대고 다시 총알을 당겼다. 이마를 관통한 사내의 머리는 처참하기 이를 데 없었다. 주변은 파편과 쓰러진 사내들의 시체가 뒤엉켰고 불어온 바닷바람에 소름이 다 돋았다. 사내들은 분주하게 움직이며 자동차에 기름을 부었고 불을 질렀다. 활활 타오르는 화염을 바라보며 자동차는 쏜살같이 부두를 떠났다.』

─섬전쟁 서두에서

러시아사할린 한인연표

러시아사할린 한인연표

1910년 8월22일: 한일병합조약조인. 조선총독부 설치

9월30일~1918년 11월: 일본이 조선에서 토지조사 실시

토지와 재산을 잃은 농민들 중국, 러시아 극동지방으로 대거이주

1914년 7월28일: 제1차 세계대전 시작

1919년 3월1일: 조선에서 3.1 독립운동 시작

1937년 10월1일: 조선총독 '황국신민서사' 제정

1938년 5월4일: 국가총동원법 조선, 대만, 카라후토(사할린)에서도 도입

1939년 9월1일: 제2차 세계대전 시작

1939년 6월: 재일조선인의 통제강화를 위해 중앙협화회 설립

1939년 7월: 조선노무자 모집요강 제정, 이때부터 '모집' 방식의 강제연행 시작

1939년 11월10일: 조선총독부 '조선인성명에 관한' 요건 공포

1940년 2월: 일제 조선인 성명을 일본식 창씨 강제변경

1941년 12월8일: 일본군 하와이진주만 공습, 태평양전쟁시작

1942년 2월: '조선인 일본내지이입 알선요강'을 결정('관 알선' 방식의 강제연행 시작)

1942년 8월: 강제 연행된 조선인 노동자의 자유이동 방지를 위해 협화회가 노무수첩 배포

1943년 8월1일: 조선에서 징병제 시행

19944년 8월11일: 사할린으로 강제연행한 조선인노동자 일본 내지 탄광으로 재징용(이중징용)

1944년 9월: 조선인노무자 연행을 위해 '징용령' 실시

1945년 2월4일: 소련, 미국, 영국 수뇌자 얄타회담

1945년 3월10일: 미국의 B-29 도쿄 야간 대공습

1945년 5월2일: 소련군 베를린 점령, 독일 무조건 항복(5월 7일)

1945년 8월6일: 히로시마에 원자폭탄 투하

1945년 8월8일: 소련 일본에 선전포고

1945년 8월9일: 나가사키에 원자폭탄 투하

1945년 8월15일: 일본 천황 전쟁종결 방송(조선해방)

※당시 사할린 조선인 4만 7천명(홋카이도 신문)

1945년 8월15일: 레오니도워(카미시스카) 촌에서 일본경찰 조선인 학살

1945년 8월20일: 소련군 홈스크 상륙

1945년 8월20일: 포자르스코예(미즈호) 촌에서 일본인들이 촌에 거주한 27명의 조선인(6명은 아이들) 학살

1945년 8월24일: 소련군 코르사코프 상륙

1945년 9월2일: 일본정부 항복문서에 조인

1946년 9월1일: 사할린 도시들에 조선학교 개교

1946년 11월27일: 소련지역 일본인 귀국에 관한 소·미 임시협

정 체결

1946년 12월5일: 소련지역 일본인 귀국 시작

1946년~1949년: 사할린 수산업 북조선노동자 모집(파견노무자 26,000명)

1947년 10월: 소련공산당 사할린주위원회 제1서기로 드미트리 멜니크 선발

1948년 8월15일: 대한민국 성립

1948년 9월9일: 조선민주주의 인민공화국성립

1948년 12월10일: 국제연합(UN) 세계인권선언을 채택

1949년 6월1일: 한글신문 "조선로동자" 1호 발간(하바롭스크)

1949년~1962년: 북조선 파견노무자 다수 귀국

1950년 6월25일: 한반도전쟁 시작

1951년 8월: "조선로동자" 신문사 유즈노사할린스크로 옮김 다음 "레닌의 길로", "새고려신문"으로 개칭

1951년 9월8일: 샌프란스코 강화조약 조인(소련은 서명하지 않았음)

1951년~1960년: 공산당 주위원회 제1서기로 체플라코브를 선발

1952년 7월27일: 한반도전쟁 휴정협정 조인

1952년 9월1일: 사할린 조선사범전문학교 개교

1952년 10월: 사할린에서 북조선, 또는 소련 국적취득 시작

1954년 9월1일: 사할린교육대학 설립

1955년:1962년: 사할린 한민족 청년남녀 대거 북조선으로 이주

1956년 6월29일: 서부 독일 "연방보상법" 성립

1956년 10월1일: 사할린에서 조선말 라디오방송 시작.

1956년 10월19일: 소련·일본 공동선언 발표.

1958년 2월6일: '화태억류 귀환 한국인회' 결성. 다음 '화태귀환 재일 한국인회'로 개칭

박노학 회장의 활동 연표

1958년 1월 14일: 박노학 선생 가족 일본으로 이주

1월 25일: 박노학 선생 연락선 안에서 한국 이승만 대통령에게 쓴 사할린동포 귀환을 부탁하는 탄원서를 재일 대한민국 대표부 공사를 찾아가서 전함.

2월 6일.: 박노학 선생 "사할린귀환 재일한국인회" 설립.

2월 28일: 박노학 회장 일본국회 중의원 및 참의원 의장과 면회. 사할린동포 귀환에 대한 진정서를 전함.

8월 7일: 박노학 회장 일본 적십자사, 외무성, 법무성, 후생성, 국제적십자사, 대한적십자사, 한국외무성, 법무성 각 장관에게 사할린동포 귀환문제로 진정서를 보냄.

1959년 2월 12일: 박노학 회장 회원 42명을 동원하여 후지야마 외무상을 만남.

9월 8일: 박노학 회장 일본에 온 국제적십자사의 쥬노 부위원장

과 면회하여 사할린한인들의 귀환문제 해결을 부탁.

1962년 2월 15일: 박노학 회장 사할린동포 귀환에 대한 진정서를 흐루쇼브 소련공산당 중앙위원회 제1서기에게 보냄.

1968년 3월: 박노학 회장 6,924명의 영주귀국희망 사할린동포 명부를 국제적십자, 한국 및 일본 정부에 전함.

1969년 2월: 재한국 일본대사관 마에다 참사관이 박노학 회장에게 협력을 약속.

1970년 5월 23일: 박노학 회장 UN U.단토 사무총장 및 국제적십자사 코나 총재에게 사할린한인 귀환문제 탄원서를 보냄.

1971년 3월: 박노학 회장 사할린한인들을 일본으로 초청하는 초청장 작성 시작.

1971년 12월 1일: 사할린잔류자 귀환청구 소송. 도쿄지역 재판소에 제소.

1972년 8월:박노학 회장 소련 그로믹코 외무상에게 사할린한인 귀국 문제에 관한 진정서를 보냄.

1974년 2월:일본정부 2000명분의 일본도항 증명서 용지를 박노학 회장에게 전함.

1985년 1월: 박노학 회장의 초청으로 사할린한인들의 일시 모국방문 시작.

1985년: 사할린에서 가족재회를 위해 일본을 방문한 것은 5가족.

1986년: 사할린에서 가족재회를 위해 일본을 방문한 것은 13가족.

1987년: 일본국회에서 "사할린잔류 한국·조선인 문제 의원간담회" 발족.

11월 16일: 일본외무성에서 소·일 사무수준에서 사할린문제 협의. 일본정부는 사할린 한인문제를 공식적으로 취급. 관계자 수속의 간소화, 소·일 적십자사 간에 사할린한인문제를 검토할 것 등을 제안.

1987년: 사할린에서 가족재회를 위해 일본을 방문한 것은 28가족.

1988년 3월 16일: 박노학 회장 서거.

※출처: '故 박노학 회장 기념사업추진위원회'

1960년: 사할린주 공산당위원회 제 1서기로 파웰 레오노브 취임

1960년 7월27일: 사할린에서 텔레비전 방송 시작

1962년 11월28일: 귀국운동을 하고 있는 토마리시 허조씨 주 내무국에서 일본이 입국 허가하면 소련출국을 허가하겠다고 회답을 받음. 그러나 일본정부는 "국적상실"이라는 이유로 여권발급 거절

1963년 7월: 주내 조선학교 폐교, 주행정부 결정

1963년 8월: 일본 군국주의로부터 사할린 한인 해방 기념(다음 해 기념식 금지됨)

1964년 8월: 조선사범전문학교 폐교, 주행정부 결정

1965년 1월4일: 코르사코프시의 김영배 씨 주 내무국에서, 일본이 입국허가를 하면 소련출국을 허가하겠다는 회답을 받음. 이 소식이 전 사할린에 전파되어 귀국 희망자들의 서신이 재일 한국인회에 전해졌다.

1965년 6월22일: 한일기본조약, 한일법적지위협정 체결

1966년 1월6일: "화태억류귀환 한국인회"가 사할린잔류 한인 귀국 희망자명부를 작성(총계: 6924명 - 1744가족)

1967년 7월: 소련에서 주 5일 근무제 실시

1967년 10월13일: 사할린에서 모스크바 TV방송 시청가능

1968년 8월: 귀국 희망자명부가 한국 정부로부터 일본, 소련정부에 제출되어 외교 교섭자료로 되었음.

1970년 12월10일: 한국에서 '화태억류동포 귀환촉진회' 결성. 다음 '중소이산가족회'로 개칭.

1973년 10월11일: 다나카 일본내각수상 브레쥬네브와의 회담에서 사할린 한인귀국 문제제기, 그러나 북조선의 반대로 소련이 응하지 않았음.

1974년 10월2일: 소련 내각수상은 코쉬긴은 '일본이 재사할린 한인들의 귀국을 바란다면 소련내각은 반대하지 않는다.'고 발언.

1975년 4월: '화태억류귀환 한국인회' 사할린 재판을 위한 소송위임장과 경력서 60명분 준비.

1975년 8월11일: 일본 오부성이 사할린잔류 한인을 위한 도항 증명서 발급신청서 2000부를 화태억류 한국인회에 전달.

1975년 12월1일: 사할린잔류자 귀환 청구소송(사할린재판)을 도쿄지방재판소에 제기

1976년 1월22일: 일본법상 아나바가 참의원 결산위원회에서 사할린잔류 조선인 문제에 관하여 '강제연행 당한 사람들에 대해서는 도의상의 책임으로 남아있다.'고 발언.

1976년 2월20일: 제1회 사할린 재판

1976년 6월:7월 소련정부의 출국허가를 받은 황인갑, 백낙도, 안태식, 강명수씨가 나호드카(일본 총영사관이 있는 도시)에 갔지만 출국허가 기한내로 일본정부로 부터 도항증명서를 받지 못하여 사할린으로 돌아와서 사망.

1976년 7월: 사할린 내무국 출입국 관리사무소(OBNP) 한국 영주 귀국희망자 청원서 접수시작

1976년 9월6일: 소련전투기 MNT-25 일본 하코다테시에 착륙, 벨렌코브 비행사 미국으로 망명. 소일 관계 악화

1976년 9월: 사할린 내무국 출입국관리사무소 한국 영주 귀국희망자 청원서 접수거절

1977년 1월27일: 소련정부, 한국으로의 영주귀국을 요구했다하여 코르사코프의 도만상 씨 가족 8명을 북조선으로 추방.

1977년 11월16일: 소련정부, 한국으로의 영주귀국을 요구했다

하여 유즈노사할린스크의 황태용, 유길수, 포로나이스크의 김일수, 홈스크의 이창남 씨 가족을 북조선으로 추방.

1978년 3월 2일: 일본 외무상 소노다가 국회하원 내각위원회에서 사할린 잔류 조선인의 귀환문제에 있어서 일본이 법적 책임이상의 도의적, 정치적 책임이 있다고 발언.

1978년: 사할린주 당위원회 제1서기로 트레치야코브 취임

1981년 8월3일:6일 사할린에서 전례 없는 태풍으로 약 8000명이 주택을 잃고 49킬로의 도로와 200개소의 다리, 2000킬로의 전화선, 300킬로의 송전선이 파괴됨(사망 40명)

1981년 11월 20일: 사할린 체호브시 박형주 부부 한국 친척과의 상봉 목적으로 일본방문(가족의 일본방문은 처음)

1982년:1988년 이 기간 가족재회 목적으로 일본 방문한 사람은 216명.

1983년 2월1일: 일본 변호사연맹 사할린잔류 한민족의 고향귀환 실현에 협력해 줄 것을 관계기관에 요청.

1983년 7월25일: 일본 중의원 쿠사카와 사할린 방문, 사할린거주 한인과 친척이 도쿄에서 재회할 수 있도록 관리를 도모하겠다고 발언.

1983년 9월1일: 대한항공기, 사할린 상공에서 '영공침범'이라 하여 소련전투기에 격추(승객, 승무원: 269명 사망) 소일 관계 악화.

1985년: 소련공산당 중앙위원회 총서기로 고르바쵸브 취임, 소

런에서 사회개혁(페레스트로이카) 시작.

1986년 1월16일: 소련의 쉐와르나제 외무상이 소일 외상회담 (도쿄)에서 사할린거주 한국, 조선인의 출국 문제에 관하여 궁극적으로 해결하겠다고 발언.

1986년 2월22일: 일본 외무상 아베가 중의원 예산위원회에서 사할린 잔류 한국, 조선인의 출국 문제에 관하여 소일 외상회담에서 소련의 협력을 구하겠다고 발언.

1986년 5월31일: 소련의 쉐와르드나제 외무상이 소일 외상회담 (모스크바)에서 사할린 잔류 한국, 조선인의 출국 문제에 관하여 북조선의 반대가 있는 이상 긍정적으로 해결할 수 없다면서 후퇴 자세를 보임.

1987년 7월17일: 일본 상하원 국회의원 170명이 사할린 잔류 한국, 조선인문제 의원간담회를 설립.

1987년 8월23일: 의원간담회 이가라시 사무국장이 소련방문, 로가쵸브 외무차관, 기타에 사할린 한국, 조선인 문제해결에 협력 요구.

1987년 11월7일 러시아 사회주의혁명 70주년을 성대히 기념 (마지막 기념행사)

1989년 8월8일: 한국정부, 실태조사를 위해 정부조사단 사할린 파견

1989년 9월1일: '레닌의 길로'사와 '우리말 라디오방송국' 대표,

일본 국회소위원회에서 사할린 한인사회 실정을 설명.

1989년 9월25일: 서울에서 세계 한민족 체육대회 개막

1989년 10월13일: 한국 이산가족 30명 단체적으로 처음 사할린 방문

1989년 12월15일: 제1회 모국방문단 23명, 대한항공기로 하바롭스크에서 출발

1990년 1월2일: KBS방송국, 사할린과 서울의 친척 방송〈TV브리지〉

1990년 2월8일: 제2회 모국방문단 120명 대한항공기로 유즈노사할린스크에서 출발

1990년 3월24일: '사할린조선연합회' 결성-'사할린고려인협회'-'사할린한인협회'로 개칭(회장 김민웅 씨 추대)

1990년 4월18일: 사할린주지사 왈렌친 효도로브 당선. 주내 지도권이 자연히 주당위원회로부터 주행정부로 넘어감.

1990년 6월4일: 한.소 양국 대통령 첫 정상회담(노태우-고르바쵸프 /제주도)

1990년 7월28일: 한국 인기가수 사할린 위문공연〈MBC방송사와 '레닌의 길로'신문사 공동주최〉

1990년 9월30일: 소련과 한국 국교수립, 모스크바에 대한민국 대사관 설립

1991년 1월1일: '레닌의 길로'사 편집위원회의 제의로 명칭을

'새고려신문'으로 개칭

1991년 2월2일: 유즈노 사할린스크시 "고려인노인회" 결성

1991년 3월: 사할린고려인협회 노인부 설정. 이후 "사할린한인 노인회"로 개칭(회장 박해동 씨)

1991년 8월24일: 소련공산당 사할린주위원회 마지막 회의, 공산당지도권 상실

1991년 9월17일: 대한민국, 조선민주주의인민공화국 동시 국제연합(UN) 가입

1991년 12월10일: 사할린 교육대학에 동양학부 개설

1991년 12월25일: 소련 붕괴시작

1992년 1월2일: 사할린에서도 물가 자유 시작(식료품은 12.5배, 서비스료는 32배 인상)

1992년 1월: 사할린고려인협회 대표단 한국방문(사할린고령자 영주귀국 촉진을 요구)

1992년 2월9일: 한국정부, 사할린잔류 한인에 대한 보상 문제 정부수준에서 정식 제기할 방침을 잡겠다고 보도.

1992년 3월28일: 사할린고려인협회 회장으로 이춘형 씨 당선

1992년 8월19일: 한국 북조선 예술인들의 합동공연<제1회 통일예술제> 개최

1992년 9월 25일: 한국정부, 영주귀국 희망자의 실태조사를 위해 대한적십자와의 합동조사단 사할린 파견.

1992년 9월29일: 사할린 한인 독신노인 72명 한국 '사랑의 집' 영주귀국

1992년 11월14일: 유즈노 사할린스크에서 사할린희생사망동포 위령비 제막식.

1992년 12월7일: 11일 사할린한인협회, 노인협회 대표 일본방문(일본정부에 요구서와 1만 3000명의 영주귀국 희망자 명부 제출.

1993년 1월14일: 사할린 인표 어린이도서관 개관

1993년 3월13일: 사할린고려인협회 김홍지 씨 당선

1993년 4월6일: 표도로브 사할린지사 해임, 예브게니 크라스노야로브 지사로 임명.

1993년 9월1일: 사할린 네웰스크시, 대한항공기 격추 희생자위령비 제막식

1993년 10월15일: 사할린잔류 한인의 영주귀국 문제에 관한 제1회 한일실무자 회의 서울 개최.

1993년 11월6일: 한일 수뇌자회담(한국-경주)에서 호소카와 일본내각총리는 '조선식민지지배'에 대해 사죄하고 사할린에서의 한일 합동조사에 대해 합의

1993년 11월9일: 한국 문화부의 초대로 사할린 한인사회단체대표단 한국방문

1993년 12월10일: 유즈노 사할린스크시에 한국교육원 개설

1994년 7월23일: 무리야마 일본내각수상, 한일 수뇌자회담에서 식민지 지배에 대하여 사죄하고 사할린 문제의 '시급한 지원책' 검토를 약속.

1994년:1997년 사할린 한인 220명 한국 "대창양로원"으로 영주귀국

1995년 2월: CAT사할린항공사 유즈노사할린스크:서울 정기편 운항

1995년 4월24일: 크라스노야로브 사할린주지사 해임, 이고리 파르후트지노브를 임명

1995년 5월28일: 사할린 넬체고르스크 대지진, 17동의 5층 아파트 붕괴(마을 인구 3197명 중 2040명 사망)

1995년 7월14일: 사할린한인 사회단체 대표단 일본방문, 이가라시 관방장관, 외무성, 적십자사를 방문하여 사할린 한인의 요구 실행촉진과 사할린에 한인 문화센타 건설을 요구.

1995년 9월1일: '에트노스' 아동예술학교에 한민족과 개설

1996년 12월: 유즈노사할린스크에 한국 '삼육대학' 설립

1998년 6월: 사할린에서 350가소 산불발생, 고르늬 부락 전소(141호: 9월 20일)

1999년 2월24일: 사할린한인 독신자 80명 한국 '인천복지관'으로 영주귀국

1999년 6월19일: 사할린한인회 회장에 박해룡 씨 선출

1999년 7월: 사할린노인 82세대(164명) 한국 서울-인천 영주
귀국

1999년 7월7일: "사할린-2 프로젝트" 수행착수, 사할린 대륙붕
에서 원유생산 시작

1999년 7월20일: 사할린 한국상공회의소 개소

2000년 2월~6월: 사할린한인 407세대(814명) 한국 안산시 '고
향마을'로 귀국(일본정부, 489세대 아파트 건축제공)

2000년 8월5일: 사할린 우글레고르스크 대지진(부상 2641명,
188동의 주택파괴)

2000년 11월21일: www.609studio.com 일본단체 인터넷판 일
본어-새고려신문 오픈

2001년 3월1일: 유즈노사할린스크, 일본총영사관 앞에서 이중
징용피해자의 자손 배상요구 집회.

2001년 3월13일: 사할린한인대표단 일본방문, 외무성과 적십자
사를 찾아가 전후배상 및 한국에 아파트 건설요구.

2001년 7월18일: 이중징용광부유가족회 사단법인으로 출발

2001년 11월1일: 한국재외동재단 대표단 사할린방문

2001년 11월30일: 유즈노사할린스크, 일본총영사관 앞에서 전
후배상의 실행요구
집회.

2002년 1월: 사할린주 창설 55주년 경축기념

2002년 1월9일: 전 러시아 인구조사 실시(사할린한인 2만 9600명)

2002년 5월28일: 로스엔젤레스에서 사할린동포를 위한 민족연대 모임

2003년 8월20일: 파르후트지노브 사할린주지사가 탄 M-8 헬리콥터 추락(탑승자 20명 전원 사망) 푸틴 러시아 대통령 주지사추모제로 사할린 방문

2003년 8월28일: 한국 안산시 공무 수행단 사할린방문, 안산시와 유즈노사할린스크. 홈스크시와 우호(자매결연)협력에 대한 협정체결

2003년 12월21일: 사할린주지사로 이.말라호브 당선

2004년 2월7일: 유즈노사할린스크, 한인노인클럽 개관

2004년 6월23일: 이.말라호브 사할린주지사 한국방문, 부처 간 장관과 면담

2004년 8월16일: 하바로브스크 국립사범대학 조선인 러시아이주 140주년기념 학술대회

2004년 8월15일 사할린에서 "우리말TV방송(KTB) 시작

2004 9월20일: 노무현 한국대통령 러시아공식방문, 푸틴대통령과 정상회담

2004년-11월19일: 유즈노사할린스크시, 일본총영사관 앞에서 1세 노인들 항의시위 <기본문제 해결 실천촉진을 요구>

2004년 11월25일: 푸틴대통령 일본 방문 시, 사할린 주 두마의 회을 통해 사할린한인 귀국조건에 따른 문제의 요구서를 전달해 줄 것을 건의

2005년 6월20일: 한국정부합동조사단 사할린방문(사할린강제 동원피해 및 실태조사)

2005년 8월11일: 유즈노사할린스크시, 일본총영사관 앞에서 한인들 일본정부 항의피켓

2005년 8월20일: 사할린한인, 군국주의 일본으로부터의 해방 60주년을 성대히 기념

2005년 9월3일: 군국주의 일본으로부터 남부사할린 및 쿠릴열도 해방, 제2차 세계대전 종전 60주년을 성대히 기념.

2005년 10월1일: "사할린-1 프로젝트"의 원유가스 생산시작

2005년 10월1일: 사할린한인사회연합 사할린지역협회 설립회의

2005년 11월2일: 사할린최초의 한인시장 블라지미르 박네벨스크 시장 당선

2005년 11월18일: 이.말라호브 사할린주지사 안산시 고향마을 방문, 사할린 주 한인과 면담

2006년 4월15일: 나츠이 시게오 재사할린 일본총영사 유즈노사할린스크 한인노인정 방문

2006년 8월19일: 한국 "한강포럼" 사회단체 사할린방문

2006년 9월: 매년 9월30일을 '한인의 날'로 제정

2006년 10월13일: 한국 외교통상부 반기문 제8대 유엔사무총장 선출

2006년 11월4일: 유즈노사할린스크시에 사할린한인문화회관 개관

2007년 2월10일: 사할린한인 영주귀국사업설명회 개최(외교통상부, 대한적십자사,주일본총영사, 주한일본대사관 참관)

2월17일: 새고려신문사 러시아 <출판물 황금폰드>에서 훈공기장 수상

2월18일: 사할린 주 한인, 한국음력설기념행사 진행

2월26일: 주블라디보스토크 사할린영사출장소 양중모 부총영사 사할린 내도

3월1일: '노래부르는 섬' rbc,khc 한인소식 주최 노래자랑대회

3월23일: 사할린영사관개관기념행사, 한인위문공연(한국문화예술위원회, 비플러스 후원 및 주관)

4월22일: 주한인탁구선수권대회(사할린 주 탁구연맹)

5월19일: 사할린한국어웅변대회(아리랑장학회)

5월27일: 사할린한인문화회관 제1회 문화학교 발표회(목진호, 황혜진/문화예술위원회 파견강사)

7월1일: 2007 사할린한민족노래자랑대회(KBS, 재외동포재단, 우리말방송국)

7월3일: 주사할린영사출장소 공식개관

7월 4일: 한인이중징용광부유가족회 위령탑 제막식(회장 서진길)

7월 12일: '사할린한인역사회복을 위한 국제워크숍 개최'(kin지구촌동포연대)

7월 14일: 사할린주 한인협회 결산 선거대표자회의서 박해룡 회장 재선

8월 2일: 네벨스크 강도6.7 지진발생 (2명의 사상자와 많은 부상자와 주택붕괴로 3242명의 이재민 발생)

8월 11일: 아.호로샤원 사할린주지사 취임

8월 15일: 광복절 기념행사 중 가장 큰 규모로 18일 거행

8월 20일: 사할린한국교육원 정창윤 원장 전임

9월 1일: 2007년도 사할린한인영주귀국자 입주관련 최종 귀국(확대)설명회

9월 6일: 제14회 사할린희생사망동포추념행사 거행 (사단법인 해외희생동포추념사업회장 이용택)

9월 21일~26일: 삼덕의료봉사단 네벨스크 지진피해이재민 및 한인대상 진료봉사,(주)이산가족협회, 한인소식사할린)

2007년 9월 26일: 사할린주한인이산가족훱회 결산 대표자회의서 이수진 현 회장 당선.

2007년 9월 28일:11월 1일 사할린한인영주귀국실시(610명)

2007년 10월 23일: 한강포럼 김용원 회장과 안충모 위원 사할린 방문, 위령탑기증식과 기자회견 가짐.

2007년 11월3일: 꼬르샤코프 '망향의 언덕'에 사할린희생동포 위령탑 제막식(한강포럼, 대우건설)

11월10일: 한국문화축제 성황(한인문화회관, 한국교육원, 블라디 한국관광공사)

12월8일: 사할린주노인회 전상주 씨 재선

12월13일: 제15회 무궁화문학콩클 시상(새고려신문사, 통일부)

12월15일: 사할린한인문화회관개관 1주년기념행사(사할린예술단10주년 공동진행)

12월16일: 영주귀국 한국정부조사단 사할린방문

12월22일: 연말연시 한인위안콘서트

(주최:주이산가족협회, 정의복권재단, 에스트라다고향오케스트라, 주여성회, 우리말방송국, 한인소식)

2008년 1월27일: 한인협회소속 어린이창작발전협의회 '소망'개설(회장 김춘경)

1월18일: 고려인출신 정미하일로비치옹 백순 잔치

1월24일: 한인여성 하이올가 '북한의 현대미술과 예술품' 책 발간

2월16일: 한인연합회 출범(초대회장 백수경)

2월23일: 한·러 친선음악회(국제문화교류회-시립오케스트라)

2월25일: 2008년도 영주귀국 신청접수

3월2일: 러시아연방 대통령 트미트리 메드제데브 당선

3월15일: 한국가스공사 에어지 사업 본격 사할린진출(지사 설립)

4월12일: 제2회 한국어 경시대회(아리랑 장학회 주최)

4월16일: 사상 처음으로 역사적인 한복특별전시회 및 패션쇼(부산광역시 한복협회 주최)

6월13일: 제2회 한국문화축제

7월15일: 진상규명위 해외추도사업 사할린위령제

7월17일: 제14호 중등일반교육학교 백하덕 교장 주정부 '명예시민' 칭호 수여

7월20일: 보령머드축제 외국인가요제서 최가리나 최우수상 수상.

7월23일: 건국60주년기념 위문공연 및 사찰음식축제(몽산 스님)

7월29일: 제5회재외동포NGO대회 개막(지구촌청년동포연대)
국가조찬기도회 김영진 국회의원 대표단 방문

8월15일: 대구TBC방송 '성성별곡' 광복절 특집위해 이은정 작가 외 일행 방문

8월16일: 광복 63주년 코스모스경기장 대대적인 기념행사 성황리 진행(대구시청년협의회, 대한적십자사중앙회, 한인협회)

8월18일: 아시아나 10주년 취항기념식,

8월26일: 해외희생동포추념사업회 15회 추념식

8월27일: 동해경찰청 방문

9월3일: 63주년 남사할린 및 쿠릴열도 해방기념일,

9월4일: 통일부 사할린 방문

9월9일: 한국연주자 유즈노사할린스크시 126주년기념 음악회,

9월 12일: 러작가(블라드미르 그린) 조선인학살사건 다룬 책 '카미시스카 사건' 발간

9월 3~14일: 사할린개신교, 극동연합부흥 페스티벌 성황리 개최

9월 19일: 한인연합회 '독도는 한국 땅이다.' 콘서트 진행

9월 26일: 한강포럼, 한인의 날 및 통일콘서트 열어('망향의 언덕' 헌화방문단)

9월 21일: 주여성회 여성부주최 세계한민족네트워크(09.23-26) 참가

9월 30일: 세계사물놀이대축제 사할린청년팀 참가(인솔 박영자)

10월 2일: 제2회 세계한인의 날 기념식에 사할린대표단 참가

10월 5일: 세계한인의 날 사할린기념식(한인협회, 한인연합회 동시 진행)

10월 15일: 한인정치인 오진하, 정발레리 주두마의회 의원으로 당선

10월 17일: 일본외무성 한인 실태조사차 사할린방문

10월 17일: 한인문화회관 內 한국박물관 개관

10월 21일: 한인문화회관 內 쇼군 일본간판 없애고 레스토랑 '한국관' 탄생

10월 25일: 한인문화회관서 사할린동포 영주귀국 송별식

10월 30일: 사할린동포 영주귀국 1진 사할린 떠나(09.03월까지 650명 영주귀국)

11월1일: 에트노스가 펼친 '가정의 해' 기념 콘서트

11월11일: 사할린시향, 韓첼리스트(백은주) 협연

11월9일: 사할린한국교육원(정창윤) 15주년기념식 영상에 담아

11월22일: 〈사할린한인협회 결산보고회〉

11월24일: 사할린 고향관현악단 5주년 기념콘서트 성황리 개최

11월28, 29일 한국요리사 이은주, 이인권 첫 사할린국제요리경연대회에 참가

12월2일: 사할린시립오케스트라 한국 내한공연(국제문화교류회, 민족통일대구청년협의회 주최)

12월5일: 러시아정교회 총주교 알렉세이 2세 타계

12월8일: 韓赤 특수복지사업부, 사할린동포 간담회 개최(신동인 본부장외 4명)

12월9일: 한인문화회관 內 1세전용 의료상담소 개소식

12월11일: 새고려신문 배영숙기자 73세 일기로 심장병으로 별세

12월15일: 한인3세 유리나(17.본명 강율랴)양 한국음반 가수 등록

12월15일: 한국영사출장소(영사 양중모) 한국교민 송년의 밤 열어

12월18일: 주정부 한인단체장 한반도 통일안보회의 소집

12월 23일: 주정부 박해룡 한인협회 회장에 한인 최초로 공훈명예증 칭호 수여

2009년

2월5일: 부산의 대표적인 서예작가 율관 변창헌 선생과 율목 변
진생 선생 부자 서화전 개최 *장소: 사할린시립박물관(한중일 삼
국서예전)

2월10일: 사할린한인문화센터 내 한인의료상담소 진료개시

2월11일: 사할린영사출장소 양중모 영사 이임 송별회(한인문화
회관)

2월13일: 제주 탐라대 사할린경제법률경제대와 자매결연식 및
유학 설명회 (주최: 한인소식, 국제문화교류회 사할린지부)

2월17일: 사할린액화천연가스 기지 개소식(꼬르샤코프 프리고
드나예) 한국대표단 방문(지식경제부 이윤호 장관 모스크바 이
규형 대사, 블라디총영사관 김무영 총영사, 한국가스공사 주강수
사장, 김정수, 양중모 영사 외)

2월18일: 러시아 대통령 트미트리 메드제데프, 사할린 가스기지
개소식 참가한 뒤 사할린서 러·일 정상회담

<러·일 경제사절단 대규모 동행, 로열더치, 쉘, 미쓰비시, 미쓰
이, 각국의 유수 기업체와 대우·삼성·풍림 등 협력업체 참여>

2월20일: 사할린한국영사출장소 김정수 영사 업무시작(양중모
영사 23일자 한국귀환)

2월21일: 한인협회 강점상 부회장 칠순잔치(뚜리스트 레스토

랑) ※8월5일 71세로 작고

3월8일: 한인문화회관(한인협회 주최) "로지나"문화회관에서 세계 여성의 날(한인연합회 주최)

3월25일: 韓赤, 사할린한인단체장 대표자회의 소집(약 620명 영주귀국자 예정 발표)

4월12일: 사할린시향 10주년 행사에 한국 음악인 초청공연 및 동포 위안공연

(국제문화교류회 사할린지부: 바리톤 고성진, 신민요가수 설영화, 대중가수 김종훈)

4월17일: 사할린 서진길 회장 러 정부 명예훈장 수상

5월2일: 사할린한민족노래자랑(한인협회)

5월9일: 사할린대학생들의 "2009-봄" 창작축제(기악부문: 1등상 사물놀이동아리/지도 목진호) -러시아 64주년 승전기념일-

5월27일: KIN(지구촌동포연대)대표단 사할린 방문(묘지실태조사 및 박물관 건립 탐사)

(배덕호 대표, 이은영 간사, 김영환 평화박물관건립추진위원)

5월30일: 한국어말하기대회(장소: 사할린국립종합대학교 강당, 후원 : 사할린 아리랑장학회, 아시아나 항공 사할린 지점, 사할린 한국교육원)

6월1일: 새고려신문 창간 60돌 기념행사(문화축제, 사진전 등 다양한 프로그램 진행)

6월20일: 사할린이산가족협회, 창립20주년 축하공연 및 남북환경교류연합과 자매결연

6월15일: 대한감리교, 러시아 첫 한인목사 배출

7월18일: 홍익대학교, 글로벌 봉사단 사할린 파견

8월4일: 동해 해경, 사할린 코르사코브항 입항(3007함)

8월7일: 소망교회, 사할린 대규모 해외단기선교단 파송

8월7일: 청소년적십자 서울본부 사할린서 봉사

8월12~15일: 2009 세계태권도 한마당대회 사할린대표 안수학 선수 참가(격파부문)

8월15일: 한국 교민, 사할린 아니봐만 바닷가 봉사활동

8월23일: 제64주년 광복절 기념 "사할린아리랑축제"(민족통일대구청년협의회, 국제문화교류회, 한인협회, 예술위원회, 아리랑장학회 기타)

8월27-29일: 알렉산드르 하로샤빈 사할린주지사 한국방문

8월31일: 사할린동포위령제 해외희생동포추념사업회(이용택회장 서원열부회장)

9월1일: KBS, 사할린 동포방송사 파견연수 실시

9월5일: 역사회복 워크숍 및 김치축제 '사할린희망캠페인단' (우리민족서로돕기운동본부, 지구촌동포연대, 조선족연합회 외)

9월12일: 유즈노사할린스크시 건립 127주년 기념행사 에트노스예술학교 및 한인주여성회 한민족 전통음악과 한복 참가

9월26일: 사할린주 한인여성회 신임회장 김춘자 우리말방송국 국장(최정순 회장 영주귀국)

9월27일: 한국영주귀국자 송별회

10월1일: 블라디보스토크 김무영 총영사 사할린방문

10월30일: 제3회 한국의 창 문화축제 진행(주최 전라북도 도청) 돔 오피체로브 극장(구 장교회관)

10월5일: 세계한인의 날 자축 기념콘서트 (주최 한인연합회, 로지나문화회관)

10월9일: 한글날 기념식(한인문화회관/동북아청소년협의회, 한국교육원)

10월11일: 네벨스크 박 블라지미르 한인시장 당선

10월17일: 사할린주 한인연합회 2대 김홍지 회장(전 한인협회 회장) 선출

10월24일: 한국문화예술위원회 오광수 위원장 사할린방문

10월26일: 이중징용광부유가족회 위령제 실시(2007년7월 건립)

11월4일: 러시아국민단결의 날 기념식

11월5일: 사할린 주노인회 전상주 회장 재선

11월10일: 쇼핑몰 시티몰 개관

11월4일: 한인문화회관 3대 최상태 관장 취임(이승욱-유동식-최상태)

11월11일: 2010년 영주귀국간담회(대한적십자사 특수사업부)

11월13일: STX 그룹 사할린 석탄 산업 개발 투자로 사할린방문

11월15일: 제1회 한국비즈니스컵 태권도 대회 개최

11월15-21일: 사할린사립대 학생대표단 대구시 방문

11월16일: 한인화가 주명수 개인전(시립미술박물관)

11월23일: 코르사코브시장 일행 자매결연 차 강원도 삼척시 방문

-유즈노사할린스크시 시한인회 결성 20주년(박정자 회장, 2002년-현재)

(초대회장 성점모-이국진-김춘경-이병갑-박덕철)

2010년

1월1일: 현재 사할린주 인구통계 51만834명

1월21일: 사할린희망캠페인단 사할린방문

2월4일: 구정명절 사할린동포위문공연(주최: (사)중요무형문화재 제19호 경기 선소리 보존회 부천지부, 설영화 국악연수원, 민속예술단 주관: 한인협회, KIN-한인소식)

2월13일: 시한인회 음력설 기념행사(노인초청)

3월8일 국제 여성의 날 기념식(주여성회, 한인협회 각 주최)

3월31일 극동사할린 한국의료관광설명회 개최(한국관광공사, 세브란스병원, 우리들병원, 청심국제병원, 좋은강안병원, 동아대병원 등)

4월14~15일: 사할린한국투자설명회 개최(서울 그랜드하얏트

호텔)

4월20일: 제7차 사할린한인동포단체 대표자회의 소집(대한적십자사)

4월21일: 코르사코프 제2중학교 한국문화 및 한국어페스티벌 개최

4월28일: 주블라디보스토크 김무영 총영사 사할린방문

4월29일: 한국어 말하기대회(아리랑장학회)

5월4일: 지식경제위원회, 가스공사 사할린주지사 접견

5월8일: 한인협회 주최 전승기념식 만찬(한국관)

5월9일: 러시아 조국전쟁 65주년 전승 기념식

5월25일: 러시아 방학시작

6월12일 러시아 독립의 날, 6월22일 현충일

6월23, 25일: 2010년 영주귀국설명회(한인문화회관)

6월28~7월16일 부산대 해외봉사단 사할린봉사

7월2일: 사할린태권도선수 세계태권도엑스포 참가(무주)

7월3일: "사할린 강제징용한인의 어제, 오늘 그리고 내일" 국제심포지엄 개최
(황우여, 박선영, 박진, 김정, 이주영, 박상은, 임영호 국회의원, 재외동포재단 강남훈 사업이사, 주블라디보스토크 대한민국총영사관 김무영 총영사, 김정수 사할린출장소 소장, 사할린캠페인단 상임대표 오충일목사, KIN(지구촌동포연대) 배덕호 대표)

7월8일:15일 꼬르사코프 '바부쉬니 베치니' 합창단 내한공연(대구박물관, 승전기념관 외) 대구민족통일청년협의회 초청

－안산 고향마을 특별공연(안산시청, 안산동포후원회 후원)

7월6~9일 한.러 해상훈련실시(동해)

7월24일: 한인협회, 시한인회 들놀이 잔치(노워알렉산드롭스크 제31호중학교 운동장)

8월11일: 한국석탄공사 자회사 주정부 방문(에너지 자원부)

8월13일 한국교육원 김인숙 원장 부임

8월16일: 러시아 고려인 작가 김 아나톨리 사할린 방문

8월21일: 광복 65주년 경축행사(한인협회, 시한인회, 주정부 및 시정부 관계자, 대한적십자사 일행 참석)

8월29일: 강제병합100년 사할린시민대회(한인연합회, 정의복권재단 주최)

사할린희망캠페인 공동대표 몽산 스님, 자유선진당 박선영 의원, KBS, MBC, NHK, 한겨레신문사

－위문공연: 가수 이혜미 외 2명－

8월31일: 삼척시－코르사코프시와 자매결연

9월2일: 사할린주정부 제2차 세계대전 종식, 65주년 승리의 날 기념행사(영예의 광장)

9월5일: 해외희생동포추념사업회(회장 이용택) 사할린희생사망 동포 추모제

9월25일: 한인협회 회장선거 박해룡 회장 재선(서진길 회장, 임영균 기업인 출마)

9월29~30일 성신여자대학교 사할린전통복식한복패션쇼 (사할린주정부, 사할린국립대 후원)

10월1일: 사할린경제법률정보대학교 '대구의 밤' 페스티벌

10월8일: 꼬르사코프 한인디아스포라 회장에 이태춘씨 선출

10월9일: 사할린한국교육원 564돌 한글날 기념 문화페스티벌 개최

10월16일: 시한인회 결산보고에서 박정자 현 회장 선출

10월16일: 사할린 이중징용광부유가족회(회장 서진길) 忌日 추념행사

10월22일: 일본외무성 관계자 영주귀국 관련조사차 사할린 방문

10월22일: 꼬르사코프제2중학교 야간한글학교 개소

10월23일: 사할린 한인문화회관 예술학교 2010 하반기 발표회 (예술위원회 국악강사 고정숙, 이은경)

11월1일: 러시아대통령 비공식 사할린방문

11월27일: 제7회 교토 NGO대회(지구촌동포연대)서 사할린 김복곤 씨 단바망간기념관 성금전달

12월11일: 사할린국립대학교(동양학부 강당)서 한국문화예절교육 세미나(주여성회 주최)

12월12일: 제주특별시 대표단 사할린방문

12월16일: 사할린동포 잔여세대 영주귀국(남양주, 안산, 제천)

12월20일: 사할린주정부 주재공관장 면담(한국, 러시아, 일본, 미국, 네덜란드, 영국)

−우리말방송국, 다큐멘터리 제작 보고회(임페리얼 호텔)

12월25일: 한인연합회 자체 한인협회 구성, 임영균 회장 추대

2011년

1월6일: 음력설 행사 주최(홀리데이, 사할린 코레이스키 주최)

1월7일: 러시아정교회 성탄절

2월5일: 한인문화회관서 음력설기념행사(시한인회)

2월9일: 하나로 조선해양 관계자 홈스크항 투자 논의 차 방문

2월17일: 경기 파주시 문산읍 잔여세대 영주귀국

2월20일: 사할린한국교육원 박덕호 원장 부임

2월2일: 러시아국가 수호의 날 행사(체호프 극장)

2월26일: 이산가족협회 회장선거에 박순옥 전 부회장 당선

3월1일: 주노인회 전상주 회장의 부친 전창렬씨 독립유공자 선정

3월6일: 로지나문화회관 3.8 국제여성의 날 기념행사(주여성회, 한인연합회)

3월7일: 한인문화회관서도 여성의 날 기념행사 실시(한인협회)

3월15일: 대한적십자사 제8차 소집회의 한인문화회관 가져

※2010년 전 러시아인구조사서

사할린주 총인구 497,900명(남:240,200/여:257,700)

4월10일: 서울서 제10회 재외동포기자대회 개막

4월22일: 코르사코프한국어페스티벌 성황리 개최(제2중학교, 한인디아스포라, 한국어페스티벌후원회)

4월12일: 최초의 달 정복한 소련의 우주비행사 '가가린'에 의해 우주비행의 날 제정

4월30일: 소프라노 원희정 초청 연주회(한인문화회관)

5월7일: 한인문화회관서 노인대상 어버이 날 축하행사(한인협회, 어린이창작협의회 주최)

5월9일: 겨레말큰사전남북공동편찬사업회(정도상, 한용운, 이길재님) 사할린 방문

5월9일: 러 종전 전승의 날 66주년 성대히 개최(파베드 광장)

5월23일: 독도영토수호대책특별위원회 강창일(위원장), 문학진, 장세환 국회의원 사할린. 쿠릴 방문

5월25일: 사할린 중등학교 일제히 졸업시작

5월28일: 한인문화회관 주최 노래자랑대회(최우수상 김위탈리나)

6월2~17일: 사할린주정부, 한국,-중국 국제관광박람회 참석

6월10일: 블라디보스토크 이양구 총영사, 하로사빈 사할린주지사 예방

6월23일: 주명수 그림 및 사진 개인전람회(사할린미술박물관) (4월12일 우주비행사 가가린 기념 대전서 대상수상)

6월25일: 코르사코프 한국어과 외 재학생 한국문화체험차 한국 방문

6월27일: 코레이스키 클럽 한국문화체험교육 실시

6월27일: 한인4세(30명) 모국어연수교육차 구미 방문(사 동북 아청소년협의회)

6월27일: 대구MBC 취재팀, 인문사회연구소 경북대상 다큐멘터리 제작

6월29일: 한인작가 양 세르게이 산문집 출간

6월30일: 사할린시립오케스트라 한국 순회공연

7월1일: 아시아나 사할린지점 김태완 지점장 부임

7월3일: 지구촌동포연대 강제동원 무연고 묘지 공식조사(1개월간 조사)

7월5일: 한인협회 박해룡 회장 모스크바 세계인물백과사전에 등재

7월10일: 사할린주정부(의회) 알렉산드르 하로사빈 주지사 연임 결정

7월11일: 일제동원위 오병주 위원장 사할린방문(시정부 면담)

7월13일: 경상북도-사할린 "문화교류한마당" 개최(경상북도)

7월25~29일: 광복절 특집 "아리랑콘서트"(주최/주관: 설영화민속예술단, 한인소식)

 유즈노사할린스크, 홈스크, 코르사코프 3개 도시 순회공연

7월25~28일: 유즈노사할린스크, 홈스크-안산시(의회)간 자매

결연 및 경제설명회

(안산시 김철민 시장 및 김기완 의장 등 대표단 일행)

7월30일: 1세 노인대상 들놀이행사(한인협회, 주노인회, 시한인회)

8월15일: 한국인 유연상씨 66년 만에 코르사코프 공동묘지서 재회

8월20일: 제66주년 광복절 기념행사(가가린 코스모스경기장)
　　　　　대한적십자사 음성협의회, 제천시 관계자, 민족통일대구청년협의회 참석

9월1일: 대일항쟁기 강제동원피해조사 및 지원위원회 사할린방문(조사2과 허광무,김상영 사무관)

9월2일: 제2차 세계대전 남부사할린 및 쿠릴열도 해방66주년 종전 군중집회(슬라바 광장)

9월8일: 한국영사출장소 재외동포재단 장학금 전달(9명)

9월9일: 유즈노사할린스크시 129주년 도시의 날 기념축제 레닌광장서 성대히 열려

9월24일: 돌린스크 장애인학교 김율리야, 올해의 교사상 및 포상 수여

9월24~25일: 국제민속문화축제서 에트노스 동양학부 국악 앙상블팀 참가

9월27~28일: '2011 사할린석유 및 가스' 국제포럼에 한국가스공사, 이양구 총영사 참가

9월28일: 2011 영주귀국설명회(외교통상부, 대한적십자사, 주택공사 등 기타부서)

10월1일: 국제노인의 날 기념, 한인문화회관서 한인노인 콩클대회 가져

10월3일: 한국교민회 창립공고(임시운영)

10월7일: 제5회 사할린주 한국어말하기대회 개최(주정부교육국 후원/아리랑장학회)

－사할린국립대 동양학부 한국어학과 개설 20주년 기념식(한국학중앙연구원 이상훈 소장)

10월8일: 한국교육원 한글날 제565주년 기념행사 가져(한인센터)

10월8일: 제7회 사할린한민족노래자랑(여성가족부, 재외동포재단, 우리말방송국)

10월18일: 한국문화예술위원회, 한인문화회관에 임광수, 임지혜, 성예진 국악강사 파견

10월20일: 러 극동지역 에너지 자원 및 건설협력 로드쇼(한국기업 설명회, 외통부,한국석유가스공사, 한국가스공사, 삼성물산, 풍림산업, 현대자원개발, 포스코, 농수산물유통공사 등

10월31일: 국립국제교육원, 재외동포교육진흥재단 주최 2011년 사할린한국어교사 연수대회

11월2일: 행정안전부, 사할린2차 방문(한순기 특수기록관리과장, 김자경 기록연구사)

11월2일: 한인문화회관 개관 5주년 기념행사(한인협회)

11월4일: 러시아 국민대단결의 날

11월5일: 대구의 밤 행사 및 경제법률정보대 스피치 강좌(민족통일대구청년협의회)

11월8일: 에트노스 예술학교 개교20주년 축하페스티벌(체호브 극장)

11월 3일: 사할린주한인문화센터 개관 5주년 기념행사

11월2일~4일: 한국 행정안전부 국가기록원 한순기, 특수기록관리과장과 김자경 기록연구사가 사할린 병문.

11월7일: <사할린 한인위문 및 대구의 밤> 한·러 수교 21주년 기념행사

11월7일~9일: '극동지역 원주민들의 역사와 문화' 레브 쉬테른베르그 탄생 150주년, 브로니슬라브 필수드스키 탄생 145주년 국제학술회의 진행.

2011년11월8일: 유즈노사할린스크 체호브센터에서 <에트노스> 아동예술학교 개교 20주년 기념공연

11월14일: 연방외무성 사할린주관리국은 임용군씨를 회장으로 승인, 주한인협회 등록증서에 따라 신임 회장으로 임용균 회장 선출

11월22일: 사할린주지사, 주내 언론인들과 회견

11월25일: 사할린한인들에 대한 다큐멘터리 상트페체르부르그

기자대회서 소개

11월30일: 한인지도자 박원순 서울시장 면담(KIN지구촌동포연대)

−강제동원 한인이야기, 정혜경 연구원 <지독한 이별/1944년, 에스토르>이란 책이 출간

12월1일: <사할린 프리스타일−2011> 무용연출 콩클서 1급 자격증 받은 <에트노스> 아동예술학교 김 예브게니아 무용교사

12월2일: 70여명 사할린동포 한국 새 둥지로 영주귀국

12월3일: 주한인노인협회 신임회장 윤상철 씨 선출

12월4일: 코르사코브 김만형 시의회 의원 당선

12월15일: 문화예술위원회 왕치선 위원이 사할린 방문

12월24일.: 사할린한인문화센터 대강당서 사할린한인문화센터 학생 발표회

−공연지도: 임광수(사물놀이), 임지혜(가야금), 성예진(무용) 한국문화예술위원회 파견강사

12월26일.: 사할린한국교육원(원장 박덕호) 재외동포재단 장학금 및 장학증서를 전달

−한문화예술위원회의 국제교류 해외창작거점 예술가파견사업, 작가 김민정 씨 파견

2012

2012년1월4일: 몽산 스님, KIN팀 사할린방문

2012년1월5일: 사할린주한인협회 운영위회의(사할린한인문화회관)

−사할린주 민족별인구 러시아인(409,786명/86,5%), 한인(24,993명/5,3%), 우크라이나인(12,136명/2,6%)

2012년2월2일: 정월 대보름 사할린 유즈늬−콜사프−홈스크 순회콘서트(주최: 설영화민속예술단, 한인소식)

2012년2년6일: 사할린한인단체장, 한국(외교통상부, 대한적십자사, 안산등 등등)방문

2012년2월23일: 사할린영사출장소 이호영 소장취임(김정수 소장이임)

−조국 수호자의 날

1012년12월20일: 사할린이민관리국, 2011년 외국인 약 1000명 러시아국적 취득

2012년12월21일: 한인문화회관서 <한인디아스포라의 절박한 문제와 발전계기> 한국, 카자흐스탄 등 화상 영상회의 토론. 코레이스키 클럽, <비프투르>여행사, 새고려신문사 주최

2012년12월23일: 주한인협회, 음력설 기념행사

−사할린한인시인 양 세르게이, 극동잡지 '달늬 위스토크' 콩쿨 수상자로 선정

−사할린합창대회 사할린한인 여성팀 출전

2012년12월24일: 사할린주립미술박물관에서 북한의 <조선의

현대장식 및 응용미술> 전시회 개막

2013
2013년2월7일: 이양구 블라디보스토크총영사 사할린 · 한국 간
협력 강화
－러시아연방 대통령선거에서 블라지미르 푸틴총리 당선
2013년3월5일.: 사할린여학생 3명, 인하대학교 유학
2013년3월15일: 민주평통 사할린자문위원 회의
－음력설행사 개최
2013년3월16일: 사할린한국한인회 개소기념 현판식
2013년3월24일.: 사할린한인단체장 일본 방문
2013년5월11일: 어버이날 축하행사
2013년5월20일: 사할린한국어교육협회, 사할린유치원서 한국
문화발표회 개최
2013년5월27일: 일제강제동원 희생자한국인유족 사할린지역
해외추도순례단 사할린방문
2013년5월30일.: 사할린주향토박물관에서 '소수민족 사회와
디아스포라' 날에 한민족문화 소개
2013년6월1일: 사할린주 인구 현재 49만2300명
2013년7월4일: 포스코 A&C가 사할린주 투자프로젝트에 서명
2013.07.04.: 중앙대 비교민속학과 임장혁 교수, 문화재청 문화

재 전문위원(전 한국민속학회 회장) 정형호 교수, 한국외대 러시아연구소 김혜진 연구교수가 사할린 한인들의 문화를 연구하기 위해 사할린방문

2013년7월8일: 사할린대표단이 서울 제13차 러한 경제과학기술협력공동위원회 참가

-사할린주정부, 한국과의 교류 강화

2013년7월13일: 러시아대통령 푸틴 사할린방문

-<일제강제동원 피해진상조사와 유해봉환 및 지원 등에 관한 법률안>, 이명수 의원 대표발의)에 대한 추진사회운동의 회의 소집(한인문화회관)

2013년7월15일: 문화예술위원회 국제교류 해외정착 거점 예술 파견사업 일환으로 동화작가 장경선 파견

2013년7월24일: 부산국제교류재단 김훈식 한러협력센터장 사할린방문

2013년8월12일: 이필용 군수, 박성민 울산 중구청장에게 윤상철 주노인회장 감사장 전달

-네벨스크시 두 자치정부와 확대교류 강화

-용인대학교 무도대학장 강성철 교수 사할린방문

2013년8월17일: "스파르타크" 경기장(우천 관계로 한인문화회관)서 광복 68주년 기념행사 성대히 개최

2013년8월17일: 8월 11일부터 러시아 극동지역 고려인 실태조

사로 한국외국어대학 중앙아시아학과 손영훈 교수와 · 방일권 교수가 블라디보스토크, 우수리스크, 나홋카, 하바롭스크를 방문한 후 마지막 연구지 사할린 도착.

2013년8월20일: 동서대 · 사할린한국교육원 간 동서대총장 장제국) 장학 유학에 대한 MOU(협정)를 체결

2013년9월23일: 고양시 대표단(단장 송이섭 고양시 행정지원국 국장)이 사할린을 방문.

2013년9월27일: <한 · 러시아의 밤>행사가 지난 9월 27일(금) 사할린한인문화센터서 개최. 러시아작가동맹회원 러시아시인협회 회원인 허로만(허남령) 시인과 루고위예 제1아동음악학교 부교장인 야나 김로 성악가, 한국에서 온 장경선 동화작가가 함께함.

2013년10월5일: 10월 5일은 세계한인의 날, 김홍지 주노인회장 국무총리상 포상.

2013년10월24일: 부산국제교류재단 한-러협력센터는 제3회 부산-극동러시아 경제포럼 부산서 개최.

2013년10월11일: 제7회 한국어말하기대회, 사할린국립대 경제동양학대학 소강당

-제2회 K-POP 페스티벌

-제1회 사할린 '한국주간축제

2013년10월13일: 제2회 한국전통음악축제

-이종희(74) 시인의 한·러 대역시집 '새해를 맞으러 뿌쉬낀으로 간다' 출간.

2013년11월14일: 러시아연방 블라지미르 푸친 대통령이 한국 박근혜 대통령의 초청으로 13일 새벽에 방한.

2013년11월23일: 영주귀국설명회. 파주시 문산 아파트 입주

2013년12월10일: 사할린한국교육원 20주년 기념행사

2013년12월12일: 주블라디보스토크 이양구 총영사 사할린방문

2013년12월14일: 사할린주한인회 결산선거총회서 임용균 회장 재선

2013년12월16일: 나의꿈 국제재단 말하기대회.

2013년12월21일: 한인문화센터에서 사할린주한인노인회 결산 선거회의서 주노인회회장에 김홍지 회장 선출

-주한인회 북한 이산가족 추진사업 개시

2013년12월28일: 소망아동창작협력협의회(회장 김춘경) 한인 문화회관서 아동위한 새해맞이 행사

2014

2014년1월15일: 지구촌동포연대 사할린지역 '세상에서 하나뿐 인 달력' 선물

2014년1월17일: 한인문화회관서 니콜라이 룝쵸브 시인 기념 낭 송회

−러시아화가동맹 사할린지부 창립 25주년(한인시인 허로만, 화가 조승연 등 참어)

2014년1월29일: 부산러시아총영사관 대창양로원 방문(생존확인서 및 여권 발급)

2014년1월31일: 한인문화회관서 음력설행사(주한인회, 노인회, 이산가족회 등)

2014년2월15일: 사할린주한인이산가족협회 결산 선거회의

−주이산가족협회 회장에 박순옥 회장 재선

−사할린주스포츠관광청소년정책성 박 웨니아민 한인관료 선정

−14일, 러시아정부 고려인이주 150주년기념행사

2014년2월18일.: 사할린한국교육원 장원창 원장 부임

2014년3월24일.: 코르사코프 바부쉬니베치니 앙상블 민족통일 대구시청년협의회 초청으로 한국공연(대구)

2014년3월30일: 대한적십자사, 주한인회, 주이산가족협회 한인 장애인 위한 '마음에의' 자선공연(사할린한인문화회관)

2014년4월2일: 러시아태권도선수권대회(WTF) 카잔서 개최. 한인동포선수 대수 참가(총감독 김제니스)

2014년4월15일: 4월 15일 − 토마리 박물관 관장 조명원 씨의 '튤립 꽃이 다시 피었다' 단편소설 출간

−한국서 사할린출신 전학문 박사의 '일본침략 정신과 사할린 한인의 숙명' 출간

2014년4월19일: 국무총리소속 '대일항쟁기 강제동원 피해조사 및 국외 강제동원희생자 등 지원위원회' 대표단(단장 공준환 조사심의관) 사할린방문(한인묘지 조사, 유골봉환 문제 등)

2014년4월21일: 한국영사출장소 사공 장택 소장 사할린주정부 예방

−사할린주정부대표단, 조선민주주의인민공화국 방문

2014년4월25일: 한국어말하기대회 개최(사할린국립종합대학교 경제동양학대학 강당)

2014년4월30일.: 한국영사출장소, 세월호분향소 설치

2014년5월8일: 사할린한인문화회관서 '제11차 사할린 한인동포 단체 대표자 회의'

−새고려신문사 주최, 창간 65주년 새고려신문 미술대회·글짓기대회(5월 13일−6월2일) 개최

2014년5월11일: 주여성회 권행자 회장 선출(명예회장 김춘자)

2014년5월25일: 유즈노사할린스크 시한인회(회장 박종철 세종한글학교 개교

2014년5월27일: 고려인이주 150주년 기념전시회 "사할린한인의 역사, 사변, 인간"

2014년6월2일: 러시아의 날 기념식

−22일은 현충 및 애도의 날(73년 전 1941년 6월 22일에 조국전쟁 발발). 이와 관련한 추념행사가 러시아 전역에서 진행됨.

2014년6월9일: 고려인이주 150주년, 조로수호통상조약 130주년, 사할린한인 강제징용 75주년에 즈음한 "청소년외교관학교" 프로젝트 한국서 개최.

※후원 및 협력사: 인천다문화공동발전협회, 비프투어여행사, 사할린한국어교육협회, 한반도평화재단, 새고려신문사

2014년6월22일: 주이산가족협회 창단 25주년 기념사업(친척찾기, 모국방문, 영주귀국, 역방문 등) 계속 진행

－제16기 민주평통 해외지역회의 서울서 개최(사할린한인대표단 참가)

－고려인이주 150주년 기념행사, 코르사코프서 첫 출발

2014년6월23일: 나홋카 주재 조선민주주의인민공화국총영사관 임천일 총영사 알렉산드르 호로샤윈 주지사 예방

2014년7월2일: 주립미술박물관서 북한 현대미술전시회 개최

2014년7월10일: 재외동포재단 김종완 사업이사 사할린방문

2014년7월11일: 사할린국립종합대학교서 '사할린한인의 정체성과 한·러 경제교류의 역할'의 주제로 2014년 러시아 한인연구 국제학술회의 개최

※한림대학교 러시아연구소, 사할린국립대학교, 비프투어 산하 '러시아·한국 민간외교클럽', 사할린박노학기념사업회 공동 개최

2014년7월14일: 국무총리산하 '대일항쟁기강제동원피해진상

규명위원회'의 방일권 교수 및 연구진 학술조사 차 사할린방문

2014년7월14일: 사할린 '에트노스예술단' 남도국악원서 14박 15일 연수

2014년7월17일: 김성곤, 원유철 국회의원, "사할린한인특별법" 위해 사할린 방문

－서양화가 이명호 화백의 개인 초대전 및 단체전 전시(주립미술박물관)

2014년7월24일: 대창양로원 신월식 원장 역방문 인솔 차 사할린방문

2014년7월29일: 한국교육원 크라스노고르스크 한인회 한복 전달

2014년7월30일: 국제태권도축제 3개 도시서 개최(홈스크, 네벨스크, 유즈노사할린스크)

※한국태권도외교단, 북한태권도시범단 시범경기

2014년8월2일: '제5회 사할린에 남겨진 코리안을 찾아가는 여행'의 일본대표단, 주요 지역 연구위해 사할린방문

2014년8월7일.: (사)다문화공동발전협회(한국)는 러시아 이주 150주년을 맞는 역사적인 해인 올해, 오는 8월 4일부터 11일까지(7박 8일) 러시아 사할린에서 '한얼 한뿌리 청소년 캠프' 개최

2014년8월8일: 사할린동포 영주귀국자 역방문 사업 실시

※서울, 경기, 인천 등 23개 지역에 거주하고 있는 사할린 동포

영주귀국자 472명 10회에 거쳐 러시아 사할린, 하바롭스크, 블라디보스토크, 모스크바 등 지역에 적십자 직원들의 인솔 하에 역방문 한다.

－한인화가 조성용 화백의 '예술 · 공간 · 창작' 개인 미술전시회 (주립미술박물관)

2014년8월14일: 파주시 관계자 및 키도 청소년오케스트라, 네벨스크 음학학교 학생들과 합동 공연

2014년8월16일: 제11회 빅토르 최 추념 기념공연 '키노글리키 '주 락 페스티벌 개최

2014년8월16일: 제69주년 광복절 기념행사 스파르타 경기장서 개최

－민족통일대구시청년협의회(회장 하태균) '대구의 밤' 한인문화회관서 개최

2014년8월22일: 사할린한인 징용유해 18구 한국봉환 추도식

－<소드루제스트워-2014>축제, 러시아, 벨로루시, 한국, 중국 민속예술단 공연

※한국: 국악 아카펠라그룹 '토리스'

－유즈노사할린스크시, 시민 표창에 한인 태권도 선수 장재실 사범 수상

－제4회 사할린국제영화제 '세계의 끝' 한국여배우 문소리 친선대사로 참여

2014년8월29일: 수원 유소년 축구팀, 스포츠관광청소년국이 실시한 러·한 유소년 축구 친선경기에 참가.

2014년9월1일.: 사할린 전 지역 새학기 시작(5만2,000/5,600명) -코르사코프 제4중학교 제2외국어로 한국어 채택

2014년9월6일: 네벨스크시 도시기념 160주년 기해 울산 중구청과 우호협력협정 체결

2014년9월16일: 경상북도 의회 국제친선연맹단 사할린 방문

2014년10월1일: 종양학 국제세미나 개최

2014년10월8일: 한·러 우호축제 개막

※한지공예전시, 말하기대회, k-pop 경연대회, 한국영화제, 갈라콘서트, 클래식뮤직 공연(KBS교향악단)

2014년10월10일: 고려인 이주 150주년 기념사업 추진위원회 '국제학술회의'에 고려인언론사 초청

2014년10월12일: 국민대학교 아.란코브 교수, 학술 및 공개 강의 토의 차 사할린방문

2014년10월22일: 에트노스예술학교 중국 국제청소년창작축제 페스티벌서 연속 우승

2014년10월26일: 결련택견협회·한국가라테협회 대표단, 사할린방문

2014년10월27일: (사)해외희생동포추념사업회, 한인문화회관 마당서 제21회 사할린 추념식 거행

2014년11월4일: 러시아 국민단결의 날

2014년11월6일: 2015년도 사할린한인 영주귀국(104명 확정) 사업설명회

-사할린학생들 제주도 제5회 제주국제청소년포럼 단막극 호황

2014년11월8일.: 안산 고향마을서 고 박노학 회장 동상 제막

2014년11월8일: 가든파이브헤븐스합창단(엠디바) 사할린시립 오케스트라 협연 및 2개 도시 위문공연

-박순옥 사할린주이산가족협회 회장 대한적십자사로부터 감사장 수여

-아나톨리 쿠진 러시아역사학자, 9세기:21세기 초기까지의 사할린 한인들의 역사 '사할린한인사' 출간

2014년12월11일: 세종한글학교(유즈노사할린스크시한인회) '한국문화의 밤' 개최

2014년12월12일: 한인화가 주명수씨, 러시아연방 공훈 화가 칭호 부여

2014년12월13일: 한식 '맛 자랑' 대회(사할린한인문화회관 강당)

2014년12월22일: 주블라디보스토크 총영사 이석배 주러시아 공사 부임

2014년12월24일: 사할린우리말방송 개국 10주년 기념 "제8회 사할린한민족노래자랑"

2015

01.19.: 한인 음력설 전 도시서 행사01.22.: KIN(지구촌동포연대) 대표단 '세상에서 하나뿐인 달력' 전달

01.28.: 사할린주이산가족협회 결산 선거회의 소집

03.04.: 사할린주지사 알렉산드르 호로샤윈 수뢰 혐의로 체포

03.23.: 사할린주이산가족협회 사할린한인 2세 실태 조사 실시

03.25.: 블라지미르 푸틴 러시아 대통령 알렉산드르 호로샤윈 사할린주 주지사 해임명령(주지사 권한대행으로 올레그 코제먀코 아무르주 주지사 임명)

04.10.: 민주평화통일자문회의 전라북도정읍협의회, 사할린동포 1세와의 간담회 개최(한인문화회관)

04.17.: 사할린주한인회 주최, 러시아 대조국 전쟁승리 70주년 기념 공연.

※소나타 앙상블, 에트노스예술학교 예술인 150명 초대

04.18.: '대구의 밤' 행사진행

※민족통일대구광역시청년협의회, 소망어린이창작발전협력회

04.20.: 사할린 주정부보건성과 대전광역시보건복지여성국간 보건의료협력에 관한 업무협력약정(MOU) 체결

04.24.: 사할린국립종합대학교서 '한국문화의 날' 행사 진행(한국어말하기대회, 한국학경시대회, 2015년 사할린 K-POP 경연대회)

04.26.: 로지나문화회관서 에트노스아예술학교 한민족과 8학년 생 졸업공연

05.07.: 제12차 사할린한인동포 단체 대표자 회의(대한적십자사, 사할린, 블라디보스토크, 하바롭스크, 모스크바, 로스토브, 카자흐스탄 사할린단체장 참가)

05.08.: 어버이 날 기념(노인정 어르신들을 위한) 행사 개최

05.09.: 대조국전쟁 승리 70주년 행사 거행(승리의 날)

05.16.: 첫 사할린한국유학박람회 개최

05.12: 사할린한인문화회관 전시관서 '사할린 한인의 섬 생활 1945-2015' 전시회

※사할린주한인회, 사할린주미술관, 사할린주역사문서보관소 공동주최)

06.16.: 부산우리민족서로돕기운동, 일제강점기 사할린강제 징용 희생자 추념식 개최.

06.27.: 주한인여성회 결산회의 소집.

06.30.: 광복 70주년 기념 농어촌희망나눔 사할린연주회(유즈노사할린스크 체호브

※키도오케스트라, 유라시안오케스트라, 유즈노사할린스크시립 챔버오케스트라, 에트노스예술학교 가야금앙상블의 합동 연주회 성료

07.13.: 민주평화통일자문회의 17기 출범, 사할린 자문위원 7명

사할린스크한국출장소에서 위촉장 수여 07.01.: 사할린·수원 스포츠교류프로그램 '수원99 유소년' – '사할린–99유소년' 친선시합

07.03.: 한–러 중소기업 상담(한국경기도중소기업) 사할린방문

07.04.: 2015 사할린한식요리대회 개최(한국영사출장소, 사할린한국교육원)

※우승자는 방한초청 기회와 세계요리콘테스트 본선 경연 출전권 획득

–러시아 대조국전쟁 승리 70주년, 광복70주년, 경인일보 70주년 기념 '사할린무술대회' 개최(한국 경희대학교 태권도팀 시범)

07.21.: 〈피스로드 2015 사할린〉 출범식(남북통일운동국민연합)

※3개월간 통일대장정 120개국 참가)

07.25.: 국회의원 김춘진 보건복지위원장, 이명수 의원, 김성주 의원 한인문화회관에 의약품 및 의료기기 기증

2015.07.25.: 모스크바사할린한인회가 사할린 한인1세 역사 기념회 개최(박승의, 진율리야 사할린한인 역사 연구가 초대)

07.26.: 마카로브서 제2회 '우리는 같이 있다' 민족축제 개최.

07.26.: 탈춤극단 제주두루나눔의 사할린공연(사할린·제주의 만남, 70년의 기다림. 흥겨운 탈춤 놀이마당) 08.02.: 사할린한인청소년역사캠프 첫 실시. 학생 44명 코르사코브, 시네고르스

크, 홈스크, 네웰스크 방문(주최: 사할린주한인노인회, 후원: 재외동포재단, 사할린한국교육원, 주이산가족협회, 주한인회 등)

08.11.: 일제강점기 사할린강제징용 희생자 합동추모비 제막식 및 위령제 진행(유즈노사할린스크시 제1공동묘지)

08.15.: 광복70주년 기념행사(임금님 행차)

08.18.: 제2회 전 러시아 하계 장애인스파르타키아다서 사할린 출신의 근결격계장애인 선수 오 알렉산드르(청년부)가 포환던지기에서 1등

08.21: 제5회 사할린 국제영화제 '크라이 스웨타/세계의 끝' 개최. ※<국제시장>의 윤제균 감독, <설행:눈길을 걷다>의 김희정 감독, <철원기행>의 김대환 감독이 초대되었고 사할린영화제 경쟁부문에서 '철원기행' 의 배우 이상희가 여우주연상 받음

08.22: '한민족 큰 잔치 동포노래자랑' 개최(주최: KBS 라디오한민족방송, 후원: 사할린우리말방송, 아시아나항공사할린 지점).

08.22.: 사할린청소년 하계 캠프 아니와구역 따라나이에서 개최(한국동북아청소년협의회).

08.24: 나홋카 북한총영사관 임천일총영사 사할린방문

08.30: 경제법률정보대학과 사할린주역사고문서보관소 주최 하에 '사할린에서의 조선어' 원탁회의

08.31: 한러수교 25주년 기념 <러시아와 대한민국: 역사적 측면과 현대의 도전> 국제학술회 개최(유즈노사할린스크경제법률정보대

학, 사할린주경제발전성, 고려인과학기술단체연합회 공동주최)

09.01: 제22회 사할린강제동원한인희생자 추념행사 개최(해외 희생동포추념사업회)

09.02: 남부 사할린 및 쿠릴열도 해방 70주년 기념행사 거행

-사할린주정부와 사할린주고문서보관소 주최 하에 '제2차 세계대전의 교훈과 현대성' 국제세미나 개최(한국, 일본, 중국 외 지역 전문가 초대(김 게르만 카자흐스탄 교수)

09.05: 코르사코프서 사할린주내 한인동포 미니축구대회 개최

09.10: 제3차 사할린 강제동원 한인 희생자 유골 봉환 추도 및 환송식(유골 13위 봉환).

09.12: 유즈노사할린스크시의 기념일 행사에 자매도시 안산시 대표단 참가

09.13: 러시아 단일 선거일, 사할린주지사에 올레그 코제먀코 당선.

09.21: 이민사박물관에서 '사할린 한인들의 망향가' 특별전 개막(한국이민사박물관과 인하대학교 교육연구소 공동주최)

※협력: 새고려신문사, 우리말방송국, 주한인회, 이산가족협회 등)

10.02: 광복 및 전승 70주년, 한·러 수교 25주년 기념 제2회 사할린 한-러 상호이해 및 우호축제(한-러 우호열풍) 개최.

※ (사할린주정부, 한국출장소, 한국교육원, 주한인회 공동주최, 전통 및 클래식 공연, 전통차 전시와 시음, 한-러 청소년 우호 전통음악 및 한국문학의 밤, 화가의 우호의 밤, 한국 화가들의 미술전, 한국영화제 등 펼쳐)

10.09: 코르사코브 첫 공식 한글의 날 행사 개최(코르사코브한 인회, 사할린한국교육원)

10.16: 제3회 <나의 꿈> 한국어말하기대회 개최(대상 주내 학교 학생)

10.30: 한국 나상만 연출가와의 만남(새고려신문사, 주한인여성 회 주최)

-사할린주 유니버설과학도서관 <문학적 사할린> 프로젝트에서 양 세르게이 한인작가와의 만남 그리고 <조용한 행복>의 창작소개

10.31: 시한인회 소속 세종한글학교 수강생 한국어경시대회 개최

11.02: 한국어교사연수 (사할린국립대 동양학관광서비스대학, 사할린한국교육원 공동개최)

11.07: 광복 70주년기념 청소년들을 위한 '사할린한인역사' 세 미나(주최: 주한인여성회)

11.22: 김영삼 전 한국 대통령 서거, 한국영사출장소 분향소 마련

11.26: 안산시와 경인일보 사할린동포50명 초청 모국방문 위로 행사 마련

12.01: 사할린한인문화센터서 <2015년도 사할린 한인영주귀국

사업> 설명회 개최

12.02: 주블라디보스토크총영사관 이석배 총영사 사할린 방문.

12.14: 사할린동포 51명 영주귀국.

12.15: 재외동포재단 사할린 장학생 간담회개최(주최: 사할린한국교육원)

12.16: 사할린국립대학교에서 제1회<러시아와 북한 간의 협력 경험, 문제와 전망> 과학실용 컨퍼런스 개최

※주최: 사할린주정부, 러시아외무성, 유즈노사할린스크시대표부, 사할린국립대, 조국통일연구원(평양), 해외동포원호위원회, 고통련 원동위원회

12.18: <한인 여성리더 간담회> (한국영사출장소)

12.28: 사할린한인역사 연구가 진 율리야의 첫 책 출판기념회

※대일항쟁기위원회가 4년간 실시된 사할린한인묘지 조사가 2015년 9월에 마무리됨.

2016

01.25:KIN(지구촌동포연대) 대표단 사할린방문 돌린스크, 마카로브, 코르사코브 등지를 찾아 사할린동포 1세들에게 <세상에서 하나뿐인 달력> 전달

02.06: 제9동양어문학교 제1회 시동양언어축제 개최

02.08: 음력설 행사(주한인회)

02.08일: 에트노스예술학교 한민족예술과 개설 20주년 기념 "4계절" 공연

※(스톨리 비즈니스센터)

02.26: 북한 러시아대사관 주최로 개최된 제1차 전국외국어학원 학생 노어경시(평양) 수상자 5명이 사할린 방문.

02.27: 사할린주이산가족협회 결산회(2015년 총결)의 소집.

03.13: <하늘>사물놀이그룹 공연. 유즈노사할린스크시의 청소년이니셔티브센터 그란트 프로젝트

03.25: 한국관광공사, 사할린한인문화센터에서<한국관광 상품전> 개최

04.04: 포항시대표단 사할린방문, 동포사회계 대표들과 간담회 가짐.

04.05: 조선학교 교사이며 사할린 국영텔레라디오공사 조선어라디오방송국 아나운서로 활동하셨던 김화순 씨가 81세 일기로 별세.

04.12: '사할린 잔류 1세대동포 의료지원사업' 추진 관련 조사를 위해 한국국제보건의료재단 인요한 총재 사할린 방문.

04.17: 사할린한국교육원이 한인문화센터에서 제 46회한국어능력시험(TOPIK) 시행. 76명 응시

04.11: (19일)사할린대표단 4월의 봄 친선 예술축전으로 평양 방문. 사할린국립대, 김일성종합대학과 교류 협약.

4월 21일: 사할린한인문화센터 회의실에서 제13차 사할린한인 동포단체 대표자 회의(주최: 대한민국적십자사 기타 사할린, 블라디보스토크, 하바롭스크, 모스크바, 로스토브, 카자흐스탄 사할린단체장 참가)

04.22: 사할린주정부, 사할린국립대, 사할린한국교육원 주최. 한국어말하기대회 개최. 사할린국립대 한국어교육 25주년을 기념한 행사서 학생들과 대학생들은 <우리글한글>, <한국어와 나의 삶>주제로 발표.

04.29: 라이온스클럽 창립(가가린라이온스클럽, 천영곤 회장)

05.08: 어버이날 기념. 한인문화센터에서어르신들을 위한 행사 개최

05.28: 사할린주한인여성회 결산선거회의에서 회장으로 엄옥순 씨 선출.

05.28: 2016 제2차 한식요리콘테스트대회 개최(한국영사출장소와 사할린한국교육원 주최) −우승자 김 파벨 조리사 방한 기회와 세계한식요리콘테스트 본선경연 출전권 획득)

06.18: 사할린영주귀국자 200명이 함께하여 대구에서 처음 <사할린의밤> 개최(주최: 민족통일대구청년협의회). 사할린대표단(주노인회 김홍지 회장, 주이산가족협회 박순옥 회장, <소망> 어린이창작협력회 김춘경 회장, 새고려신문사 배 윅토리아 사장) 초대참석

06.28: 롯데관광 백현 사장 사할린 방문하여 주정부에서 크루즈 문제 논의

07.03: <사할린·대한민국 사회적 기업의 경험 공유> 주제로 사할린에서 포럼 개최 <제5차 국제학술대회: 사할린한인과 사회적 기업을 통한 한러 경제협력>, <사할린 한인문화: 현재와미래> 간담회, <한·러 국제협력: 사할린주 사회적 기업> 워크숍, <세계 한민족 사회와 문화적 외교> 특과정 등 행사를 펼침. 주최·주관: 주정부, 사할린주사회적 기업가협회, 한림대 러시아연구소, 사할린국립대 등)

07.02: 광복 71주년기념, 대조국전쟁 71주년기념 러·한 합동 심포니오케스트라 연주회(농어촌희망청소년오케스트라, 뉴월드오케스트라, 유즈노사할린스크시립오케스트라 연주자 총 70명, 지휘: 금난새) 유즈노사할린스크시 <스톨리차>비즈니스센터 콩그레스 홀에서 성황리 거행.

07.18: 김파벨 사할린 조리사 '세계 한식요리 콘테스트' 대회(서울)에서 3등 획득.

07.23: 마카로브에서 제3회 <우리는 함께 있다.> 민족 간 축제 개최

07.17: 30일간, 유즈노사할린스크 에트노스예술학교 한민족예술과 교사와 학생 28명 한국 진도 국립남도국악원에서 연수.

07.25: 제2회 사할린한인청소년역사캠프 실시. 학생 15명 4일

간 코르사코브, 포자르스코예, 네웰스크 방문(주최: 사할린주한인노인회, 후원: 재외동포재단, 사할린한국교육원, 주이산가족협회, 주한인회 등)

07.31: 8월6일까지, 대한민국 중·고등·대학생들로 구성된 자원봉사단(17명)이 유즈노사할린스크, 아니와, 코르사코브, 홈스크에서 봉사활동(과천청소년해외봉사단)

08.07: 사할린 유명 조각가인 니 아나톨리 러시아연방공화국 공훈 미술가 90세의 일기로 별세.

08.12: 사할린한인문화센터에서 <사할린에서 부르는 두루지야의 아리랑> 공연

08.13: '재외동포와 함께하는 <KBS 전국노래자랑>' 사할린 예심을 유즈노사할린스크시 한인문화회관에서 개최(진행자: 송해 KBS전국노래자랑사). 우승자 이영옥 씨와 2위를 한 11세의 랴추크 폴리나는 한국 본선 노래자랑 출전권 획득.

08.15: 광복절 71주년 기념, 사할린한인문화센터 개관 10주년, 국제문화공연교류회(미리내 섹스폰오케스트라 비롯 소프라노, 가수 등 총 50명이 출연)

08.15: 한국자유총연맹 신흥식 부총재 사할린에 본 연맹 지부신설 의사 표명

08.15: 광복71주년 기념행사, <코스모스>운동장에서 20일 행사 진행

08.22: 유즈노사할린스크에서 <대구의 밤> 행사진행 (주최: 민족통일대구광역시청년협의회, 주한인회, 주관: <소망> 어린이창작발전협력회).

—이해숙 경기민요연구원 원장이 자신이 창작한 <사할린 아리랑> 발표

08.24: 주유즈노사할린스크 한국영사출장소 소장으로 부임한 황명희 씨 사할린 도착.

08.26: 주유즈노사할린스크 한국영사출장소 소장 임기가 끝난 사공장택 씨가 귀국.

08.28: 유즈노사할린스크시 제1공동묘지에서 일제강점기 사할린강제징용희생자 추념제 진행.

※주최: 부산우리민족서로돕기운동/상임대표 무원 스님, 부산진구불교연합회

08.29: 한국대전시대표단 주정부에서 보건의료협력 강화 문제를 논의

09.02: 청호나이스 정휘동 회장 코르사코브 학생들에게 장학금 전달하고 바이올리니스크 박지혜 코르사코브 제4중학교에서 독주

09.02: 제23회 사할린강제동원 한인희생자 추념행사 개최(주최: 한국 해외희생동포추념사업회, 회장 이용택)

09.04: '재외동포와 함께하는 <KBS 전국노래자랑>' 본선에서 사할린 학생 폴리나 랍추크(11세) 인기상 획득

09.09: 17일 제6회 <크라이 스웨타/세계의 끝> 사할린국제영화제 진행, 경쟁 프로그램에는 영화 15편이 참가했는데, 영화 <푸른 날/감독 임찬재>(감독 임창재) 한국 대표작

09.18: 국가두마 선거의 날. 국가두마의원으로 게오르기 카를로브가 당선

09.19: 사할린주정부가 한양대 국제병원과의 상호협력을 위한 협약 체결

09.21: 제4차 <사할린 강제동원 한인 희생자 유골 11위 봉환 추도 및 환송식>

10.14: 15일 한·러 우호협력축제 개최. (주블라디보스토크 대한민국총영사관 주유즈노사할린스크출장소, 광주광역시청의 주최와 사할린주문화부, 사할린한국교육원, (사)임방울국악진흥회). 축제는 개막식, -한국문인화 전시회, -김치문화축제, -임방울국악진흥회, -<에트노스>예술학교, -한국 전통예술 합동 공연으로 이어짐.

10.04: 한인의사 박 알렉세이, 사할린주 보건부장관 대행으로 부임.

10.05: '세계 교사의 날' 유즈노사할린스크 제9동양어문학교 김나탈리아 한국어교사 <러시아 우수교사>로 선정되어 올레그 코제먀코 주지사로부터 수상.

10.05: 세계 한인의 날. 사할린텔레라디오공사 우리말방송 김춘자 국장이 재외동포 권익신장을 통하여 국가사회발전에 이바지

한 공로로 한국대통령 표창장 수상

10.09: 한글날 즈음 사할린국립대 임 엘비라 한국어교수가 한글 연구 및 보급을 통하여 한글발전에 이바지한 공로로 서울에서 한 국대통령 표창장 수상.

10.26: 새고려신문사 이예식 사진기자의 <귀환> 사진집이 한국 에서 출간되어 이날 서울에서 이예식 기자와 김지연 한국 다큐멘 터리 사진작가의 전시회가 열림.

10.28: 사할린국립대 한국어과 창설 25주년 학술대회 개최, <러 시아와 한반도 국가들: 경제와 사회, 문화와 교육의 현황과 전망>

10.29: 모스크바에서 <사할린 시인과 함께 하는 문학 강연회> 개최됨. 모스크바 사할린동포연합회가 사할린의 허 로만 시인과 장태호 시인을 초대함.

10.28: 독도사랑회 길종성 회장 사할린 방문, 현지 사회계 현황 과 실태를 파악하고 어르신들에게 위문품 전달

11.01: 에트노스예술학교 개교 25주년 기념공연

11.11: 제9동양어문학교 개교 70주년 기념행사

11.29: 블라디보스토크에서 <2016 재외동포사회와의 파트너십 행사> 개최, 동포언론사 부문에서 사할린 새고려신문사 배 윅토 리아 사장과 우리말방송 김춘자 국장이 주제 발표.

12.01: 유즈노사할린스크와 홈스크에서 2016 사할린아리랑제 진행.

※(한아리랑전승자협의회, 성주아이랑보존회, 사할린주한인회, 홈스크한인회)

12.08: 사할린동포 총 11명이 영주 귀국함. (2016년부터 영주 귀국 사업은 한국정부의 지원만으로 이루어짐).

12.10: 주한인여성회 주최로 <사할린한인 역사와 영주귀국문제> 란 주제 아래 세미나 개최

12.14: 사할린 잔류 1세대 동포 초청진료 사업 설명회 소집(한 국 국제보건의료재자단, 국립중앙의료원, 사할린주이산가족협회 협력). 첫 1세 22명이 정월에 한국에서 치료 받음.

12.17: 사할린주한인회 결산건거대표자회의에서 신임 한인회 회장으로 박순옥 주이산가족협회 회장이 다수가결로 선출

12.18: 홈스크 한인회장으로 박영순 씨 선출

12.21: 사할린주립미술관, 남북 작품을 함께 하는<코리아 현대 예술> 상설전시관이 열려.

12.24: 유즈노사할린스크 시한인회 회장으로 림종환 재선.

12.24: 사할린주한인여성회 긴급 총회 소집. 엄옥순 회장 사임, 주요 임원 탈퇴.

12.26: 주유즈노사할린스크 한국영사출장소(소장 황명희)의 주 최로 사할린 한인사회계 대표들을 대상으로 송년회 개최

12.28: <세계에서 하나뿐인 달력 2017> 1000부가 사할린에 도 착(제작 KIN/지구촌동포연대)

2017

01.14: 한국국제보건의료재단이 추진하는 <사할린잔류 1세대 동포 초청진료 사업>프로그램으로 최초로 사할린한인 1세 22명 가족보호자 16명의 인솔 하에 국립중앙의료원에서 검진과 진료를 받기 위해 서울로 떠남

01.18: 25일간, KIN(지구촌동포연대) 대표단 마카로브, 븨코브, 크라스노고르스크, 샤흐쵸르스크, 우글레고르스크 등지를 찾아 사할린동포 1세대들에게 <세상에서 하나뿐인 달력> 직접전달. 2017 달력은 사할린 한인 1세들의 모습을 담은 새고려신문사 이예식 사진기자의 흑백 사진으로 제작됨

01.27: 음력설을 앞두고 유즈노사할린스크시 제9동양어문학교에서 제2회 시동양언어축제 개최

01.27: 사할린주립향토박물관에서 사할린한인 역사 주제로 <사할린 땅에서의 무궁화 꽃>전람회 개최

01.28: 음력설, 사할린주한인회 주최 음력설 행사 1월 27일 유즈노사할린스크시한인문화회관에서 개최

02.11: <사할린섬> 체호브 책박물관에서 <사할린−한국: 3권의 책 이야기> 문학의밤 행사 개최. 사할린한인 관련 책 3권 아.쿠진의 <사할린한인사>, 진 율리아의 <사할린의 한인디아스포라: 본국 송환 문제 및 소비에트와 러시아 사회로의 통합> 한국어판,

류시욱(필명:춘계)의 <산중반월기> 러어, 한국어판 소개

02.21: 사할린한국교육원 장원창 원장의 임기가 끝나 한국으로 귀국. 2월15일부로 사할린한국교육원 김주환 씨가 부임

03.16: 유즈노사할린스크 <가가린>호텔 연회장에서 민족통일대구시청년협의회, 유즈노사할린스크시한인회의 주최로 <대구의 밤> 행사 개최

03.17: 국회 안전행정위원회 자유한국당 이명수 의원(충남 아산갑)이 의원회관에서 영주귀국 사할린 동포의 국내 거주 · 정착지원을 위한 입법 토론회를 개최.

−3월 중순 −오스트리아에서 진행된 지적 · 발달장애인들을 위한 스페셜 올림픽에서 사할린을 대표한 우 왜채슬라브 알핀스키 선수가 은−동 메달 획득.

03.27: 에트노스예술학교의 <개나리>무용단(담임교사 김 옙게니아)이 상트페테르부르그에서 개최된 <지구의 미래> 국제청소년창작축제 콩쿠르에서 1등 차지

03.30: 사할린주 미술박물관에서 주명수 화가의 <사할린, 미의 세 면/스케치인쇄, 사진, 아크릴> 전시회 개막.

04.19: 제2차 사할린잔류 1세대 동포 초청진료 사업을 위한 설명회를 한인문화회관서 진행.

04.22: 한국 부산의 40계단문화관 전시실에서 이예식 기자(새고려신문사)의 사진전 "귀환" 전시

04.26: 사할린한인문화회관 회의실에서 제14차 사할린한인동포 단체 대표자 회의(대한민국적십자사: 사할린, 블라디보스토크, 하바롭스크, 모스크바, 카자흐스탄 사할린한인 단체 대표들 참가)

04.28: 사할린주정부 · 사할린국립대 · 사할린한국교육원, 한국어말하기대회 <한민족언어의 아름다움과 지혜>란 주제로 발표

04.28: 사할린국립대에서 <한민족의 얼이 담긴 전래동화와 속담>이란 주제로 사할린주 한국학 경시대회 진행

04.29: 사할린 라이온스클럽(가가린 라이온스클럽 회장 천영곤) 창립1주년 기념행사 개최

05.05: 사할린주립미술박물관에서 이철수 한국 목판화가의 <조화를 찾아> 미술전 전시

05.09:대조국전쟁의 승리의 날. 열병식 포함 사할린에서 다수의 행사 진행.

05.09: 대한민국 대통령으로 문재인 후보 당선.

－첫 한국관광객들 1700여명 태운 크루즈 사할린 코르사코프 입항.

05.11: 사할린한인문화회관에서 세계한민족여성재단의 제6회 러시아 국제컨벤션 개최, 세계 12개국 여성대표들 100여명 참가

05.26: 농어촌희망청소년오케스트라(키도), 사할린주청소년오케스트라와유즈노사할린스크시 챔버오케스트라와 합동 연주회를 <스톨리차>비즈니스센터 콩그레스 홀에서 개최

06.08: 2차 초청진료 프로그램으로 25명의 사할린 한인 1세 한

국방문(국제보건의료재단 추진)

06.15: 17일간, 유즈노사할린스크에서 제17회 러시아-한국-독립국가연합(CIS) 과학기술컨퍼런스 개최. 주최·주관은 전러시아고려인연합회, 한국과학시술단체총연합회(대한민국), 사할린인문기술대학, 재러한인과학기술자협회, <진보>우즈베키스탄과학기술자협회, <과학>카자흐스탄과학기술자협회. 컨퍼런스 일환으로 민족정체성 문제를 가지고 토론회 진행.

07.08: 제1회<사할린의 여름>청소년 격투기경기 개최.

※주최: <오스트로브>사할린주무술협회(회장 천영곤), 후원: 사할린주한인회.

07.18: 21일간, 사할린주한인회와 주한인노인회의 공동주최로 제3회 사할린한인청소년 역사캠프 실시

07.22: 우글레고르스크 한인회와 유즈노사할린스크 시한인회 공동으로 우글레고르스크에서 주한인회 25주년 기념공연 행사 개최

07.23: 26일간, 투나이차 휴양소에서 동북아청소년협의회의 지원으로 <한국 전통문화계승 사할린청소년캠프> 진행(대상 코르사코브 학생들)

07.27: 홈스크에서 <한가정에서> 프로젝트의일 환으로 공연 개최. 사할린주한인회 주최, 사할린주정부 후원, 홈스크시행정부·시한인회 협찬

07.29: 마카로브에서 <우리함께> '제4회 민족 간 축제' 개최

07.31: 국회의원 송영길 의원 외 북방경제원정단 사할린방문. 올레그 코제먀코 주지사와 면담 갖고 협력문제 논의

08.01: 사할린한인문화회관에서 <제주 두루나눔> 탈놀이단체 공연

08.01: 다물운동본부(한국)의 제14차 민족통일 국토순례단 사할린방문

08.06: 유즈노사할린스크 제1공동묘지 사할린한인희생자 합동추모비 앞에서 제4회 일제강점기 사할린징용희생자 추념식(주최: 부산우리민족서로돕기운동)

08.08: 한국 소설가 강석경 작가와의 만남 <문학의밤> 개최. 강작가는 한국문화예술위원회 프로그램으로 3개월간 사할린에 파견됨 주최: 새고려신문사, 후원: 사할린한국교육원.

08.11: 한인문화센터 앞마당에 위치한 사할린한인 이중징용과 부피해자비제막 10주년 행사 ※주최: 사할린한인이중징용광부유가족회(회장 서진길), 사할린주한인회(회장 박순옥)

08.15: 광복72주년 기념행사 거행. <스파르타크> 경기장에서 19일 행사에 올레그 코제먀코 참가. 팝아티스트 리리 출연

08.15: 역대 대통령의 광복절 경축사 중에서 대한민국 문재인 대통령이 강제동원의 고통에 대해서 언급하여 사할린한인 사회계가 환호

08.15: 노량진수산시장을 주축으로 대표 10명이 사할린을 방문하여 투자현장 파악.

08.18: 사할린동포 2세인 이채인 씨의 조국을 상대로 전달하는 메시지가 새고려신문에 게재되어 사할린한인 속에서 긍정적 응답과 공감을 얻음.

08.20: <스톨리차>비즈니스센터 콩그레스 홀에서 한·러 수교 27주년기념 '2017 사할린 한러 우호축제' 개최. 한국 측에서 유명한 솔린스트인 이연성 베이스, 박성희 소프라노, 한울림(김덕수패 사물놀이) 등이 공연

08.21: 사할린한인문화회관 사할린주 올레그 코제먀코 주지사 사할린 한인들과의 만남 가짐.

08.22: 인천시 남동구에 위치한 남동구노인복지관대표단이 사할린방문, 사할린한인 단체장들과 협력 협의.

08.25: <세계의 끝> 사할린국제영화제 개최, 경연프로그램에 김기덕 감독의 <그물> 영화 참가

09.01: 제24회 사할린강제동원 한인희생자 추념식(해외희생동포추념사업회 회장 이용택)

09.03: 한인문화회관에서 사할린주 설립 70주년, 한국·사할린 문화교류 15주년 기념행사에 이혜미가수의 <사할린동포 문화사랑> 공연. 주최: 사할린주한인회, 우리말방송국

09.03: 돌린스크 <한가정에서> 주한인회 기획의 일환으로 공연

진행

09.04: 27일 인하대와 국립국어원이 선발한 한국어예비교원 및 경력 교원들이 실습 프로그램을 사할린에서 진행. 연수단은 사할린에서 많은 교육활동과 행사를 했음.

09.07: 블라디보스토크에서 〈한·러 우호 증진을 위한 문재인 대통령 초청 오찬〉 개최되었음. 사할린한인 대표 14명 초청 참석. 사할린동포 청원서 문재인 대통령에게 전달

09.08: 유즈노사할린스크시 135주년기념행사 안산시와 경기도 광주대표단이 사할린주한인회, 새고려신문사 찾아 협력 논의

09.09: 사할린주한인회 미니축구경기 개최. 8개 도시 참가

09.10: 사할린주두마 의원 선거 날, 주두마의원으로 당선된 28명 중 한분은 30대의 사할린한인동포 최유리

09.13: 사할린 강제동원 한인희생자 유골봉환 추도 및 환송식 앞두고 유골봉환 간담회 개최. 대한민국 행정안전부 측에서 사할린 관계자들에게 표창장과 감사패 수여

09.14: 제5차 〈사할린강제동원 한인 희생자 유골 12위 봉환 추도 및 환송식〉

09.17: 〈로지나〉문화회관에서 제2회 사할린아리랑제가 진행. 주최: 아리랑학회, 협찬: 유즈노사할린스크 시한인회, 홈스크 한인회.

09.28: 대한적십자사 처음으로 〈사할린2-3세대 모국방문〉 사

업 진행. 사할린한인 264명 8차례에 걸쳐 한국방문.

09.29: 사할린주립미술박물관에서 사할린주 설립 70주년 기념 <전후사할린: 교육, 문화 (1945-1964)> 전시회 개막. 전시에는 조선학교 물품 많이 소개됨

10.01: 우수 지방 지도자로 인정받은 네웰스크 시장(사할린의 유일한 동포 시장) 박 블라지미르가 시장에서 사임.

-10월 중순, 사할린 태권도에서 이름이 날린 민태출 씨가 태권도 8단 선수로 확정(국기원증서)

10월 12-31일, 서울로드스콜라 학생단 사할린 여행하며 동포들의 삶과 역사를 파악.

10.27: 사할린한인문화회관에서 새고려신문사 이예식기자의 <사할린한인: 귀환> 전시가 열림. 주최: 사할린주한인회, 협찬: 새고려신문사.

10.28: 27. 한인피살자 추념비(미주호 촌)에 대한 다큐멘터리 제작. 주최: 주한인회, 홈스크한인회, 홈스크시행정부.

10.30: 사할린한국어교사 연수실시(주최: 사할린국립대, 사할린주한국어교사협회)

11.04: 한국영사출장소(소장 황명희), 사할린북부지역(우글레고르스크, 크라스노고르스크, 토말) 방문

11.03: 안산시의회 대표단 사할린방문, 유즈노사할린스크시의회, 사할린한인 사회계관계자 협력문제 논의

11.03: <한 가정에서>기획의 마감행사 사할린한인문화센터에서 개최

11.06: 홈스크 한인회, 한민족전통문화예술 등을 소개하는 에트노클라스 세미나 개최.

11.10: 새고려신문사 이예식 기자 사할린주두마로부터 표창장을 받음

11.25: 사할린주한인회 25주년행사. 제10회 사할린한민족 청소년 노래자랑 주최: 사할린주한인회, 우리말방송국

11.30: 강원도교육청 대표단 사할린방문

12.01: 코르사코브 망향의 언덕에서 사할린희생동포기념위령조각탑 건립 10주년 행사

※<한강포럼> 대표단 사할린 방문.

-12월 초부터 사할린한국출장소 사할린주한인회를 통해 1세 동포들에게 새해 선물 전달.

12.10: 한국국제보건의료재단 대표단(단장 인요한 이사장, 총4명)이 사할린을 방문, 사할린주한인회 측과 2018년 초청진료 사업 추진 방안 협의

12.15: 사할린주언론인협회 60주년행사에서 새고려신문과 우리말방송국 체호브상 수상

12.16: 화성두레농악보존회의 <전통 예술의 향연>이 거행. 주최/주관 화성두레농악보존회, 사할린주한인회, 협찬: 새고려신문사

12.25: 사할린주한인회 박순옥 회장 한국 국무총리 소속 재외동포정책위원회 민간위원으로 위촉

12.26: 유즈노사할린스크시한인회 2017년 결산회의 소집.

2018

01.06: 한인문화회관서 사할린주한인회결산회의가 소집. 회의에는 28명 운영위원 중 20명이 참석. 의정에는 2017년 사할린주한인회 사업 결산 보고와 감사위원회 재정보고, 2018년 주한인회 계획안과 기타 문제 제시됨

01.18: 2018 평창동계올림픽에 즈음 '고양U-12세계유소년아이스하키 선수권대회'에서 <크리스탈>사할린유소년아이스하키팀이 우승 차지. 한국, 일본, 중국, 아일랜드, 캐나다, 미국 팀들이 접전을 벌임.

01.24: KIN(지구촌동포연대) <세상에 하나뿐인 달력> 전달식을 가졌다. 대표단 네웰스크, 아니와, 워스토크, 포로나이스크, 마카로브 등지를 찾아 동포들을 만나 구술 작업진행, 현지 동포들의 현황을 파악. 본사 기자도 한국 대표단과 워스토크, 포로나이스크, 마카로브 일정을 함께 취재.

01.25: 사할린주 미술박물관에서 공주대학교 재외한인문화연구소(소장 김영미 교수)가 한국연구재단 후원으로 <조명희와 선봉, 연해주 한인문단>을 주제로 국제콜로키움을 개최. 한국에서

공주대학교, 부경대학교, 부산외국어대학교, 순천대학교 등의 교수들이 사할린을 방문.

01.30: 사할린주립미술박물관에서 사할린주문화문서보관부와 블라디보스토크 주재 북한 총영사관의 주최로 북한 현대 미술전람회가 열려. 전람회 개막에는 주블라디보스토크총영사관 조석철 총영사 참가. 전시회에는 사진, 도서, 수공예 작품과 조개껍질 작품 등 약 100점이 출품.

02.09: 평창동계올림픽 개최. 사할린에서 많은 응원자들이 동계올림픽을 찾았고 새고려신문 올림픽 관람에 대한 소감 글이 게재함

02.09: 사할린주한인회·주노인회·주이산가족협회는 부산경남우리민족서로돕기운동과 체결한 사할린한인역사기념관 건립 추진에 대한 양해각서를 폐지하기로 결정(관계 단절에 대한 보도가 새고려신문 2018년 8월 3일호에 게재)

02.16: <사할린 섬> 박물관에서 양 세르게이 소설가·시인 작가와 만남

02.16: 유즈노사할린스크시 동양 김나지아에서 설 행사로 '제3회 동양언어축제' 개최. 이에 남부지역 아니와, 홈스크, 돌린스크 구역 포크로브카, 코르사코브, 유즈노사할린스크 등 13개 학교 학생 200여 명이 참가.

02.16: 한인문화회관에서 주한인회 주최로 설맞이 행사가 개최. 행사에는 75세 이상 어르신80여 명을 비롯한 지방 한인회장, 주

민족단체장, 후원자, 정부 관계자 등이 참가.

02.18: 에트노스예술학교가 사할린한인문화회관 강당서 <전통으로부터 현대까지> 설 축제 개최.

02.18: 러시아 극동지역을 순회 공연한 러시아 인기가수 초이(최) 아니타가 유즈노사할린스크에서 처음으로 공연

02.24: 부산외국어대학교 교류단(교수2명, 학생 10명, 단장 이재혁 학과장)이 사할린을 방문해 문화탐방(체호브의 무한도전), 사할린의 역사, 사할린 한인 과거·현재·미래로 연구를 하여 사할린국립대서 발표회 가짐

03.03: 유즈노사할린스크시한인회, <소망>아동창작협력회·주한인여성회 공동 주최, 주한인회 협조로 국제 여성의 날 기념 <봄날 기분> 명절 행사를 진행.

03.05: 한반도 비핵화를 위한 북미 대화 조성과 남북관계개선 문제 등을 논의하기 위한 문재인 대통령의 대북특별사절단이 평양 방문

03.18: 러시아 대통령으로 블라디미르 푸틴이 재선

03.24: 유즈노사할린스크시한인회 노인정 모임에서 림종환 유즈노사할린스크시한인회 회장과 안영수 시한인회 부회장 겸 노인회장에게 주두마 표창장을 수여.

03.27: 모스크바시, <모스크바> 서점에서 허남영 사할린 시인의 시집 출판 기념회 개최.

※2권으로 된 선집(시, 에세이, 시조 번역본) 소개.

03.27: 이철주 문화기획가 에트노스예술학교를 방문하여 삼고무 1세트 기증.

04.05: 아니와 정부(시장 아르쫌라자레브)와 사할린주한인협회(회장 박순옥) 협력협약 체결

04.12: 시티몰에서 한국영화주간 개최. 사할린출장소협조 아래 주블라디보스톡대한민국총영사관의 주최로 진행되어 한국영화 5편 상영. 주블라디보스톡 이석배 총영사 올레그 코제먀코 사할린주지사와 세르게이 나드사진유즈노사할린스크 시장과 면담. 사할린 동포와 교민 단체장들과의 간담회와 언론간담회를 가짐.

04.14: 시티몰에서 <건강과 휴식> 한국관광 소개행사 개최. 주최: 한국관광공사(블라디보스토크대표부)

04.18: 사할린한인문화회관 회의실에서 제15차 사할린한인동포 단체 대표자 회의(주최: 대한민국적십자사; 사할린, 블라디보스토크, 하바롭스크, 모스크바, 카자흐스탄 사할린한인 단체 대표들 참가) 소집. 회의에서 채택된 결의문들은 일본·한국 정부에 전달.

04.20: 사할린주정부(교육부) · 사할린국립대, 주유즈노사할린스크 한국영사출장소, 사할린한국교육원 주최의 한국어말하기 대회 개최. <한민족 운동의 전통>이란 주제로 발표.

04.20: 사할린국립대에서 <한국전통민속놀이>이란 주제로 사할린주 한국학 경시대회 개최. 사할린주 정부, 사할린주한인회, 사

할린국립대가 공동으로 <세대의 연결, 전통의 이어짐>이란 프로젝트의 일환으로 진행

04.21: 행정안전부 대표단이 사할린주 정부 관계자와 만나 한인 1세 유골봉환 및 한인 기록물 수집 문제로 주정부 협조 요청

04.27: 남북정상회담이 대한민국 판문점 평화의 집에서 열려.

40.30:한인문화회관에서 러시아-한국 친선 2018 새 봄맞이 음악회 열림. 국제문화공연교류회(회장 양평수), 사할린주필하모니아 공연에는 한국 및 사할린 아티스트들이 참여.

05.06: 유즈노사할린스크시 스톨리차 비즈니스센터 콩그레스홀에서 청소년오케스트라(단원 70여명, 지휘: 빅토리아 유흐마노와)와 한국 키도(KYDO 농어촌희망청소년오케스트라) 합동공연

05.12: 사할린한인문화회관에서 어버이날 행사 진행. 주한인회가 주최하는 이 행사는 <노년층을 존중하며 삶을 지킵니다>란 기획의 일환으로 실시

05.14: 유즈노사할린스크시 <로지나>문화회관에서 <에트노스> 아동예술학교(교장 워로호와 테.아.) 한민족문화예술과 발표회 및 <진달래>무용단의 졸업 공연

05.16: 사할린 박 알렉세이 보건부 장관 및 4개 병원 원장 및 관계자들이 한양대학교병원의 우수한 의료시스템을 견학하고 학술교류 및 협력을 위해 한국 방문

05.21: 사할린인문기술대학(전 유즈노사할린스크경제법률정

보대학)에서 <사할린동포: 회고와 전망>이란 주제로 학술회가 진행. 대회는 SSK 이주·사회통합법제체계연구단, 인하대학교 BK21+다문화교육전문인력 양성사업단, 아시아다문화융합연구소, 사할린인문기술대학, 사할린주한인회 주최로, 한국연구재단, 건국대학교 이주·사회통합연구소의 후원으로 개최.

05.21: 사할린주한인회는 인하대학교 BK21+ 글로벌다문화전문인력 양성사업단, 아시아다문화융합연구소와 협력협약을 체결. 양측은 사할린 한인연구와 교육을 목적으로 정보 공유를 비롯해 여러 교류프로그램을 진행하기로 함.

05.19: 한국청소년북서울연맹 아람지역협의회 대표단 21명이 사할린을 찾아 초·중 학생 사할린여행 사업 추진계획 파악.

05.28: 한인문화회관 강당에서 사할린한국교육원 한국어교육 강좌(2017년 9월 수업) 수료식 개최. 수강생 133명 수료증 받음

05.29: 한국에서 사할린주 투자설명회 개최. 투자설명회는 2016년 9월2일에 블라디보스토크 국제동방경제포럼에서 사할린주정부와 한국 중소기업진흥공단 간 체결된 양해각서 수행에 따라 이뤄져.

06.01: 새고려신문사 주최 아래 진행된 <한국방문 체험수기>의 수상자 발표

06.06: 한인문화회관에서 제3차 <사할린잔류 1세대 동포의료지원 사업설명회>가 진행. 설명회에 한국국제보건의료재단 인요한

이사장이 직접 참여. 진료 희망자 31명 중에서 의료원 측은 상담을 통해 26명만 선정

06.12: 조미정상회담이 싱가포르에서 열림. 조선민주주의인민공화국의 김정은 국무위원장과 미국의 도널드 트럼프 대통령의 악수로 70년간 얼룩진 냉전이 해체되는 사건이 시작.

06.14: 3차 초청 진료프로그램으로 26명 사할린 한인 1세 한국 방문.(국제보건의료재단 추진/부산 온병원)

－인하대학교 김영순 교수, 박봉수 박사를 비롯한 본교 연구원들이 3권의 책을 출간. 두 권의 책에는 사할린 영주귀국자 12명의 생애사가 담겨 있음.

06.23: 민주평화통일자문회의 안양협의회 대표단 37명이 사할린을 방문, 한인문화센터에서 사할린한인역사 세미나 가짐. 한국 대표단은 사할린주한인회에 아동한복2벌을 기증.

07.03: 동북아청소년협의회 주관, 구미시에서 '러시아 사할린 한인교포 4세 초청 모국연수' 진행. 사할린한국교육원이 실시한 한글교육프로그램에 참여한 초중고교생 위주로 선발(인솔교사 포함 30명)

07.17: 사할린 한인 학생 60명이 <2018재외동포 학생초청 한국 문화체험>프로그램에 처음 참가, 주관: 경기도 학생교육원(인천)

07.21: 마카로브 <우리함께> 제5회 민족 간 축제 개최.

07.22: 유즈노사할린스크시 메가팔라스호텔 회의실에서 제61차

제주평화통일포럼 해외세미나 및 초청특강 개최. 주제: <사할린 한인의 역사>

08.04: 한국청소년북서울연맹 아람지역협의회가 모집한 학생단 (학생 19명, 인솔교사 3명)이 사할린한인역사탐방, 러시아문화 탐방 등

08.04: 푸른아동청소년문학회 사할린역사탐방단(작가18명, 단장 문영숙 회장)이 사할린을 방문. 6일 한인문화센터에서 동포 들과의 간담회 개최.

08.07: 사할린 영주귀국자 역방문 시작. 사할린 한인1세 376명 의 2018년 대한적십자사 지원.

08.07: 제4회 사할린한인청소년역사 캠프 열려.

08.10: 본지에 사할린주한인협회 박순옥 회장의 호소문(주한인 협회 명칭 관련) 게재.

08.08: 12일간, 유즈노사할린스크시에서 '청년전문가들' 러시아 기능올림픽 챔피언대회 (World Skills Russia) 진행

08.11: 사할린주한인협회 운영위원 확대회의 소집. 사업보고와 함께 주한인협회 상호변경에 따른 사할린한국한인회와의 갈등 내용 등 논의.

08.15: 광복절. 광복73주년 기념행사 주내 곳곳 진행, 마카로브 조선민주주의인민공화국의 통일음악단 단독공연 개최

08.18: 유즈노사할린스크에서 사할린주한인협회가 주최한 광복

절 행사 진행. 국립국악원, 조선민주주의인민공화국 통일음악단, 사할린동포 아티스트 참가

08.19: 토마리에서 펼쳐진 광복절 행사장에 한국 국립국악원 아티스트 공연.

08.24: <세계의 끝>사할린국제영화제 개최. 경연프로그램에 <회귀>(감독 최 말레나) 한국영화참가. 영화제 심사위원으로 오정미 시나리오작가 초대.

08.27: KIN 단체가 사할린한국한인회와 사할린한인역사기념사업회의 추진을 중단한다는 결정 통보함

08.28: 사할린주립향토박물관에서 '환동해 문명사를 통해 본 영토문제'로 러·한 국제학술세미나개최. (재)독도재단과 사할린주향토박물관 주최로 진행.

08.30: 유즈노사할린스크시 록사원 농장에서 '사할린강제징용 무연고희생자 추모관' 준공식.

08.31: 제25회 사할린강제동원 한인희생자 추념행사 개최. 주최: 해외희생동포추념사업회(회장 이용택). 위령제 일환으로 제1회 공존 역사의 메아리 사할린 진혼제 <내 고향으로 가는 날>을 진행

09.01: 국립국어원 해외 파견 한국어 예비교원 실습사업, 경희대학교 지휘아래 한국대학생 두 달간 사할린에서 한글교육을 펼침.

09.07: 한인문화회관서 사할린 동포 작가들의 작품으로 구성된

<운명의 무늬> 수집 출판기념회 개최. 주최: 유즈노사할린스크 시립도서관.

09.07: 사할린한국교육원 한국어 수업 개강식(사할린한인문화 회관)

09.08: 유즈노사할린스크시 자매결연 도시 안산문화원 예술단 들과 사할린한인문화회관 소속 예술단(하늘, 아리랑)들의 공연

09.13: 제6차 사할린 강제동원 한인 희생자 유골봉환 추도 및 환 송식(한인문화회관)

09.18: 평양에서 남북정상회담 개최 '9월 평양남북공동선언' 공 동 서명.

09.20: 경기도미술관(안산시) <코리안디아스포라, 이산을 넘어> 특별기획전 열림. 특별전에 중국·일본·러시아·우즈베키스탄·카자 흐스탄 등 아시아 지역 5개국 참가. 주명수, 조성용 한인화가가 사할린을 대표함

09.22: 돌린스크에서 사할린주한인회 주최 미니축구대회 개최

09.29: 사할린주 한인협회 대표자회의 개최

10.03: 에트노스예술학교 한민족과 신 율리아 과장 <사할린주의 공훈 교사> 칭호 받아

10.05: <오스트로브>사할린주무술회와 양주시 합기도협회와 자 매결연 협약식 가짐

10.06: 사할린한국교육원 개원 25주년 기념 <김치축제> 펼침

10.10: 사할린의 씨름 활성화에 따른 5개 단체와 양해각서 체결식이 이뤄짐

※인천광역시씨름협회, 사할린주스포츠관광청년정책부, 사할린주씨름협회, 사할린주한인협회, 메가팔라스 호텔)

10.15: 20일간 사할린국립대학교 인문ㆍ역사ㆍ동양학대학에서 한국어 교사연수와 학술세미나를 개최. 주최: 사할린국립대 한국어과와 외국어과, 후원: 사할린한국교육원, 재외동포재단.

10.18: 제18기 고급관리자과정 항일독립운동 문화탐방 국외 연수 프로그램으로 한국교육부 중앙교육연수원대표단 사할린방문.

10.20: 유즈노사할린스크시 한인문화회관에서 사할린주한인회가 추진하는 <세대의 연결, 전통의 이어짐>이란 프로젝트 일환으로 <장인들의 도시>문화체험축제 개최.

10.20: 시네고르스크에 사시던 김윤덕 어르신이 95세를 일기로 별세. '강제징용의 증인들 세상을 떠나다'

10.26: 사할린주립미술박물관에서 러시아 명예 미술가 주명수화가 고희기념 <변화의 시간>개인 전시회 개최.

11.12: 허진원 한국 극작가와의 만남 <문학의 밤> 개최. 허 작가는 한국문화예술위원회 프로그램으로 3개월간 사할린에 파견. 주최: 새고려신문사, 후원: 사할린한국교육원, 사할린주한인협회.

11.19: 주한인협회 박순옥 회장 입장문 발표(추모관 건립에 대한 입장, 주한인협회의 역할과 대표성에 대한 입장, 한국한인회

와 부산우리민족서로돕기운동과의 갈등에 대한 설명) 11월23일자 새고려신문에 게재.

11.19: 주한인협회 박순옥 회장이 보건의료지원활동으로 보건복지부 박능후 장관으로부터 표창장 수상.

11.19: 사할린 잔류 1세대의 의료서비스문제로 한국 보건복지부, 한국국제보건의료재단 및 대한적십자사 대표단이 사할린방문, 한국에서 한국 초청진료 사업프로그램으로 치료를 받은 사할린 1세 동포들의 건강상태 모니터링, 주 한인협회와 의료지원 확대 문제를 논의.

11.20: 7일간 경북 안동시 안동체육관에서 열린 2018천하장사 씨름 대축제에 사할린씨름협회 팀 출전

11.24: 한인문화회관에서 주한인여성회의 주최로 러시아 어머니의 날 기념행사 진행

12.07: 러시아대통령 블라지미르 푸틴이 사할린주지사 올레그 코제먀코의 조기 권한 종료와 관련하여 연방법에 따라 사할린주지사를 선출하기 전 리마렌코 왈레리 이고레위츠를 사할린주지사 권한대행으로 임명함

12.07: 사할린한인문화회관 강당에서 사할린한국교육원 개원 25주년 기념행사를 거행

12.07: 사할린의 허남영(허로만) 작가·시인이 주립미술박물관에서 2018년 초에 출간된 2권의 책 출판기념회를 엶.

12.09: 사할린한인문화회관 강당에서 사할린한국교육원 개원25주년 기념, 태권도 · 씨름축제를 펼침. 주최: <오스트로브>무술센터와 사할린주씨름협회 후원: 주한인협회.

12.12: 재외동포재단 연말을 맞아 한국 29개소에 거주하고 있는 약 2천8백 명의 영주귀국 사할린 동포들에게 위문품을 전달

12.14: 한국 김포시 (재)김포문화재단 '김포평화민속예술단'의 전통예술공연과 김포를 소개하는 미술전시회 개최. 주최: 김포시와 김포문화재단. 14일-네웰스크공연(네웰스크시와 사할린문화부 후원), 15일-유즈노사할린스크공연(사할린주 한인협회 후원)

12.19: 사할린한인문화센터에서 조성용 한인화가의 <유럽여행> 사진전이 열림. 후원: 주 한인협회.

12.21: 한림대학교에서 <한-러시아 극동 경제협력과 러시아 한인 디아스포라의 미래>주제로 2018 시베리아 연구 국제학술회가 개최. 학술회는 사할린국립대학교, 한림대학교 러시아학과와 한림대학교 러시아연구소가 공동주최. 재외동포재단, 한림대학교와 강원도민일보가 후원.

12.22: 유즈노사할린스크시 한인회의 결산 · 선거회의 소집.

12.22: 코르사코브 플라그만 스포츠단지에서 <사할린-한국 복싱 꿈나무 친선경기>가 열림. 김주영(용인대교수) 한국복싱진흥원 이사장을 비롯한 임원 및 지도자 등 복싱 영재 6명이 사할린

을 방문하여 사할린주 스포츠부와 한국 복싱진흥원 간 협력협정을 체결.

12.24: 부산외국어대학 이재혁 교수와 3명의 학생으로 구성된 촬영 팀이 사할린을 방문, 한국연구재단의 후원으로 취재

12.25:한인협회의 청년부 아동병원 신생아 병리과에 기저귀 144팩을 기증

2019

01.17: 렛츠런재단 최인용 사무총장(상임이사), 문시정 차장, 서천 필하모닉오케스트라 강정남 단장 사할린방문

01.23: 사할린 텔레라디오공사 우리말방송 이복순 기자, '사할린 한인 강제징용 80주년' 프로젝트의 기획으로 우수 체호브상 수상

02.16: <스파르타크> 경기장에서 열린 제1회 아시아 아이들 국제청소년동계게임 폐막

02.19: 한국영사출장소 곽기동 주블라디보스토크 부총영사 부임

02.20: <옥짜브리> 영화관에서 3·1운동 100주년기념 평화통일페스티벌 개막

※주최·주관: 민주평화통일자문회 유럽지역회의, 민주평통블라디보스톡협의회, 사할린주한인협회, 후원: 주블라디보스톡총

영사관(사할린영사출장소), 사할린한국교육원

—코르사코프시 올해의 선행인 한인기업가 오정태 스트로이마켓 대표 선정

02.22: 한인문화회관서 영화 '귀향' 상영(미주/달라스 박신민 민주평통자문위원)

03.06: 체홉극장서 '세계여성의 날 3 · 8절 기념행사

03.15: 사할린한인협회 박순옥 회장, 문제인 대통령에게 「사할린동포 지원에 관한특별법안」에 관한 청원서 제출

—사할린통계청 여성 25만4000여명 거주, 전체 거주민의 52%에 해당

—사할린국립대, 한민족 민화(民話) 소재의 교재 출판

—재외동포재단(이사장 한우성)은 올 7월 9일—8월 6일까지 3차례에 걸쳐 재외동포 중고생 · 대학생을 초청 모국연수 실시

04.14: 사할린에서 씨름대회 개최(워스토크 스포츠훈련센터)

04.22: 사할린 인재발굴경연대회서 가스포롬 한인 직장인 이 안드레이 근추노위츠 우승

—세계한인언론인협회(회장 전용창) 4월29일—5월3일까지 서울, 전라남도 광주, 완도, 함평 등지에서 '제18회 세계한인언론인대회' 개최

04.26: 한국어경시대회(사할린국립대학교)

04.27: 제34회 사할린주 한인디아스포라 탁구 챔피언 대회 개최

(회장 강만규)

-05.01 러시아 근로자의 날

-05.09 대조국전쟁 전승일

05.05: 에트노스예술학교 한민족과 졸업 발표회 공연

05.09: 키도(KYDO) 농어촌희망청소년오케스트라 사할린방문 (한국마사회/회장 김낙순, 렛츠런재단)

05.11: 행정안전부 대표단, 제7차 사할린한인 유해봉환 실시

05.18: 서울굿 축제의 한인위령제, 샤머니즘박물관(관장 양종승) 대표단 사할린방문

※3·1운동 100주년기념, 새고려신문 70주년기념

-김포 사할린한인 영주귀국 10주년을 기념, 아트빌리지 아트센터 전시실에서 "또다른 섬 사할린, 풍경과 얼굴展" 전시회(한인 화가 주명수, 조성용 화백)

05.29: <베들레헴>회사에서 '힘찬 사할린' 슬로건으로 재활 및 통증치료센터 개관

06.01: 새고려신문 창간70주년 기념 '2019년 우리말 및 러시아어 문예콩쿠르'

06.04: 원혜영 국회의원과 일제강점하 사할린 강제동원 억류 피해자 한국잔류 유족회 신윤순 회장 사할린방문

-KBS 라디오 한민족방송 새고려신문 창간 70주년 다큐멘터리 제작(7월27-28일 방송)

06.07: 주립미술박물관, 새고려신문 창간 70주년 기념 전시회 개막

−06.12 러시아의 날

−06.22 러시아 현충일

06.13: 아나톨리 쿠진 역사학자 원광대학교 초빙 강의

06.18: 사단법인 경기민예총 예술인 사할린방문

06.19: 중소기업진흥공단 주최, '비즈니스미션' 설명회

−서울 코엑스서 '2019 서울국제도서전'에 사할린한인 허로만 시인 참가

06.26: 한인문화회관, 뽀자르스코예서 제26회 사할린동포희생자 추념식

※(사)해외희생동포추념사업회(회장 이용택)

−한림대학교와 사할린국립대학교 공동주최의 '제7회 2019시베리아연구국제학술회의' 진행(가가린호텔 컨퍼런스실)

−경인여자대학교, 사할린 중고등 학생들을 위한 한국어 및 한국문화 강연

07.05: 사할린주정부 대강당서 주내 우수 졸업생의 <학업에 특별한 우수성> 메달 수여식에 한인여학생 석춘복 양 획득

07.06: 인제대 사회복지학과 대학원 연수단 사할린 한인협회 방문

−인제대학교 한국어문화교육원, 사할린한국어교육원과 교류 활성화 협정 체결

07.09: 아시아나항공, 사할린-인천 노선 운항 중단 발표

07.10:정선의료재단 온병원, 「사할린 잔류 1세대 동포 의료지원 사업」설명회

07.22: 새고려신문사 주최, 가가린호텔 9층 컨벤션홀서 김남중 동화작가가의 '문학의 밤' ※후원: 사할린한국교육원, 가가린 호텔

07.30: 푸틴 대통령, 왈레리 리마렌코 사할린 주지사 대행과 가스 등 발전에 대해 논의

08.02: 박승희 전 사할린국립대 교수 향토박물관서 <사할린 한인들, 정체성을 찾아> 모노그래프 출판기념회

08.03: 국회 외교통일위원회 대표단 사할린 방문

08.06: 인천 남동구노인복지관 대표단, 사할린방문

08.09: KBS청주, 특집 다큐 '사할린, 광복은 오지 않았다' 방영

08.10: 유즈느스트리트 페스티벌(유즈늬 거리축제)에 초청된 한국의 락 그래피티 스튜디오(LACGraffiti Studio) 작가의 작품 달네예 마을에 선보여

08.12: 제5회 사할린한인청소년역사 캠프 진행

08.16: "빛의 놀이" 제1회 사할린 미래의 영화제 비경쟁프로그램, 한국영화 '꼭두 이야기'와 ' 미스터 아이돌' 초청 상영

08.17: 광복 74주년 기념행사(한인문화회관 강당)

08.19: 디아스포라문화원과 주한인협회의 공동주최, 춘계 시낭송회 개최

※류시욱(1920-1962) 사할린한인 시인이자 작가

08.24: 한·러 수교 29주년 기념, 사할린동포와 함께 제13회 '대구의 밤'

09.02: 74주년 제2차 세계대전 종전기념일

09.11: 김진석 사진작가 사할린 취재

-국립국어원, 한국어 예비교원 국외파견 사업 시행

09.14: 사할린한인 전시회 개최(향토박물관)

09.21: 모스크바, 사할린 한인강제동원 80주년 기념 세미나 개최

10.05: 제7차 사할린 강제동원 한인 희생자 추도 및 유골 환송식 거행

10.09: 제573돌 한글날기념 한국어교사 연수회(한국교육, 사할린한국어교사협회)

10.11: 서울아리랑 경연대회에서 사할린무용단 금상 수상

-사할린국립대학교서 K-pop 경연대회

10.12: 제2회 '장인들의 도시' 문화체험 축제

10.18: 한인문화회관서 유나이티드문화재단의 동포들과 함께하는 가족음악회

10.19: 한인문화회관서 사할린한국교육원 김치 축제

-11월4일 러시아 국민 단결의 날

-사할린 안수학 관장, 대구서 치르진 전국당수도대회서 우승

10.13: 한인문화센터에서 무술대회 개최(사할린한국교육원, '오

스트로브' 동양무술센터, 동북아청소년협의회)

10.16: 대한민국 국회 정문에서 사할린주한인협회 박순옥 회장 1인 시위

※'사할린동포지원에 관한 특별법'의 제정 촉구

−사할린국립대학교에서 사할린 국립대학교와 원광대학교 "러시아와 한국, 문화의 대화와 상호 영향" 국제학술회의 진행

−제3회 사할린 아리랑제

11.18: '2019 천하장사 씨름대축제'에 사할린씨름선수단 초청

−뉴스부산(newsbusan.com) 주최, 부산국제어린이미술대전에 남율리야 여학생 은상

12.14: 주한인협회 결산 및 선거회의 개최

−현 박순옥 한인협회 회장 재선

11.25: 국제보건의료재단, 1세 동포들을 위한 건강 검진 실시

−참고자료−

새고려신문사, 조성길, 성점모 전 새고려신문사 사장, 사할린잔류 한국. 조선인문제와 일본정치(1994,간담회), 전후보상의 논리(1994, 타카기) −2015 이후의 한인연표 자료는 거의 새고려신문사 자료집에서 발췌하였음.

따뜻한 편지
사랑의 이웃들

祝 結 戰 爭 " 出刊記念 五성갈 先生 作

萬象更新

乙酉 冬日 大韓民國 名人 欒靑

따뜻한 편지
사랑의 이웃들

조성길 기자님! 먼저 축하드립니다. 그동안 수고 하셨습니다.

저는 러시아 사할린에서 영주귀국하신 어르신들을 모시고 있는 대창양로원 원장입니다. 어르신들을 모셔온 지 26년째입니다. 20년 간 매년 러시아 사할린을 다녀왔습니다.

많은 사할린 영주귀국 어르신들을 모셔왔고, 많이도 가 보았지만 사할린이란 곳은 아직도 속속들이 잘 모르겠습니다. 그런데 가는 제가 가는 곳마다 조성길 기자님의 손길이 닿지 않은 곳이 없었습니다. 사할린 강제징용 가신 어르신들의 아픈 마음의 상처를 치유하는 모습을 보아왔고 또 이야기를 들었습니다.

그동안의 노고를 이 소설에 다 담으시기가 어려울 겁니다. 강제징용 가신 어르신들은 점점 역사 속으로 희미하게 사라져가고 있습니다. 너무 안타깝습니다. 요즘 문제가 되는 강제징용 배상 안이 큰 이슈가 되고 있습니다. 경제적인 배상 안이 문제 해결의 전부는 아니라고 생각합니다.

강제징용 시 인간 한계를 경험한 사할린의 현실을 정확히 알아야 하고, 그 이후 사할린에 남겨진 그 분들의 삶의 애환을 경제적인 협상 안은 앞으로도 많은 문제점을 안고 갈 것입니다. 먼저 일본정부의 진심어린 반성이 있고 난 뒤에 경제적인 협상이 이루어져야 한다고 생각합니다.

앞으로도 계속해서 집필을 해주시어 현세대와 후세대에 더 이상 민족의 아픔을 경험하지 않도록 역사의 길라잡이가 되어주시길 바랍니다. 너무 훌륭하고, 감사합니다.

2019년 12월 22일
대창양로원 원장 신월식 올림

♡ '경험과 사실'에 근거한 마음의 언어는
'화려한 수사와 고도의 지적 상상'을 뛰어넘어
공감과 감동을 건네줍니다.
조성길 작가의 이번 '섬 전쟁'은
한·러 수교 이전부터 사할린과 러시아 우리나라를 잇던
사람과 문화예술을 사랑한 그의
지난한 시간들의 역사이기도 합니다.
책장 너머 숨겨진 그의 열정을 읽어 봅니다.

— 뉴스부산 닷컴 강경호 기자

♡ 한국 · 일본 · 러시아를 배경으로 한 각기 다른 4편의 이야기들은 우리의 삶을 녹여내고 있는 것 같습니다. 인간만이 보여줄 수 있는 냉정함과 따뜻함을 주는 이 책을 20대 청년들에게도 널리 알려지기를 바랍니다.

-동서대학생 손효정

♡ 이곳에서의 수많은 희비를 몸소 체험하며 많은 한인들의 삶을 조명하며 귀한 책을 저술함을 축하드립니다. 수고 많았습니다.

-홈스크 장승열 목사

♡ 나눔과 베풂의 정신으로 이웃에게 헌신적이고 모범된 삶을 살아오신 언론인이자 뛰어난 필력을 가지신 조성길 작가님이 첫 소설집 "섬 전쟁"을 출간하시게 되어 기쁜 마음 그지없습니다.
이 책은 보통의 서적보다 몇 곱절이나 어려움이 깃든 책으로 지금까지 걸어온 길에 있어서 한시도 순탄했던 적이 없었던 역경의 삶 속에서 사할린과 한국을 오가며 얻은 지혜와 깨달음이 녹아든 소설집으로 많은 이에게 깊은 공감과 감동을 안겨드릴 것입니다.

내공이 가득한 이 책을 출간하기까지 시간과 땀이 배었음은 물론

입니다. 많은 봉사활동을 하시면서도 글을 놓지 않으신 "섬 전쟁" 소설집에 독자 여러분의 많은 관심과 사랑 부탁드리겠습니다.

바라옵건대 조성길 작가님이 앞으로도 더욱 강건하시고 고운 글 많이 향필하셔서 저희의 앞을 비춰주시는 큰 등불이 되어주실 것을 바라 마지않습니다.

거듭 축하의 인사를 올립니다. 감사합니다.

－(사)종합문예유성 황유성 이사장 · 시인

♡ 한국 · 일본 · 러시아를 배경으로 사실과 역사를 기반으로 한 소설 '섬전쟁'은 우리들이 인생을 살아가면서 누구나 느끼는 삶의 희노애락을 아주 입체적으로 깊이 있게 느낄 수 있는 작품이라 생각됩니다. 이러한 작품이 출간된 것을 진심으로 기쁘게 생각하며 많은 이들에게 널리 읽혀지기를 바랍니다.

－국제자기경영교육협회 정성훈 교수

♡ "섬"이라는 단어 속에서 이미 대중 속에서 고독을 느끼는 현대인의 정신세계가 연상되는데 저자는 그 섬을 전쟁과 연결시키고 그 안의 복선으로 아버지의 복수와 여교사와의 러브스토리를 엮어놓았으니, 책 제목에서 이미 독자들의 상상력을 잡아두기에 충분한 작품이라 하겠다. 특히 해외현장을 발로 뛰어 취재하던 필자의 과거 기자근성을 익히 알고 있는 관계이고 보니 촘촘하

게 진행될 스토리 전개에 많은 기대를 갖게 한다.

"섬 전쟁" 출간을 축하함과 동시에 많은 독자들과 함께하는 작품임을 확신하며 감사드립니다.

　　　　　　　　　　　　　－신경대학교 교양학부 교수 최창수

♡ '섬전쟁' 또 하나의 역사적 씨앗을 남겼다고 봅니다. 흔들리지 않고 피는 꽃이 어디 있으랴 이 세상 그 어떤 아름다운 꽃들도 다 흔들리면서 피어난다. 세상에서 가장 오래된 구천년의 역사를 가진 한민족의 긍지와 자존심 수많은 강자의 무리에도 한민족 중흥의 역사에 부끄러움 없이 당당하게 사명감을 갖고 이역만리 땅에서 굳건히 살아가는 동포들...

　우리는 어떤 실천을 해야 하는지 영혼도 육신처럼 멸할 것이라고 무지한 자들이 말한다면 꽃은 죽어도 씨앗은 남는다고 대답하라. 이것이 하늘의 법칙입니다. 백 마디 말 보다 한번 실천이 더욱 용기와 희망을 안겨 줄 것입니다. 지혜와 광명을 바랍니다.

　　　　　　　　　　　　　－KBS 부산총국 자료실장
　　　　　　　　　　한국세관공매협동조합 회장 이동영

♡ 척박한 땅을 오가면서
사할린 동포의 아픈 상처를 보듬어 주시고
한 · 사할린 민간교류의 가교역할을 해주신

조 선생님 그동안의 삶의 궤적을

옥고로 출간하시게 됨을 진심으로 축하 드립니다.

　　　　　－대구시설공단 사업운영본부장 김석동 드림(dream)

♡ 과거의 시련 속에서 보여 지는 희망 속에서도 현실적이고 애
잔하고 감동이 있는 이 책이 널리 알려지기 바랍니다.

　　　　　　　　　　　　　　－동의대학생 오영은

♡ "섬전쟁" 저자 조성길님을 알게 된지 그리 오래되지는 않았지
만, 여러 면에서 봉사와 헌신의 정신으로 사회지도자로써 그 역
할을 충실히 맡아 오시는 모습을 간간이 보게 되었다.
그러한 그가 그 와중에 "섬전쟁"이라는 소설을 집필하여 탈고 하
였다는 소식을 접했다. "섬전쟁" 소설은 그의 봉사와 헌신의 정
신 못지않은 훌륭한 소설임을 확신하며 출간을 축하를 드립니다.

　　　　　－부산대학교 생명산업융합연구원 박대영 교수

♡ 조성길 대표님! 바쁜 일정에도 불구하고 현실감이 긴박하게
느껴지는 책을 출판하시는 대표님께 축하와 존경을 표합니다.
　섬 전쟁의 서두만 읽어도 삶과 죽음이 리얼하게 표현되어 읽을
수록 다음에 전개될 장면이 연상됩니다.
　실화에 가까우니 드라마 또는 영화를 찍어도 손색이 없을 듯합

니다. 발간 동시에 많은 인기를 차지할 것 같고 또 그렇게 되길 바랍니다. 평소 장학금도 주시고 봉사 활동도 열심히 하시는 모습도 보기 좋은데 좋은 책을 발간하시니 2019년이 멋지게 마무리 되실 것 같습니다.

다시 한 번 대표님의 출판을 진심으로 축하드립니다.

−덕성여대 김애경 객원교수

♡ 후배보다 친근감이 더 가는 그의 인성과 덕을 겸비한 조성길 작가의 책은 내가 '겨울꽃'에서 접했다. 시를 좋아하고 문학을 논하면 열띤 토론이 이어졌던 남포동 선술집에서의 기억이 새롭다. 늘상 동인지가 발간되면 먼저 건네주어도 감사함을 잊지 않았던 그가 소설집 '섬전쟁'을 출간하게 되었다는 소식에 반갑고 러시아, 그 추운 곳에서 동포들을 돕던 그의 열정이 아련하다.

다시 한 번 축하드리고 앞서 나의 시작 '신미양요辛未洋擾'이라는 시로 축하 글로 대신하고 싶다. 아울러 많은 독자들에 공감주고 사랑받는 작가가 되기를 기대해본다.

−대한문인협회 · 시인의정원 김보언 고문

♡ 역사를 배경으로 과거 사람들의
살아가는 이야기를 통해 현재의 삶에 대한

소중함을 되새기며 보다 진지하게 미래를 맞이할 수 있는
성찰의 계기가 되는 작품 같습니다.

생동감 있는 사실을 기반으로 한 '섬전쟁'
작품을 통해 역사 소설 책읽기의 기쁨을
많은 분들과 나눌 기회가 되면 좋겠습니다.

출간을 축하드립니다.

－산업통상자원부 (사)한국산학연지식인총연합회(NAU_AURI)
정미애 회장·교수

♡ 조기자님! '섬전쟁' 출간을 진심으로 축하드립니다. 10년 넘
도록 사할린을 오고가면서 한국의 문화를 알리고 사할린동포들
을 위해 '대구의 밤'을 진행해왔습니다.

 아픈 역사의 뒤안길에서 대구 청년들이 쏟은 열정만큼 이번 섬
전쟁의 출간이 오버랩 될 마치 그 이야기가 펼쳐질 듯합니다.

 어쩌면 우리의 이야기가 접목된 작품이 아닌가 여겨지며 꿈과
희망을 저버리지 않은 한편의 드라마틱한 단편을 접하게 되어 기
쁘게 생각합니다.

－민족통일대구시청년협의회
사할린인문기술대학교 하태균 회장·부총장

♡ 우리들은 바쁘다는 핑계로 봉사활동의 근처에도 참여할 수 없
었는데... 조 대표님은 바쁜 와중에도 평소 봉사활동까지 하시면

서 이번에 아름답고도 인간미가 넘치는 '섬전쟁'까지 집필한 점, 참으로 훌륭하고 자랑스럽습니다. 아무튼 '섬전쟁'이 많은 사람들에게 읽혀 감동의 물결이 먼 바다로 퍼져나가길 희망하면서 축하의 말씀 드립니다.

다시 한 번 '섬전쟁' 집필에 축하의 말씀드리고, 좋은 기운들이 페이지마다 깃들어 훨훨 날아다니길 바랍니다.

−홍익노무법인 주재현 노무사·경제학박사

♡ '섬전쟁' 책은 러시아를 오고가면서
힘든 여정을 누구나 공유할 수 있도록 하였기에
그 의미가 더 새롭게 와 닿습니다.
출간 진심으로 축하드립니다. 늘 응원합니다.

−부경대학교 국제지역학부 이홍종 명예교수

♡ 조 대표님의 단편소설집을 내게 되심을 진심으로 축하드립니다. 크게 쓰임 받기를 기도합니다.

−호서대학교 강치원 특임교수

♡ 조성길 대표님!『섬전쟁』출간 반가운 소식입니다. 옥고의 탄생을 축하드립니다. 2000년 초부터 열악한 동토의 땅 사할린에 거주하시면서 동포들의 한 많은 질곡의 편린들을 기록으로 남긴

2012년 초 발간된『겨울꽃』을 기억합니다.

요즘은 부산에 계시면서도 그곳을 잊지 못해 또 사고를 쳤군요.『섬전쟁』도『겨울꽃』처럼 그런 소재를 넘어 다양성을 보이지 않았나 싶습니다. 언제나 양로원, 고아원 "작은 손길, 큰 기쁨"으로 동분서주했던 소나무봉사회장에서 '사할린한국어교육협회 사할린지회장'으로, 지금은 '원코리아실천본부'로 봉사를 생업으로 삼는 열정에 깊이 감사드립니다.

뒤늦은 인사입니다만 사할린한국어교육에 헌신하신 많은 분들을 발굴하여 사할린한국어교육 지킴이로 등장시킨 많은 사례들이 집대성되어 또 출간되기를 기대합니다. 사할린의 산 역사를 보고 싶습니다.

－사할린한국어교육협회장 임태식

♡ 보통 사람들은 꿈으로만 꾸는 소설 출간을 현실로 바꾸어 버린 조성길 대표님에게 축하와 응원을 보냅니다. 사할린에 거주하는 같은 핏줄인 많은 동포들의 어려움을 보답도 받지 않고 도와주었다는 미담을 들었습니다. '섬전쟁'에서도 인간사의 냄새가 짙게 깔려 있으리라 기대되어 몹시 기다려집니다.

－(사)우리나눔봉사단 서상탈 이사장

♡ 기다린 만큼 작가님의 책을 볼 수 있어 영광입니다.

첫 문단부터 시작된 긴장감에
시간 가는지도 모르게 읽었습니다.
사랑, 우정, 가족, 배신의 다양한 이야기 거리가
몰입을 더 높여준 소설이었습니다.
오랜 만에 재미있는 소설을 읽게 되서 감사합니다.

−사단법인 한국창작문화예술원 설영화 이사장

♡ 힘겨운 산통 끝에 새로운 생명과 삶이 탄생하듯, 작가 조성길 님의 고뇌 끝에 탈고라는 새로운 삶을 엮어 내어 출간하신 것을 축하드립니다.

−(사)코리안블루 양석남 · 이정화 공동대표

♡ 조성길 대표님이 오랜 기간 몰두하여 작업한 소설집 '섬 전쟁' 출간을 진심으로 축하드립니다. 삶과의 투쟁을 드라마로 엮어 꿈을 이루려는 사람들의 삶이 애틋하게 다가옵니다. 결코 꿈을 잊지 않고 살아가는 사람에게 용기를 불어주는 소설입니다.

− 미래혁신전략연구소 서원열 소장

♡ 진심으로 축하합니다.
긴 시간 인고 끝에 건강한 창작물이 출간되어

너무 감격적이고 감동입니다.

대표님의 풍부한 사고력, 해박한 지식, 그리고

러시아의 낭만과 사랑이 어우러진 이 작품들로

삭막하고 힘든 요즘에 잃어버릴 뻔한

낭만과 감성을 찾을 수 있는

소중한 기회가 될 수 있으리라 기대합니다.

– 두루지야앙상블 유선이 예술감독

♡ '섬전쟁'은 해외이민자의 삶의 일부로 간주됩니다. 광활한 대지가 펼쳐지는 러시아의 이야기 그도 강제징용의 후손으로 자리한 동토의 땅, 한편으로 먹먹하고 가슴어린 일들이 숨어있을 듯한 이야기를 소설로 내신 것을 퍽 기대가 됩니다. 다시 그들을 알 수 있는 기회가 되리라 믿으며 많은 독자들의 사랑 듬뿍 받으시길 바랍니다. 응원하고 축하드립니다.

–(사)한국음악치유협회 · 서울아리랑보존회 유명옥 이사장

♡ 먼저 "섬전쟁" 외 4편의 단편소설집 출판을 축하드립니다. 바쁜 현실 속에서 틈틈이 쓰신 소설 속에 우리의 아픈 현실과 아버지를 향한 아들의 무한한 그리움을 느낄 수 있음과 우리시대 희망 가득한 글들 행복한 감상이었습니다. 고맙습니다.

– 부산시낭송협회 서랑화 회장

♡ 대표님, 긴 시간 동안 수고 많으셨습니다. 한결같은 응원을 보내오며, 좋은 글을 통해 다시 한 번 지난 시간과 앞으로의 시간을 돌아보게 하는 작가로 건승하시길 서원합니다.

—남산정 종합사회복지관 이혜정 관장

♡ 축하드립니다. 목표를 정해 결과물을 만들기 위해서 열정과 노력 대박 나시길 기원드립니다.

—(사)문화콘텐츠개발원 박해동 대표

♡ "섬전쟁" 단편집 축하드립니다. 애 많이 쓰셨습니다. 공감백배의 소설집으로 남기를 바라며 늘 좋은 일만 가득하시길 바랍니다.

—서양화가 수필가 · 시인 정숙진

섬 전쟁

발행일 2020년 02월 1일
지은이 조성길
펴낸 곳 도서출판 곰단지
기획·편집 이화엽
주 소 경남 진주시 동부로 169번길 12
전 화 070)7677-1622
팩 스 070)7610-7107

정가 18,000원
ISBN 979-11-89773-14-4